# EN TON NOM

## J. KENNER

AUTEURE DE BEST-SELLERS CLASSÉS AU NEW YORK TIMES

Mon Ange Déchu

Mon Doux Péché

Ma Cruelle Rédemption

Te désirer

T'enflammer

T'envoûter

En mille éclats

En mémoire de nous

En demi-teinte

Droit au cœur - Mister Janvier

Vague à l'âme - Mister Février

Raison d'être - Mister Mars

Coup de sang - Mister Avril

État d'âme - Mister Mai

Droit au but - Mister Juin

Au beau fixe - Mister Juillet

Diable au corps - Mister Août

Cri du cœur - Mister Septembre

Corps à corps - Mister Octobre

État d'esprit - Mister Novembre

Force d'âme... - Mister Décembre

---

Nos adorables mensonges

Nos drôles de jeux

Nos belles erreurs

# EN TON NOM

## J. KENNER

AUTEURE DE BEST-SELLERS CLASSÉS AU NEW YORK TIMES

Traduit de l'anglais par Laure Valentin

STARK SÉCURITÉ

**Charismatiques. Dangereux.
Terriblement Sexy.**

**Découvrez les hommes de Stark Sécurité.**
En mille éclats
Dans ton ombre (prequelle)
En mémoire de nous
En demi-teinte
En haute voltige
En ton nom
En crescendo (nouvelle)
En plein cœur

*En ton nom* © 2019, 2021 par Julie Kenner
Conception graphique de la couverture par Michele Catalano, Catalano Creative
Image de couverture par Annie Ray/Passion Pages
Traduit de l'anglais par Laure Valentin pour Valentin Translation
ISBN : 978-1-953572-51-6

Publié par Martini & Olive Books
V-2021-11—6P

*Je n'ai jamais voulu le blesser.*

*Je n'ai jamais voulu le décevoir.*

*Je regrette le passé tous les jours, mais j'ai appris à vivre avec le remords. Avec le manque.*

*J'ai appris à vivre dans l'obscurité.*

*J'ai surtout appris à vivre sans amour.*

*Maintenant, je me raccroche au souvenir des jours que nous avons passés ensemble. Je les serre dans mes bras, m'imprégnant de la douce clarté de ces moments passés, des regards partagés, des baisers volés, de ces longs après-midi ensoleillés au lit, ma peau chaude et lisse contre la sienne.*

*Je ferme les yeux et me laisse aller aux souvenirs. J'ignore la douleur, le deuil, le chagrin. Je m'accroche à ces moments parce qu'ils sont tout ce que j'ai, désormais. Tout ce que je pourrai jamais avoir.*

*Je ne serai plus jamais avec lui. Je le sais.*

*Même s'il voulait de moi – et, bon Dieu, pourquoi m'aimerait-il encore ? –, je ne pourrais pas accepter.*

*Il était amoureux d'une femme qui n'existait pas. Sa Linda,* m'appelait-il, alors qu'en réalité, il parlait à une chimère. Je suis peut-être en chair et en os, mais je ne suis pas réelle. Je ne suis même pas sûre de l'avoir jamais été.

C'est le seul homme avec lequel je me sentais entière, mais je ne peux pas être avec lui.

Même si j'avais le courage de lui confier mes secrets, cela n'aurait aucune importance. Tout ce qu'il verrait, c'est une femme qu'il n'a jamais connue. Une femme qu'il ne pourra jamais aimer.

Tout ce qui a existé entre nous s'évaporerait à ce moment-là, et où serais-je alors ?

Toujours seule, avec mes souvenirs en lambeaux et mes fantasmes enfouis.

Au moins, maintenant, je peux songer au passé. Je peux l'extraire et le polir, le faire briller dans mes souvenirs. Je peux l'étreindre dans mes bras et regretter que la vie n'ait pas tourné autrement.

Bien sûr, c'est impossible.

Je ne peux pas être autre chose que la femme que je suis.

Et la vérité crue est toute simple. En fin de compte, je ne suis pas la femme qu'il aime.

Je ne l'ai jamais véritablement été.

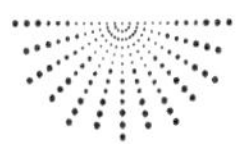

— Et il ne t'a vraiment rien dit ? demanda Emma, adossée contre Old Blue, le vieux pick-up Ford de Winston Starr.

« Il », c'était le colonel Anderson Seagrave du commandement des opérations sensibles, un service de renseignement d'élite du Conseil national de sécurité, connu sous l'acronyme de SOC. L'appel de Seagrave avait interrompu Winston alors qu'il faisait la fête avec ses amis à la soirée de fiançailles de la sœur d'Emma.

— Tout ce qu'il a dit, c'est qu'il veut me voir, répondit Winston.

L'air nocturne du bord de mer était épais autour d'eux. Une légère brise provenant de l'océan charriait vers eux un souffle frais, mais Winston ne le remarquait pas. Au contraire, il avait chaud. Il brûlait de l'intérieur. Son esprit et ses sens étaient en surrégime, alors qu'il retournait toutes les possibilités dans sa tête pour en arriver à une conclusion inévitable.

— Mais il a mentionné le Texas, reprit-elle. Après le coup de fil, tu m'as dit que tu retournais au Texas.

Winston hocha la tête.

— Demain. Apparemment, il m'expliquera le reste quand je le verrai ce soir.

— Toi, souligna Emma, plissant ses yeux noisette. Pas nous.

— Rien que moi.

— Tu n'es pourtant plus sous les ordres de Seagrave, observa Emma.

Fut un temps où Winston et Emma étaient tous deux agents du SOC, mais cette époque était révolue. Maintenant, ils opéraient dans le secteur privé, pour le compte de l'agence Stark Sécurité, une organisation d'élite fondée par le milliardaire Damien Stark après l'enlèvement de sa plus jeune fille.

— Non, fit Winston. Plus du tout.

Emma le regarda d'un air renfrogné. Elle n'était pas dupe de son attitude prétendument décontractée.

— S'il veut te voir seul à seul, ce n'est pas pour l'opération au Texas. À la fin, nos missions se chevauchaient trop. Il nous enverrait ensemble s'il y avait du nouveau.

Elle fronça les sourcils, puis prit une grande inspiration en le regardant droit dans les yeux.

— Linda, déclara-t-elle sur un ton à la fois dur et compatissant. Ça doit avoir un rapport avec Linda.

Sa gorge se noua à la mention de sa femme et il fourra les mains dans ses poches pour les empêcher de trembler. Elle lui manquait tant. Même après plus de quatre ans, elle lui manquait avec une intensité qui frôlait la douleur. Non, c'était bel et bien de la douleur. Une douleur profonde, puissante, qui persistait encore. Longtemps après que ses blessures par balle eurent guéri ou que ses os se furent ressoudés, il le ressentait encore. Le manque. La culpabilité. Les coups de couteau dans son cœur. Les griffes qui lacéraient ce qui le maintenait encore en vie.

Son cœur était mort le soir où il l'avait perdue et il n'était plus qu'une coquille vide, depuis. Elle était innocente, prise malgré elle dans une intrigue dont elle ne savait rien.

Cela aurait dû être lui, bon sang. S'il y avait une vraie justice dans l'univers, il aurait dû mourir à sa place, ce soir-là.

Pourtant il était là, sain et sauf, du moins à l'extérieur. Intérieurement, cependant... eh bien, intérieurement, il était aussi mort qu'elle.

Il effectuait son travail, bien sûr. Il fonctionnait, riait avec ses amis, mais il n'était plus entier. Plus maintenant. Et il ne le serait sûrement plus jamais.

Comme pour le narguer, des rires dérivèrent dans la brise. Il jeta un coup d'œil à la maison. Le petit pavillon d'Emma était illuminé, et à l'intérieur, leurs amis continuaient à boire et à s'amuser. Sa sœur et Quincy allaient se marier, après tout. Preuve que la vie continuait.

Winston se dit que c'était une bonne chose.

Emma attendait une réponse et il s'efforça de hausser les épaules d'un air désinvolte.

— C'est peut-être autre chose. Rien à voir avec Linda.

Il entendit l'accent texan dans sa voix et voulut ravaler ses mots. Il s'était en grande part débarrassé de son accent, mais il avait tendance à s'y laisser aller quand il était contrarié ou troublé. Ou ivre.

Ce soir, il était un peu les trois à la fois.

— N'importe quoi, dit Emma. Tu n'y crois pas plus que moi. Tu as été parfaitement clair sur le fait que tu ne retournerais jamais au Texas, et encore moins à Hades, ajouta-t-elle en faisant référence au chef-lieu du comté au nom sinistre, où il avait servi comme shérif. Il le sait. Il ne t'y renverrait pas à moins que ce ne soit non seulement important, mais capital pour toi.

Winston inspira, essayant de chasser son engourdissement. Enfin, il releva la tête pour rencontrer le regard de son amie et ancienne partenaire.

— Ce n'est peut-être rien. Ça ne concerne peut-être même pas Hades.

Elle secoua la tête, libérant une mèche de cheveux roux de sa queue de cheval. Il voyait pratiquement les rouages tourner derrière ses yeux noisette quand elle dit :

— J'ai raison. Tu le sais. Je le sais. Il t'a appelé de nuit, un week-end. Ce n'est pas un hasard. Il y a une raison, et nous savons tous les deux quelle est cette raison. Si tu vas au Texas, alors je viens avec toi.

— Non.

Il la vit se raidir et il entendit presque sa protestation avant qu'elle ne franchisse ses lèvres.

— Merde, Starr. Ne t'inflige pas ça. Tu as oublié ? Je te connais très bien. J'étais là. Et je vais rester à tes côtés pour te rappeler que ce n'était pas ta putain de faute.

— Emma, n'essaie même pas...

Elle leva une main pour l'interrompre.

— Non. *Non.* Si tu dois y retourner, si tu dois tout déterrer à nouveau, alors tu auras besoin d'une amie.

— Déterrer ? fit-il en secouant la tête. Écoute, ma vieille, je ne vais rien déterrer du tout. Il n'y a rien à découvrir.

Il vit les émotions se succéder sur son visage, et pendant un moment, il la prit en pitié. Emma Tucker avait pour habitude d'obtenir tout ce qu'elle voulait, d'être aux commandes. Elle n'aimait pas les refus.

Qu'à cela ne tienne. Il se redressa légèrement et fit rouler ses épaules. Il ne reviendrait pas sur sa décision. En ce moment, la place d'Emma était ici, en Californie, avec leurs amis. Avec sa sœur. Et surtout, avec Antonio Sanchez, l'homme qu'elle aimait.

Winston n'avait pas eu de femme dans sa vie depuis la mort de Linda. Il n'allait certainement pas priver Emma ou Tony de ce bonheur. Lentement, il s'approcha et posa une main sur son bras.

— Je vais y aller seul. Et ça se passera très bien.

— Tu es une sale tête de mule.

— C'est drôle. C'est ce que Linda me disait tout le temps.

Il esquissa un sourire et sentit une partie de la tristesse qui s'était accumulée dans ses tripes s'apaiser lorsqu'elle le lui rendit.

— Promets-moi de m'appeler. N'importe quand. Jour et nuit. Si tu as besoin de parler, ou même de rester en silence avec quelqu'un qui respire à l'autre bout de la ligne, n'hésite pas. Appelle.

— Oh, je ne sais pas, dit-il en penchant la tête vers la porte ouverte, où Tony apparaissait dans la lumière de l'embrasure. Il y a des choses qu'un homme n'aime pas interrompre.

Elle lui répondit avec un sourire en coin.

— Toi, tu peux, Starr. On a vécu l'enfer ensemble, au Texas, et je pensais ce que j'ai dit. Si tu as besoin de quelque chose, appelle-moi. N'importe quand, de jour comme de nuit.

Il hocha gravement la tête, surpris d'être touché par la détermination dans sa voix.

— Je pourrais te prendre au mot.

Penchant la tête vers Tony, il ajouta :

— Il est au courant pour le Texas ?

— Pas vraiment. Il sait surtout que c'est là-bas que nous nous sommes rencontrés. Que nos affaires se sont chevauchées.

— Tu peux lui raconter le reste, si tu veux. Les couples ne devraient pas avoir de secrets. Et vous deux, vous faites un couple parfait.

Elle soutint son regard.

— Ce n'était pas ta faute, répéta-t-elle. Tu étais sous couverture. Tu ne pouvais pas le lui dire.

— Si, j'aurais pu. Ma bouche fonctionnait très bien. Mais je ne l'ai pas fait. Et elle est morte.

— Winston, arrête. Tu t'es battu contre toi-même pendant des années. Tu dois avoir des hématomes plein le dos à force de t'auto-flageller.

Il faillit sourire. Elle n'avait pas tort.

— Même si tu le lui avais dit, rien ne serait différent. Tu crois qu'elle t'aurait quitté ? fit Emma en secouant la tête. Cette femme t'adorait. Elle serait restée à tes côtés, et en fin de compte, elle serait tout aussi morte.

Elle tendit la main et prit la sienne, la serrant vigou-reusement.

— C'était leur faute, pas la tienne.

Seigneur, comme il voulait la croire. Mais il se contenta de répondre :

— Je vais sortir d'ici maintenant. Embrasse Eliza pour moi.

Avec un soupir, elle lui lâcha la main.

— Tu devrais rester.

— Sans doute. Ça vaudrait mieux. Mais je ne me sens pas d'humeur très sociable en ce moment. Et j'ai dit à Seagrave que je passerais avant dix heures.

— Winston, je...

— Tout va bien ? lança soudain Tony.

Emma se tourna vers lui et Winston en profita pour ouvrir la portière de son Old Blue.

— Non, répondit-il avant de se glisser derrière le volant. Je ne pense vraiment pas.

———

— À Austin ?

Winston fronça les sourcils en regardant l'homme assis de l'autre côté de la table grise éraflée, en face de lui.

— Vous m'envoyez à Austin, pas à Hades ?

— Déçu ?

Winston secoua la tête, essayant de faire le tri dans les émotions confuses qui le traversaient.

— Non, je...

Il inspira, s'efforçant de regarder posément l'homme qui avait été son supérieur.

— Je pensais que c'était à propos de la mort de Linda.

— Vraiment ?

Anderson Seagrave s'adossa dans son fauteuil roulant, les doigts repliés sous son menton. Âgé d'une quarantaine d'années, Seagrave avait des cheveux noirs grisonnants aux tempes et une autorité indéniable.

— Que pensiez-vous que j'allais vous apprendre ? Nous avons fait tomber le Consortium il y a des années. Bon sang, vous avez pratiquement mené cette opération tout seul.

Winston déglutit. Ce n'était pas un moment dont il était fier. Il avait été tellement consumé par la fureur contre les meurtriers de Linda qu'il avait pris des initiatives dont il aurait dû s'abstenir, allant jusqu'à tuer Horace McNally, l'homme qui avait ordonné sa mort.

C'était un point de non-retour. Il n'était pas en danger, à ce moment-là, il aurait pu facilement appréhender l'homme. Mais à la place, il l'avait tué, d'une seule balle dans le cerveau. Le seul regret qu'il avait ressenti était de ne pas avoir fait souffrir ce fumier davantage.

Cette époque était dure, un vrai chaos. Le Consortium manipulait la ville par le meurtre, la cupidité et la corruption. Emma et Seagrave avaient dit à Winston qu'ils comprenaient, que ce qu'il avait fait était justifié et que McNally aurait bien plus souffert en prison. Après tout, ce monstre s'adonnait à la prostitution pédophile. En détention, il aurait fini par être la pute de quelqu'un, ou par mourir dans des souffrances bien plus atroces.

Winston était d'accord avec tout ce qu'ils disaient. Il avait bien fait d'éliminer ce moins que rien. Mais ce faisant, il avait bafoué son propre code d'honneur et brisé quelque chose en lui.

Alors, il avait pris sa retraite, quittant à la fois le SOC et son poste de shérif, un travail qu'il avait adopté comme couverture au départ, mais qu'il avait appris à aimer. Il avait déménagé à Newport Beach uniquement parce que c'était la ville préférée de Linda. Il n'avait pas besoin de travailler, après avoir appris à la mort de Linda qu'elle avait souscrit une assurance-vie aux montants impressionnants. Il s'était donc impliqué dans du bénévolat, dans un refuge pour animaux, remplissant ses journées avec l'amour sans réserve des chiens et des chats qui ne se souciaient pas de ses échecs ni de ses états d'âme.

La nuit, cependant, il restait seul avec ses souvenirs.

Il savait qu'il devait se pardonner. Après tout, il ne l'avait pas tuée. Seul le Consortium en était responsable, lui seul méritait sa haine. C'était la vérité, aussi dure et froide qu'elle soit.

Et pourtant, il avait joué un rôle, lui aussi. Il n'aurait jamais dû se marier, car il avait fait d'elle une cible ambulante. Il avait été égoïste en croyant que leur amour était spécial, magique, en pensant qu'il la protégerait. Il avait été assez bête pour croire que, s'il ne la possédait pas, il en mourrait.

Eh bien, c'était son sort, maintenant. Il ne la possédait plus, et il était presque mort à l'intérieur. Ou du moins, jusqu'à ce que Seagrave se présente au refuge un jour. Il avait dit à Winston que s'il se croyait vraiment coupable, alors il devait faire quelque chose pour réparer ses torts. Il devait revenir sur le terrain et lutter contre toutes les pourritures de ce monde.

Après un temps d'introspection, Winston avait accepté. Il s'attendait à signer à nouveau avec le SOC. Au lieu de quoi, Seagrave lui avait présenté l'ancien tennisman devenu milliardaire, Damien Stark.

Stark et Ryan Hunter, son ami à la tête de Stark Sécurité, étaient les seuls dans l'organisation à connaître les liens de Winston avec les opérations de renseignement du gouvernement. Et encore, ils ne savaient même pas qu'il avait été agent à part entière. Seagrave leur avait seulement dit qu'il avait été « rattaché » à l'enquête sur Hades dans le cadre de ses activités de shérif. Ce n'était pas un mensonge, mais c'était loin d'être toute la vérité, d'autant plus qu'il avait postulé au poste de shérif alors qu'il était officiellement un agent du SOC.

Ainsi, jusqu'à ce qu'Emma rejoigne Stark Sécurité, tout le monde à l'agence croyait simplement qu'il avait été un shérif de petite ville et qu'il avait joué une ou deux fois dans la cour des grands avant de signer avec l'organisation d'élite.

En plus de la douloureuse vérité, à savoir que Winston avait quitté le Texas après que sa femme eut été tuée par une voiture piégée.

Son travail pour Stark Sécurité n'avait pas effacé sa douleur, mais lui avait donné du baume au cœur. Maintenant, cependant...

Eh bien, maintenant, la douleur et les souvenirs refaisaient surface à la seule mention du Texas.

— Si ce n'est pas à propos de Linda, alors qu'est-ce qui se passe ?

Il entendait l'agacement dans sa voix, mais ne fit rien pour l'atténuer.

— Vous m'avez balancé le Texas à la figure ? Et il fallait que ce soit vous ?

Seagrave ne broncha même pas.

— J'ai dit qu'il ne s'agissait pas de sa mort, dit-il gravement. Du moins, pas exactement.

Winston fronça les sourcils, trop curieux pour être en colère contre son ami dans cet échange insensé.

— C'est quoi ce bordel, Anderson ? Y avait-il quelqu'un d'autre qui tirait les ficelles de McNally ? Quelqu'un qui nous a échappé au plus haut niveau du Consortium ? Parce que, si c'est le cas, indiquez-moi ce fils de pute et je vous jure que je le ferai tomber en un temps record.

Il avait passé des années sous couverture à Hades, en tant que shérif d'un comté rural, travaillant avec la ville et les fonctionnaires régionaux. Les hauts responsables de chaque service, depuis le bureau du maire jusqu'au département de police, étaient corrompus jusqu'à la moelle, entre trafic de drogue et chantage, en passant par la fraude massive au gouvernement et aux entreprises de l'industrie pétrolière et gazière.

Après l'avancée phénoménale de l'opération où Linda avait perdu la vie, le SOC et Winston avaient refermé la toile d'araignée des opérations illégales. Pour autant qu'il le sache, seuls deux hommes avaient réussi à échapper au filet. C'étaient des larbins de bas niveau, qui avaient poursuivi leurs affaires louches dans d'autres coins du pays.

L'un d'eux, connu sous le nom de Serpent, était maintenant sous la garde du SOC grâce à la dernière opération d'Emma et Tony. L'autre, Cane, était mort. Et bon débarras.

La possibilité qu'il y ait d'autres malfrats encore en liberté faisait bouillir son sang. Il pensait avoir épuisé sa fureur au fil des ans, mais maintenant, il découvrait que ce n'était pas le cas. Les braises étincelaient toujours, prêtes à s'enflammer à tout moment.

Il prit une inspiration et croisa le regard de Seagrave.

— Dites-moi tout, demanda-t-il. Dites-moi qui nous avons manqué et je vous apporterai sa tête sur un plateau.

— Je n'en doute pas, répondit Seagrave. Mais c'est un peu plus compliqué que ça.

Winston se redressa en regardant le commandant. Il essayait de deviner ce que l'homme lui cachait. Et, plus important encore, pourquoi il ne lui disait pas franchement la raison de sa convocation.

— Alors, expliquez-moi ça.

— Vous êtes ici à cause d'une femme, dit Seagrave sans ambages.

Ses épaules s'affaissèrent et il soupira, paraissant soudain plus vieux que ses quarante et quelques années.

— Bon sang, Starr. Vous êtes ici à cause de Linda.

Winston se renfrogna, certain que sa confusion se lisait sur son visage.

— Vous m'avez dit, quand je suis arrivé, que ça n'avait rien à voir avec sa mort.

— Je n'ai pas exactement dit ça. Et pourtant, vous avez raison. Cela n'a rien à voir avec sa mort.

Ses mains quittèrent la table pour se poser sur les roues de son fauteuil, puis il recula avant de la contourner en direction de Winston. Il disposait des milliards de dollars de technologie gouvernementale, et pourtant Seagrave préférait encore un bon vieux fauteuil roulant manuel à un véhicule robotisé avec boutons, capteurs et autres « bidules », comme il les appelait.

— Ne jouez pas avec moi, dit Winston. Vous savez mieux que quiconque à quel point sa mort m'a détruit.

Emma avait été transférée peu de temps après l'attentat. Même elle ne connaissait pas entièrement les abysses de désespoir dans lesquels il avait sombré après que l'équipe médico-légale eut identifié l'ADN de Linda. Des dents. Deux dents, c'était tout ce que l'on avait retrouvé dans la carcasse d'une voiture calcinée. Mais cela avait suffi pour prouver que la femme de sa vie était morte.

Seagrave croisa son regard, puis sortit une télécommande d'une poche sur le côté de son fauteuil. Il appuya sur un bouton et un écran vidéo descendit du plafond en tournant sur lui-même.

— Je suis désolé, dit-il. Ça ne va pas vous plaire.

Winston garda le silence alors que les lumières s'éteignaient.

La pièce s'assombrit, l'écran s'alluma et une image apparut. Un trottoir animé, dans une zone urbaine. Austin, peut-être. Ou peut-être Manhattan, allez savoir. Seattle. Los

Angeles. Impossible à dire au premier coup d'œil. L'angle de l'objectif se concentrait plus sur les piétons que sur l'environnement.

— Qu'est-ce qu'on…

Les mots restèrent suspendus dans sa gorge, car soudain, la réponse le regarda bien en face.

*Linda.*

Oh, mon Dieu, il regardait sa Linda.

— Ce sont de vieilles images, dit-il, son corps entier devenant glacial alors que la peur et l'espoir se disputaient la domination de son âme. C'est forcé.

— Non, ce n'est pas le cas.

Les yeux de Winston restaient braqués sur l'écran.

— Quand a été captée cette image ? Et où ?

— La semaine dernière, reprit Seagrave.

L'estomac de Winston fit un saut périlleux.

— À Seattle, ajouta l'homme.

— Alors, quoi ? Pour une raison quelconque, votre organisation gouvernementale de renseignement est tombée par hasard sur les images d'une morte déambulant dans les rues de Seattle ?

— Vous savez bien que non.

Cette fois, la voix de son ancien supérieur était douce.

— Depuis combien de temps ?

Winston dut s'éclaircir la gorge pour pouvoir continuer.

— Depuis combien de temps la surveillez-vous ? Dites-moi depuis combien de temps vous savez qu'elle est en vie. Et ensuite, dites-moi pourquoi vous ne m'avez pas mis au courant plus tôt, putain.

— Regardez.

— Bon sang, Anderson, je…

— C'est un ordre, Starr. Regardez ce foutu écran.

Winston la regarda entrer dans un immeuble de bureaux et il prit alors conscience que les images étaient prises par drone. On apercevait toute la ligne d'horizon de Seattle alors qu'il s'élevait de plus en plus haut pour finalement rester en vol stationnaire de l'autre côté de la rue, toujours au niveau du bâtiment dans lequel elle était entrée. L'image fit un zoom avant, se concentrant sur un accès au toit avec une porte métallique fermée.

Quelques instants plus tard, la porte s'ouvrit et un homme en sortit. Il balaya le toit du regard, fronça les sourcils, puis consulta sa montre.

Bientôt, la porte s'ouvrit à nouveau. Au début, personne n'apparut, mais Winston aperçut une silhouette de femme dans l'encadrement. Ses tripes se nouèrent, et lorsqu'elle posa le pied sur le toit de gravier et de goudron, il se rendit compte qu'il avait cessé de respirer.

L'homme se tourna alors vers elle, les bras tendus comme pour la saluer, puis il s'avança. La bouche de la femme ébaucha un sourire si familier qu'il en eut mal au cœur. Son corps se crispa, en proie à un désir inconnu, puis il recula lorsqu'elle leva la main pour révéler le pistolet qu'elle avait dissimulé dans les replis de sa jupe.

Elle visa, puis tira.

Après quoi, Linda tourna le dos à sa victime, se faufila de l'autre côté de la porte et disparut.

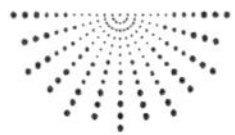

# CHAPITRE DEUX

— Non, dit Winston, en proie à la nausée.

Il secoua la tête, dégoûté par cette faiblesse en lui qui souhaitait pouvoir oublier ce qu'il venait de voir.

— C'est une erreur. J'ignore ce que nous regardions, mais ce n'est pas ce qu'on croit.

— Vraiment ?

La fureur traversa Winston alors qu'il détournait la tête de l'écran désormais sombre pour se concentrer sur Seagrave.

— Pourquoi diable m'avez-vous traîné ici ? N'ai-je pas été assez puni ? Ma femme est morte... Morte, dans une putain d'explosion. Vous savez ce que j'ai enduré, pour l'amour du ciel ! Vous avez vu ma douleur et vous avez compati. Vous étiez mon ami. Et maintenant, vous me montrez ça ? Pour-quoi ? Pour me déchirer encore une fois ?

— Je vous le montre parce que vous avez le droit de le voir. Et quand le choc sera passé, vous pourriez même me remercier de vous avoir apporté la vérité.

Winston expira.

— Je ne parierais pas mon ranch là-dessus, si j'étais vous.

Il s'écarta de la chaise. À présent, il n'avait qu'une envie, sortir de cette pièce et s'éloigner du cauchemar qui se déroulait autour de lui. La vérité s'ouvrait devant lui comme un gouffre sombre, menaçant de l'aspirer, détruisant les derniers vestiges de joie auxquels il s'était raccroché pendant des années.

Mais il n'y avait aucun endroit où aller. Nulle part où il pourrait s'échapper. En tout cas, pas vraiment.

Il se rassit sur son siège.

— Son souvenir est tout ce qu'il me reste. Pourquoi voulez-vous m'en priver ?

Les épaules de Seagrave s'affaissèrent.

— Je suis désolé. Le fait est que j'ai besoin de vous. Et je pensais… je pensais que vous préféreriez maudire la vérité plutôt que de vivre dans le mensonge.

Pour la première fois depuis plus de dix ans, Winston regrettait d'avoir arrêté de fumer.

— Eh bien, il faut croire que vous vous trompiez.

— Oui, manifestement.

Seagrave roula vers la porte, appuyant sur un bouton de la télécommande pour l'ouvrir.

— Prenez le temps qu'il vous faudra. Vous connaissez la sortie.

Winston garda les yeux au sol, ne relevant pas les yeux avant d'entendre la porte se refermer derrière son ami. Ce ne fut qu'à ce moment-là qu'il laissa couler les larmes qui obstruaient sa gorge. Cela ne pouvait pas être vrai. Comment était-ce possible ?

Aujourd'hui encore, il se rappelait la sensation de son corps dans ses bras. Leurs longues conversations intimes. La confiance qu'ils partageaient. L'amour qui les unissait.

Si tout cela était un mensonge, alors il ne se connaissait pas, et encore moins sa femme. Il ne voulait pas croire cela. Il ne *pouvait* pas le croire. Parce que, si c'était vrai, alors les meilleures années de sa vie n'avaient été qu'une mascarade, un simulacre de bonheur.

— Ce n'est pas réel, se dit-il. Ce n'est pas possible.

Bien sûr que si, malheureusement. Il était peut-être prisonnier d'une douleur si intense qu'il préférait mourir plutôt que de la supporter, mais cela ne signifiait pas qu'il était aveugle. C'était forcément vrai. Il avait vu des choses plus étranges au cours de son mandat au SOC. Et Dieu sait qu'il avait vu des femmes plus cruelles encore.

Mais *sa* Linda ? Même si c'était elle, comment avait-elle pu s'éloigner de lui comme ça ? Elle l'avait aimé avec la même intensité que lui.

N'est-ce pas ?

Il n'avait jamais douté de cette réalité, et il ne voulait pas en douter maintenant. C'était comme s'il avait soudain appris que la gravité n'existait pas, qu'il était simplement collé sur le sol pendant toutes ces années. Il ne se sentait pas capable d'envisager la possibilité qu'elle ait joué un rôle. Un rôle ! Et pourtant, elle était bien là, c'était elle sur cette vidéo, il n'y avait aucun doute dans son esprit. Certes, il serait agréable de penser qu'elle avait une jumelle ou qu'elle avait été clonée dans le laboratoire d'un génie maléfique, mais il s'agissait du réel, pas d'une série Netflix.

Sa femme, Linda Marie North Starr, venait d'abattre un homme de sang-froid. Il l'avait vu de ses yeux. Il aurait voulu frapper Seagrave au visage et rayer toute cette foutue soirée de sa mémoire, mais il ne pouvait nier cette réalité élémentaire. Ce n'était pas dans sa nature de se cacher de la douleur ni des mauvaises nouvelles, même s'il le souhaitait. Il devait affronter la vérité en face. Il savait trois choses avec certitude : l'ADN de Linda avait été retrouvé dans la voiture, son corps était méconnaissable et, à l'époque, elle travaillait pour la mairie d'une ville où la corruption était monnaie courante.

— Va au diable, murmura-t-il alors que les fils sombres d'une réalité tourmentée s'enroulaient autour de lui. Tu ne sais pas que je t'ai aimée comme un fou ?

Il prit un moment pour respirer, tout simplement, pour calmer la rage qui menaçait d'exploser au bout de ses doigts. Enfin, il se leva et se dirigea vers la porte avec l'idée d'aller trouver Seagrave dans son bureau. Il n'eut pas besoin de le faire. Son ami l'attendait à la réception.

— Elle a simulé sa propre mort, déclara Winston.

— Il semblerait. Je suis désolé, Winston, ajouta-t-il, son expression et sa voix soulignant la sincérité de ses paroles.

— Je le sais.

Ses épaules s'affaissaient sous le poids d'une lourde émotion.

— Moi aussi, je suis désolé.

Il y avait un vieux canapé contre le mur du fond et Winston s'y assit.

— Qui était cet homme ?

— L'un des nôtres, répondit Seagrave. Un gars sous couverture auprès d'un cabinet d'avocats qui effectue tout un tas de manipulations juridiques pour un marchand d'armes basé en Afrique du Sud.

— Elle l'a assassiné.

Il fallait qu'il le dise à haute voix. Il devait sentir le poids des mots dans sa bouche et sur sa langue avant de pouvoir les croire.

— Ma Linda. Elle m'a dit un jour qu'elle n'aimait pas que

j'apporte mon arme à la maison, mais qu'elle comprenait, à cause de mon travail.

— Oui.

— Pourquoi ? Pour qui travaille-t-elle ? Le Consortium a disparu. Nous en avons fini avec eux. À moins que ce soit du bidon, ça aussi ?

— Pour autant que nous le sachions, le Consortium n'existe plus. Nous avons à nouveau interrogé le Serpent. Il nous l'a confirmé. Quant à son employeur, nous essayons toujours de savoir qui c'est.

— Vous essayez de savoir ? fit Winston d'un ton moqueur. Je vois qu'on y va de main morte avec elle, alors ?

Ses tripes se nouèrent à l'idée des techniques d'interrogatoire qu'il les imaginait utiliser sur elle. Il essayait de se dire qu'elle méritait chacune d'entre elles. Et pourtant, le simple fait d'y penser lui donnait la nausée.

— Elle n'est pas en détention, dit Seagrave.

Winston le dévisagea sans comprendre.

— Vous l'avez suivie. Vous l'avez observée. Comment se fait-il que vous n'ayez pas... ?

— Ce ne sont pas nos images.

Winston s'adossa dans le canapé. Sa tête commençait à palpiter.

— Écoutez, Anderson. Vous pensez que je suis fragile en ce qui concerne Linda, et vous avez peut-être raison. Je le comprends. Mais crachez le morceau, d'accord ? Arrêtez de tourner autour de ce que vous savez et de ce que vous voulez que je fasse. Dites-le-moi maintenant, sinon je m'en vais.

Seagrave se rapprocha.

— Bon, très bien. Ce n'était pas son premier meurtre. Loin de là. Et nous avons des informations selon lesquelles elle a reçu une nouvelle mission. J'ai besoin de vous, Winston. Vous êtes le mieux placé pour ce travail.

— Vraiment ? fit-il d'une voix rauque.

Son corps était engourdi.

— Vous la connaissez mieux que quiconque. Nous devons arrêter l'assassinat qu'elle s'apprête à perpétrer. Et nous voulons la ramener en vie.

Il dévisagea froidement Seagrave.

— Vous dites que c'est une professionnelle, mais vous pensez qu'elle va craquer si c'est moi qu'elle affronte ? Que je peux la ramener en vie, alors que personne d'autre ne le peut ?

Seagrave haussa une épaule.

— J'ai du travail, figurez-vous, rétorqua Winston.

— J'ai parlé avec Ryan et Damien. Je leur ai dit que je voulais vous emprunter pour une mission spéciale.

— Ils ne savaient pas que j'avais travaillé pour vous.

— Ils ne le savent toujours pas, lui assura Seagrave. Mais ils croient que vous avez déjà mené des opérations conjointes avec le SOC. Je leur ai dit que j'avais besoin de vous pour une mission spéciale. Et je leur ai dit pourquoi.

— Vous leur avez parlé de Linda, de cette vidéo ?

— Non. Mais je leur ai dit que vous seriez intéressé.

— Je ne suis *pas* intéressé.

— Vraiment ?

Winston se leva du canapé et se mit à faire les cent pas vers la fenêtre. Il regarda les rues de Los Angeles, une douzaine d'étages en contrebas.

— Ne jouez pas au plus malin avec moi, Colonel. Vous ne feriez que m'énerver.

Derrière lui, Seagrave soupira.

— Ce n'est pas mon intention. Si vous voulez vraiment

vous en aller, je ne vous mettrai pas la pression. Mais je ne pense pas que vous en ayez envie.

Winston ferma les yeux, s'efforçant d'empêcher son corps tout entier de s'effondrer devant la véracité de cette déclaration. Il s'était convaincu qu'il ne voulait rien de plus que de rentrer chez lui et d'oublier ce qu'il avait entendu, laisser un autre agent y aller et apprendre pourquoi Linda avait tué cet homme, pourquoi elle en avait tué d'autres, aussi, en supposant que ce que Seagrave disait soit la vérité. Il ferait mieux d'utiliser cette réunion comme un point de bascule, un levier pour faire tomber sa vie passée avec Linda dans un tas de gravats et un tremplin pour avancer dans l'existence.

*Hors de question.*

Il se retourna.

— J'ignore dans quoi elle est censée être impliquée, mais ce n'est pas ce que vous pensez. Elle est innocente.

L'expression de Seagrave demeura immuable.

— J'espère que vous avez raison. Je ne le pense pas, cependant. Mais j'apprécie que vous vous fassiez l'avocat du diable.

— Et quelle est la mission exactement ? Si vous voulez que je l'élimine, je ne le ferai pas.

D'ailleurs, il contrecarrerait activement quiconque essaierait de la supprimer. Il avait envie – non, besoin – de réponses. Et personne ne la toucherait avant qu'il ne les obtienne.

— Je veux que vous l'appréhendiez avant qu'elle n'abatte sa cible. Ensuite, je veux que vous la rameniez, elle et la cible, en toute sécurité. Avec l'ordinateur portable que la cible aura avec elle.

— Et cette cible se trouve à Austin ? demanda Winston, passant en mode professionnel et refoulant les émotions qui pourraient l'empêcher de faire son travail.

Bon Dieu, il allait le faire, ce travail. Pas question que quelqu'un d'autre se rende sur le terrain pour l'interpeller.

— Quand est-elle censée passer à l'acte ? Et d'ailleurs, comment le savez-vous ?

Seagrave ne répondit pas. Au lieu de quoi, il prit la télécommande et relança la vidéo.

— Depuis que nous avons reçu les images que vous avez vues, nous avons pu confirmer que Linda Starr, qui se fait maintenant appeler Michelle Moon, est responsable d'au moins deux autres assassinats d'agents de haut vol dont nous avons connaissance. Et nous la soupçonnons d'être responsable de plusieurs autres.

— Michelle Moon, répéta-t-il, sa voix comme du papier de verre.

— Ça vous dit quelque chose ?

— Non, mentit Winston. Absolument pas.

Seagrave l'observa, mais il n'insista pas.

— Cet homme, dit-il en s'arrêtant sur le visage d'un homme rasé de près, avec des cheveux bruns clairsemés. Nos renseignements suggèrent qu'il est sa prochaine cible. Il est arrivé à Austin hier et il doit rester une semaine. Tommy Bartlett.

Winston se renfrogna.

— Quel est l'objectif ? Appréhender Linda ? Bartlett ? Ou s'agit-il de ce que renferme cet ordinateur ?

Seagrave sourit à Winston comme s'il venait de réussir son examen final.

— Voilà.

Winston fronça les sourcils, mais n'émit aucune objection. Seagrave lui révélait ce qu'il voulait bien révéler. Les renseignements, tels étaient les maîtres mots de leur profession.

— Je vais seulement vous dire une chose : nous voulons cet ordinateur. Cela dit, vos trois points forment un triangle parfait.

— Je vais garder ça à l'esprit, dit Winston. Est-ce impossible de pirater cet ordinateur ? J'ai vu la matière grise employée par le SOC, sans parler des ressources dont dispose Stark, et nous savons tous les deux que vous faites appel aux services techniques de Stark International.

— Non, malheureusement. C'est un système à l'ancienne. Le seul moyen d'accéder aux informations est de s'asseoir devant cette foutue machine, puis de franchir toutes les protections apparemment truffées de pièges autodestructeurs. Cette machine reçoit des informations biométriques, il suffit du mauvais mot de passe pour qu'elle se casse ou que les données soient perdues, un contenu précieux. Voilà pourquoi nous voulons l'homme, aussi. Ce qu'il y a dans sa tête a tout autant de valeur.

Winston prit un moment pour tout comprendre.

— Encore une question, pourquoi moi ? Vous avez des informations solides. Envoyez une équipe et ramenez-la. Le type avec. Ça ne doit pas être si difficile. Ensuite, je peux vous aider pour l'interrogatoire.

— Trop risqué. Si on pince Bartlett, elle s'envole dans la nature. C'est la première fois que nous avons une piste solide sur sa localisation avant un coup de cette envergure. Nous la voulons vivante, Starr. Vous pouvez le comprendre.

Il déglutit.

— Oui, j'ai compris.

— Si sa cible est aussi dans notre viseur, elle risque de l'apprendre et elle fera profil bas.

Winston se pencha en arrière sans cesser de dévisager

Seagrave. Il devait reconnaître qu'il n'y avait aucun indice. Pourtant, il pensait avoir saisi la situation.

— Bartlett est l'un des nôtres, aussi, n'est-ce pas ? Un agent sous couverture. Vous pensez que celui pour qui elle travaille a réussi à mettre la main sur une liste d'agents incognitos. Si vous mobilisez une équipe – enfin, je veux dire, parmi ceux qui travaillent officiellement au SOC –, vous risquez de les mettre au courant. Je ne suis pas le meilleur homme pour ce travail parce que ma femme fauche vos agents, mais parce que je ne suis plus des vôtres.

— Et parce que vous êtes sacrément brillant, convint Seagrave avec un léger soupçon de sourire. Bien que vous vous trompiez sur le fait que Bartlett soit un agent. Ce n'est pas le cas. C'est un civil à la solde d'un certain Billy Hawthorne. Vous connaissez ce nom ?

— Je devrais ?

— L'héritier de McNally, dit Seagrave, la voix grave.

La bouche de Winston se dessécha.

— Comment ça ? Nous avons fait tomber le Consortium.

— Oui, c'est vrai. C'est même vous qui l'avez fait. Billy a fait surface il y a environ un an. C'est le neveu de McNally, et apparemment, il a décidé de ressusciter l'entreprise familiale. Ou une certaine version, du moins.

— Fait chier.

— C'est à peu près l'avis de toute la communauté du renseignement sur la situation.

Winston eut un sourire.

— Et vous espérez l'étouffer dans l'œuf avant que son organisation ne devienne aussi puissante que celle de son modèle.

— Bien vu.

— C'est là que Bartlett intervient, reprit Winston.

Seagrave hocha la tête.

— Il est à deux doigts d'accepter de témoigner pour nous, ajouta-t-il en écartant son pouce et son index de quelques millimètres. C'est un élément clé. Les informations sur cet ordinateur sont encore plus importantes.

— De quoi a-t-il été témoin ? D'un meurtre ?

Un léger sourire effleura les lèvres de Seagrave.

— Non, mais on peut dire qu'il sait où les corps sont enterrés. Et qui les a enterrés. C'est un comptable de l'opération Hawthorne.

— Un comptable ?

— Pas sexy, mais c'est la comptabilité qui a fait tomber Capone. Les gens l'oublient trop souvent.

Winston acquiesça en signe de compréhension. Bartlett avait accès à des livres et des informations qui pouvaient mettre son employeur derrière les barreaux, et cet employeur voulait éliminer le risque. Quant à Linda, elle avait été engagée pour être le tireur d'élite. Pour éliminer un témoin afin que les cerveaux d'un empire criminel puissent être libres de tout soupçon.

— Dans le cas de Bartlett, ce n'est pas seulement une question de finances. Il est intéressant de savoir pour *qui* il effectuait le travail.

— Expliquez-moi.

— Bartlett travaille avec une de nos organisations secrètes. Son responsable est Dustin Collins, l'un des commandants opérationnels de l'ID-9.

— ID-9 ?

— Division des renseignements, numéro neuf. Le protocole ID a été financé à peu près au moment où vous avez rejoint le SOC. Les agents affectés aux différentes sections ont une couverture encore plus profonde. Des affectations à plus long terme.

— Pourquoi le SOC fait-il venir un témoin de l'ID-9 ?

— Ce n'est pas nous.

Winston fronça les sourcils, attendant que Seagrave lui raconte la suite.

— Bartlett a accepté de témoigner contre Hawthorne et Collins.

— Collins ? se récria Winston, laissant échapper un sifflement lent. Alors, un commandant opérationnel est mouillé dans l'affaire ?

— Je le surveille depuis un moment. La surveillance des divisions d'identification incombe au SOC.

Le sang de Winston se glaça.

— Alors, vous êtes sûr que Collins est une taupe ?

— Affirmatif. Et nous avons la possibilité de le coincer grâce au témoignage de Bartlett et aux preuves sur l'ordinateur portable. Ce qui veut dire que vous devez le ramener ici. J'ai besoin de Bartlett vivant. J'ai besoin de Linda en vie, aussi. Et de cette foutue machine.

Winston dévisagea son ami.

— Vous m'avez parlé de Linda pour que j'accepte cette mission.

— Je vous ai parlé de Linda parce que vous avez le droit de savoir, répliqua Seagrave. Mais sachant ce que vous faites, je pense que vous pouvez compatir à la profondeur de la trahison de Collins.

*Merde.*

— Alors ? insista Seagrave.

Même s'il voulait faire l'autruche pour cette fois, il ne pouvait pas. Pas pour quelque chose d'aussi important.

— Agent, reprit Seagrave, bien que Winston ne soit plus officiellement un agent. Acceptez-vous cette mission ?

Winston se déplaça, regardant à nouveau l'écran. La vidéo passa l'image de Bartlett, pour revenir à Linda, debout sur le toit, son arme à la main. Elle était figée là, et Winston était certain que Seagrave avait demandé aux techniciens de monter ce plan à la fin de la séquence. Un dernier coup pour le pousser à bout s'il restait indécis.

Il ne l'était pas.

— Ça marche, lança-t-il. Je n'aurais jamais pensé dire ça, mais je crois que je vais retourner au Texas.

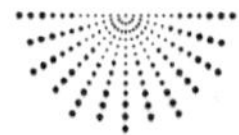

# CHAPITRE TROIS

— Tu es sûr que ça ne sera pas un problème ?

Winston changea de position sur la chaise en face du bureau de Ryan Hunter. Problème ou pas, il partait au Texas. Mais il préférait y aller avec la bénédiction de Hunter.

— C'est un prêt spécial au SOC, dit Hunter.

Il leva les mains d'un air de dire : « que puis-je fais ? »

— Comment rivaliser avec ça ?

— Eh bien, j'apprécie, répondit Winston.

Ryan Hunter dirigeait Stark Sécurité et ne recevait ses ordres que du milliardaire Damien Stark qui, d'après ce que Winston avait pu constater, laissait Hunter prendre la direction de l'agence. Avec quelques années d'existence seulement, l'agence avait déjà acquis la réputation d'être une force avec laquelle il fallait compter, tant au niveau national qu'international.

— Tu es un atout, Starr, précisa Ryan. Si le SOC essaie de te débaucher, nous allons nous affronter. Mais si Seagrave a juste besoin de t'emprunter pour une opération, ce n'est pas un problème.

Un demi-sourire dansa sur ses lèvres.

— Ça m'arrange que des organisations secrètes de renseignements nous doivent des faveurs par la suite.

Il se pencha en avant, les bras croisés sur son bureau alors qu'il dévisageait Winston.

— J'admets que je suis curieux. Je ne te demanderai pas de me mettre dans la confidence, mais pourriez-vous me dire de quoi il s'agit ?

— Pas vraiment.

En vérité, il aurait peut-être pu dire à Hunter que sa femme morte était réapparue et qu'il avait été chargé de comprendre ce qui se tramait. Seagrave faisait confiance à Stark et à Hunter, et il comprendrait que Winston ait besoin de parler à quelqu'un.

Sauf, bien sûr, qu'il n'avait pas besoin de cela – ou peut-être que si, mais il refusait de se laisser réconforter. De toute façon, en révélant la situation, il ne ferait que montrer qu'il avait été le dindon de la farce. Pratiquement cocu, dans l'histoire. Utilisé par sa femme dans un but infâme qu'il ne comprenait toujours pas. Elle l'avait trahi, il le savait. Et il avait beau vouloir se convaincre que ce n'était qu'un malentendu, il savait bien que c'était une illusion. Elle l'avait utilisé, et quand elle en avait terminé avec lui, elle s'était éclipsée dans le noir, s'assurant qu'il ne la suivrait pas en lui faisant croire qu'elle était morte.

Winston avait été aveuglé par l'amour, et ce n'était pas quelque chose qu'il était enclin à partager avec l'homme qui non seulement signait son chèque de paie, mais qui faisait confiance à ses instincts sur le terrain. Et honnêtement, il ne voulait pas voir la compassion sur le visage de ses amis quand ils apprendraient la vérité. Voilà pourquoi il avait l'intention de garder cette vérité pour lui.

— Je ne peux pas partager les détails, dit-il à Hunter. Mais ça remonte à l'époque où j'étais shérif. Tu sais déjà que j'ai passé du temps à travailler étroitement avec le SOC à l'époque.

— Du nouveau dans une ancienne affaire, répondit Hunter. Je comprends. Tu vas nous manquer, mais nous nous adapterons. Je vais mettre Leah avec Renly pendant ton absence. Elle va l'aider à s'installer.

— Renly ?

Hunter secoua la tête en fronçant les sourcils.

— Désolé. Renly Cooper. J'ai oublié que tu n'étais pas là hier soir. Il est passé chez Emma après ton départ.

— J'ai hâte de le rencontrer.

— Il est avec Sarah si tu veux lui dire bonjour.

Sarah était l'ancienne chef de bureau à temps partiel, qui était récemment passée à temps plein.

— Quand je serai de retour, dit Winston en consultant sa montre. J'ai un avion à prendre et je dois me dépêcher si je veux être à l'heure.

— Pour Austin, c'est ça ?

— Ce n'est pas un mauvais endroit pour une mission.

Il essayait d'avoir l'air décontracté. En vérité, il avait toujours aimé la capitale du Texas. Il n'y était pas retourné depuis la mort de Linda, ou plutôt, depuis sa trahison. C'était leur escapade favorite du week-end, et l'idée d'y aller sans elle était trop dure à supporter.

Maintenant, elle était en vie, et il y retournait pour l'appréhender. Il était convaincu que c'était la dernière fois qu'il visitait cette ville. Quelle que soit la tournure que prennent les événements, ses souvenirs – et Austin – resteraient à jamais entachés.

— Je suis sûr que le SOC t'a bien équipé, et comme je ne connais pas la mission, je ne peux pas parler des détails. Mais je te conseille de rencontrer Noah Carter quand tu seras là-bas.

— J'y penserai, dit-il en prenant la carte que Ryan lui tendait.

Il avait rencontré Noah une fois auparavant, dans le cadre des activités de Stark. Une soirée après les Grammy Awards, en l'honneur de la chanteuse populaire Kiki King, la femme de Noah. Dans le passé, il avait travaillé avec un groupe para-militaire de l'ombre du nom de Délivrance, dont plusieurs membres travaillaient maintenant pour Stark Sécurité.

Génie des technologies, Noah avait quitté Délivrance pour diriger le bureau d'Austin de Stark Technologies Appli-quées. Winston n'avait aucune technologie spécifique en tête, mais qui sait ce dont il pourrait avoir besoin au débotté ? Il avait le sentiment que Noah était doué en piratage informa-tique, et cela pourrait s'avérer utile.

— Je lui passerai un coup de fil en cours de route, promit Winston. Je l'inviterai à manger quand je serai là-bas.

Avec le changement d'heure, il arriverait vers quatorze heures pour un déjeuner tardif. Et après cela, il devrait se mettre en action pour intercepter Linda.

Il se retourna en entendant un léger tapotement à la porte. Leah lui souriait, ses sourcils remontés sur son front au-dessus de ses lunettes noires.

— J'y vais, si tu veux que je te dépose à l'aéroport. À moins que tu aies déjà appelé un service de VTC ?

— Je veux bien qu'on me dépose, merci.

— Bon voyage, lança Hunter, se levant en même temps

que Winston. N'hésite pas à appeler si tu as besoin de quoi que ce soit.

— Besoin ? fit Leah alors qu'ils se dirigeaient vers les portes principales. Ce n'est pas un truc de famille ?

Winston éprouva une pointe de culpabilité pour lui avoir dit cela. Ils avaient travaillé ensemble pendant toute la durée de son mandat chez Stark Sécurité. Ils s'étaient même saoulés ensemble à Hong Kong, puis avaient réussi à se perdre complètement en rentrant à l'hôtel en titubant. S'il avait eu des doutes quant à l'amitié de Leah ou à sa valeur en tant que partenaire, ils avaient été effacés quand non seulement elle avait réussi à retrouver leur route en dépit de leur état d'hébétude, mais n'avait jamais soufflé mot à personne chez Stark Sécurité de leur grosse erreur de jugement.

Certes, l'affaire était déjà résolue et ils étaient restés un jour de plus pour faire du tourisme. Mais Winston n'avait pas l'habitude de boire autant, et certainement pas dans un pays étranger. En fait, il avait vu une femme, une femme qui lui avait rappelé Linda. Et bon Dieu, il avait perdu sa jugeote.

Il pressa ses doigts sur ses tempes alors que le souvenir de son monstrueux mal de tête lui revenait. Non seulement cela, mais un sentiment de crainte maladive se fit jour en lui. Il s'était saoulé parce qu'il avait croisé le regard d'une inconnue. Comment pouvait-il espérer survivre à cette mission s'il s'agissait de retrouver celle qui était à l'origine de tout cela ?

— Allô Winston, ici la Terre, dit-elle alors qu'il prenait son sac à dos sur son bureau et le mettait sur son épaule.

— Quoi ? Oh, désolé. Oui. Un truc de famille.

— C'est ce que je pensais.

Elle fouilla dans son sac à main.

— Oh, zut ! Attends, je reviens dans une seconde.

Il la regarda se diriger vers le bureau de Sarah, l'esprit

toujours occupé par ses parents. Ils vivaient à Llano, une jolie petite ville dans le Hill Country. Ils étaient à la retraite, maintenant, et avaient acheté un petit cinéma avec leurs économies. Son frère et sa belle-sœur les aidaient à le gérer, et Winston était impressionné. Jusqu'à présent, ils n'avaient pas tout perdu. Et puis, son père avait acheté des actions de Google, Microsoft et Netflix avant que ces sociétés n'explosent. Il avait donc pu prendre sa retraite d'avocat de la défense en faveur d'un travail qui lui permettait de diffuser des classiques comme *Douze hommes en colère* et *Témoin à charge*.

Il parlait régulièrement à ses parents, mais il ne les avait pas vus depuis des lustres. Il avait juré de ne jamais retourner au Texas après la mort de Linda, tout en sachant que ce serment ne pouvait pas s'appliquer à sa famille. Avec le temps, il aurait réussi à surmonter sa douleur et il aurait été capable de leur rendre visite, quand il ne serait plus une coquille vide et insensible. Sans compter que Llano, c'était loin de Hades.

Maintenant, il regrettait presque de ne pas avoir plus de temps avant de se rendre à Austin. Ce serait agréable de s'asseoir pour discuter avec son père, pendant que sa mère lui reprocherait de ne pas assez manger.

C'était comme ça, autrefois. Maintenant, cependant... eh bien, maintenant il n'était pas rentré à la maison depuis plus de trois ans. Il était allé les voir après la mort de Linda. Après avoir tué McNally et après sa convalescence. Ça l'avait aidé. Et en même temps, pas du tout. Parce qu'en regardant ses parents – leur relation complice, l'aisance avec laquelle ils pouvaient lire dans les pensées l'un de l'autre et anticiper leurs besoins mutuels –, il pensait tant à Linda qu'il en avait presque du mal à respirer.

Pendant tout le séjour, il s'était senti creux, aspirant leur compassion sans rien donner en retour.

À présent, il voulait le réconfort de sa mère et la douce sagesse de son père. Mais il savait très bien qu'il n'irait pas. Ils l'avaient aimée, eux aussi. Ils avaient pleuré la femme qu'ils avaient cru connaître, et il n'allait pas entacher leurs souvenirs avec la vérité.

*Mais ce n'est pas la vérité. Il y a une autre explication. Il doit y en avoir une.*

Ces mots tournaient en boucle dans son esprit, mais il ne devait pas s'y fier. Il y avait peut-être un rebondissement dans le dernier chapitre de chaque roman policier qu'il lisait, mais la vie ne fonctionnait pas sur le même mode. La réalité que l'on voyait, c'était la réalité qui existait, et soit on apprenait à s'adapter, soit on mourait.

Passé un temps, il avait voulu mourir. Continuer sans elle était une charge trop lourde à porter. Et puis, la veille au soir, la révélation qu'elle avait simulé sa mort lui avait fait perdre les pédales une fois de plus.

Mais il n'était pas brisé. Pas cette fois.

Si quelqu'un devait être brisé, c'était Linda, pas lui. Il avait beau détester les circonstances, il ne pouvait pas nier l'appel brûlant de la fureur. Il n'avait qu'une envie, la faire tomber.

— Tu es restée là-dedans un moment, dit-il lorsque Leah revint.

— Désolée. J'ai laissé mes clés sur le bureau de Sarah, mais ensuite j'ai parlé à Renly. Il a un tas de trucs à raconter.

Winston jeta un coup d'œil vers les parois de verre, derrière lesquelles Renly Cooper était assis sur le bureau de Sarah tandis qu'elle feuilletait de la paperasse, sans doute pour s'assurer que les divers contrats et accords de confidentialité étaient signés.

— Un Navy SEAL, dit Winston. Tu m'étonnes qu'il a de bonnes histoires.

— Oh, oui, il doit avoir des anecdotes de l'armée à raconter, aussi, répondit Leah alors qu'ils se dirigeaient vers l'ascenseur jusqu'au parking du sous-sol. Je n'avais pas vraiment pensé à ça. Et puis, nos histoires de chez Stark Sécurité doivent être tout aussi bonnes.

— Alors, de quoi parliez-vous ?

Elle appuya sur le bouton de l'ascenseur, puis se tourna pour le dévisager.

— Tu ne sais pas qui c'est ?

— Je dirais Renly Cooper, mais j'ai le sentiment que ce n'est pas la réponse que tu attends.

— C'est vrai que tu es un peu technophobe sur les bords. As-tu au moins un compte Facebook ? Ou Twitter ?

— Non. Et pourtant, j'arrive à me faire un chemin dans la vie.

Il voyait presque l'effort qu'elle faisait pour ne pas lever les yeux au ciel.

— Il vient de rompre avec Marissa McQuire, dit-elle à la place. Et avant ça, il sortait avec Francesca Muratti. C'est à cause de lui que leur amitié est partie en vrille.

— Je l'ignorais. Cela dit, je ne savais pas qu'elles étaient amies.

Elle plissa les yeux.

— Tu ne sais même pas de qui je parle, n'est-ce pas ?

Il cita les films les plus récents des deux actrices.

— J'aime le cinéma, dit-il. Mais ce n'est pas pour autant que je dois aussi aimer les potins d'Hollywood.

Cette fois, elle leva vraiment les yeux au plafond.

— Parfois, les ragots sont plus divertissants que les films.

— Oui, tu as peut-être raison. Alors, qui est-il pour connaître ces femmes ? Il vient d'une famille d'Hollywood ?

— Il est consultant pour le cinéma. C'est cool, hein ? Il y travaillait à plein temps, mais ensuite, il a rencontré Damien à une fête ou quelque chose comme ça, et je crois qu'il cherchait un métier qui ait du sens. Honnêtement, je ne sais pas tout. Mais il a l'air sympa.

Winston lui lança un coup d'œil par-dessus le toit de la voiture avant qu'ils ne se glissent tous les deux à l'intérieur.

— Eh bien, profite des prochains jours pour lui montrer les ficelles du métier. Mais n'en profite pas trop.

Elle se renfrogna, puis démarra le moteur.

— J'ai dit qu'il était intéressant, pas que j'écarterais les cuisses.

Il éclata de rire. C'était l'une des choses qu'il aimait le plus chez Leah. Une minute, elle pouvait être aussi dynamique et survoltée qu'une adolescente, et la suivante aussi vulgaire qu'une prostituée. C'était l'un de leurs meilleurs agents sous couverture, en partie grâce à ses talents de caméléon.

— Je me suis trompé, dit-il. Je pensais avoir perçu l'aura d'un coup de foudre de ton côté.

— Je dois admettre que je souffre d'une attirance non réciproque, admit-elle. Mais Renly Cooper n'est pas l'objet de mon désir.

— C'est sérieux ?

Elle pouffa.

— Pas le moins du monde.

Il hocha la tête d'un air sage.

— Tant mieux. On risque moins de se blesser si on y va doucement.

— C'était le cas, pour Linda et toi ?

Il se crispa, espérant qu'elle ne le remarquerait pas. Leah

et lui avaient passé de longues heures ensemble, en mission, et elle savait à quel point il aimait sa femme, combien elle lui manquait. Mais elle ne pouvait pas deviner que Linda était bien la dernière personne dont il voulait parler en ce moment, même si elle était la seule à occuper ses pensées.

— Non, répondit-il avec un demi-sourire. On n'y est pas allé doucement, pas du tout. Ça a été rapide, brutal. Et à la fin, ajouta-t-il en se tournant vers elle, la douleur a été profonde.

— Je sais. Mais c'était différent.

— Oui, dit-il en prenant conscience que le sujet était plus sérieux qu'elle ne le pensait. Très différent.

# CHAPITRE QUATRE

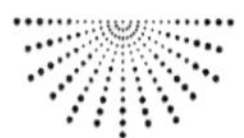

— **D**ites-moi comment je peux vous aider.

Noah Carter leva son verre et prit une gorgée de bière.

— Ryan ne m'a rien dit d'autre, si ce n'est que vous auriez peut-être besoin de moi. Anderson m'en a dit un peu plus.

— Vraiment ?

Noah haussa les épaules.

— Ryan m'a dit que vous passiez et que vous auriez peut-être des besoins en technologie. Ce n'était pas pour une mission de l'agence, alors j'ai appelé Anderson. Je lui ai demandé s'il vous connaissait et ce qui se passait.

— Hmm, fit Winston.

— Impressionné ou agacé ? demanda Noah, ponctuant sa question par un rictus.

— De toutes les possibilités, vous avez contacté le SOC ? Je dois dire que ça m'impressionne.

— Honnêtement, ce n'était pas si difficile à comprendre.

— Vraiment ?

L'autre homme se pencha en arrière, une expression amusée sur son visage rasé de près.

— Attention, c'est presque de l'espionnage industriel à ce stade. Mais c'est juste. Vous êtes dans le métier, après tout.

Il vida le reste de sa bière et fit signe à la serveuse pour une autre tournée.

— Vous travaillez pour Stark Sécurité et je sais que l'agence a de bonnes relations non seulement avec Anderson Seagrave, mais aussi avec le SOC en général.

Winston hocha la tête. C'était vrai. Non seulement Emma et lui avaient tous deux travaillé pour l'agence gouvernementale secrète, mais aussi Mason, le mari de Denny, et Denny elle-même. C'était un travail qui en valait la peine, certes, mais ils avaient tous payé le prix fort pour leur temps de service.

— Allez-y, insista-t-il.

Noah sortit une frite du panier qu'ils partageaient. Ils s'étaient rencontrés au *Fix*, un bar local sur la Sixième Rue d'Austin, à quelques pas du bureau de Noah et du Stark Century Hotel où, selon les dernières informations, Bartlett avait pris une chambre environ une heure auparavant.

— Ryan n'aurait pas trahi la confiance. S'il a suggéré que vous me contactiez, c'est parce qu'il avait l'autorité nécessaire. Et la seule agence secrète avec laquelle Ryan *sait* que je travaille, c'est le SOC.

— Mais ce n'est pas la seule agence secrète avec laquelle vous travaillez réellement, commenta Winston, amusé.

— Quel est le dicton, déjà ? Aide-toi et le ciel t'aidera ? J'ai une longue liste devant ma porte maintenant. Et tant que ni moi ni Damien ne trouvons à redire sur leur sens des affaires, toutes les devises se valent.

— C'est très capitaliste de votre part.

Noah s'esclaffa.

— Ah oui ? Ma femme trouve que c'est de la vanité, essaimer ma technologie dans le monde entier. Peut-être, mais mes produits n'ont toujours pas la même portée que ses chansons.

— J'ai tous ses albums, admit Winston. Elle a du talent.

Noah sourit avec une telle fierté que le cœur de Winston en souffrit.

— Oui, vraiment.

— D'après ce que j'ai entendu dire, vous aussi. Peut-être plus que ce que Ryan a laissé entendre. Dites-moi le reste.

La serveuse arriva avec leur deuxième tournée et Noah leva son verre pour porter un toast. Winston en fit de même lorsque Noah lui dit :

— Comme Carnac le Magnifique, je vais révéler tout ce que je sais sur vous et les vôtres.

— Je trépigne d'impatience. Que vous a dit Anderson ? Et qu'avez-vous découvert par vous-même ?

— Seulement que votre mission était importante. Vous êtes ici pour récupérer les preuves d'un témoin potentiel nommé Bartlett et peut-être arrêter un tueur à gages.

— Ça résume bien la situation.

— Le tueur est une femme, je présume. Ex-petite amie ou partenaire. Peut-être une épouse. En tout cas, quelqu'un avec qui vous avez couché.

Winston parvint à ne pas s'étouffer avec sa bière.

— Seigneur, Noah. Vous méritez vraiment un turban de magicien.

— Non. C'est juste de la logique de base.

Il sourit, plein d'assurance – très légitime, à l'évidence.

— Primo, le SOC a une succursale à Austin. Ils ne manquent pas d'agents, et pourtant, ils vous font venir de Los

Angeles. Secundo, il n'y a que vous. Pas une équipe, ce qui me laisse penser que soit c'est une mission hautement confidentielle, soit ils veulent qu'elle soit attrapée vivante. Ou les deux.

Il rencontra le regard de Winston, comme pour dire : « Comment je m'en sors, jusqu'ici ? »

— Continuez.

— Je pense qu'il est juste de supposer qu'elle est dangereuse, et cela signifie qu'ils vous ont envoyé en solo, vous plutôt qu'un autre agent du SOC, parce qu'il y a de fortes probabilités qu'elle vous laisse la vie sauve, alors qu'avec quelqu'un d'autre, elle irait jusqu'au bout pour s'échapper. En d'autres termes, conclut-il comme s'il tirait sa révérence, ils misent sur la culpabilité ou la nostalgie. Soit elle décidera de se rendre sans se battre, soit elle capitulera. Dans tous les cas, vous êtes tout désigné pour ce travail.

Après quoi, il se pencha en arrière dans son siège.

— Alors, qu'en pensez-vous ?

— Hunter m'avait dit que vous étiez un génie des technologies. Il me semble qu'il aurait pu se contenter de génie tout court.

Noah éclata de rire.

— J'apprécie le compliment.

Puis il fronça les sourcils.

— Alors, qui est cette femme pour vous ? Une ancienne partenaire ?

— En quelque sorte, fit Winston sans trop savoir pourquoi il s'ouvrait à cet inconnu. C'était ma femme.

— Seigneur.

Winston haussa les épaules, comme pour dire que ce n'était pas grave, alors que, bien sûr, c'était le pire séisme de sa vie.

— Avant, elle était tout pour moi, et je pensais que c'était réciproque. Apparemment, je me trompais cruellement.

Noah hocha lentement la tête. Une ombre sembla traverser son visage lorsqu'il dit :

— Je peux vous donner un conseil ?

— Bien sûr.

— J'ai vu beaucoup de choses et j'en ai expérimenté autant. Si j'ai une conviction, c'est que bien souvent les choses ne sont pas ce qu'elles semblent être.

Il prit une longue gorgée de bière.

— Ça fait réfléchir.

Winston repensa à la vidéo que Seagrave lui avait montrée. Il avait tellement envie que Noah dise vrai, et en même temps, il était certain que ce ne serait pas le cas.

— Alors, dites-moi ce que je peux faire pour vous. Je me ferai un plaisir de remplir vos poches de gadgets technologiques, mais je dois savoir ce dont vous avez besoin.

— D'abord, vous pourriez me donner accès à la chambre de Bartlett.

— Oh, dommage, dit Noah. J'espérais un défi.

Il fouilla dans la poche de son costume et en sortit une clé magnétique.

— J'ai pensé que vous me demanderiez ça. Chambre 312. Une suite. S'il vous plaît, ne dérangez pas les autres clients. Je préfère ne pas avoir à m'expliquer avec Monsieur Stark.

— D'accord, promit Winston.

— Vous pourriez le pincer aujourd'hui, vous savez.

Winston acquiesça.

— Mais je risquerais de ne pas retrouver la femme. Le SOC les veut tous les deux.

Et lui, il voulait Linda.

— C'est logique. Vous serez intéressé de savoir qu'il a réservé une table au bar pour 18 h 15. Une table de deux.

— En effet, intéressant.

— C'est ce que je me suis dit. Soit c'est une réunion d'affaires, soit il s'agit de sa vie privée. Dans tous les cas, je parie que c'est avec la femme.

Winston acquiesça. C'était aussi son avis. D'après ce qu'avait dit Seagrave, les informations sur cet ordinateur portable avaient une valeur significative. Bartlett coopérait avec le gouvernement, ou du moins, il en avait l'air. Mais s'il était du genre à faire des affaires avec les Horace McNally et Billy Hawthornes du monde entier, alors il vendrait des renseignements pour son propre profit avant de laisser le gouvernement les lui récupérer gratuitement.

— Vous voulez que je travaille avec vous ? demanda Noah. Pas sur le terrain, évidemment, mais je peux me charger des communications.

Winston réfléchit. Il y avait un certain réconfort à savoir que quelqu'un le soutenait, prêt à envoyer la cavalerie si les choses tournaient mal. Mais il secoua la tête. D'une part, le SOC voulait que ce soit une opération solo, la sienne. Plus important encore, il ne voulait pas avoir les mains liées. Les communications étaient synonymes de responsabilité. Et depuis qu'il avait appris la vérité sur la trahison de Linda, un besoin sombre avait ressurgi en lui. Il voulait du temps seul avec elle, pour l'interroger sans public, pour apprendre enfin ce qui avait mal tourné entre eux.

Il répugnait cependant à refuser une main tendue.

— J'ai besoin de travailler seul sur cette affaire, et vous m'avez déjà aidé au-delà de toute mesure en me donnant accès à la chambre de Bartlett.

— Je peux faire plus.

— Pas par la com, répondit Winston. Je n'ai pas besoin de vous dans mon oreille. Mais que diriez-vous d'un amplificateur ? Si c'est ma cible qu'il rencontre au bar, alors je veux entendre ce qu'ils disent. Mais je ne suis pas en position de m'asseoir à la table à côté d'eux.

— Assez loin pour passer inaperçu et ne pas être reconnu, comprit Noah. Mais trop loin pour laisser traîner ses oreilles sans aide extérieure.

— Exactement.

Une fois de plus, Noah sourit.

— Je pense avoir ce qu'il vous faut.

Il leva la main pour demander l'addition.

— Mon bureau n'est qu'à quelques rues d'ici. Allons voir quels jouets on peut trouver.

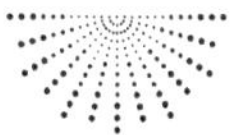

# CHAPITRE CINQ

Winston devait bien admettre que le Stark Century Hotel d'Austin avait l'un des bars les plus agréables qu'il ait jamais visités. Et il en avait connu un certain nombre. Cela dit, il connaissait bien Stark, maintenant, et il n'en attendait pas moins de lui.

Ce qui rendait ce bar si impressionnant, c'était qu'il répondait parfaitement à ses besoins pour la soirée. Contrairement à d'autres bars d'hôtel destinés à accueillir une foule tapageuse après le travail, le *Library Bar* avait été conçu pour favoriser une atmosphère plus feutrée. Des fauteuils en cuir luxueux entouraient des tables en bois foncé. Des étagères remplies de volumes de littérature moderne et classique bordaient les murs. L'éclairage tamisé renforçait le thème de la bibliothèque, l'essentiel de la lumière provenant des lampes de lecture en laiton qui ornaient chaque table.

Le bar proprement dit attirait quelques personnes, qui buvaient debout en discutant tout bas, mais dans l'ensemble, la salle était calme et l'ambiance raffinée... sans compter qu'il y faisait suffisamment sombre pour permettre à la clientèle d'évoluer dans un anonymat relatif.

C'était exactement ce que cherchait Winston. Grâce à son lien avec le monde de Stark, Noah avait pu lui indiquer la table que Bartlett avait réservée, et Winston avait choisi un siège dans la courbe du bar de forme ovale. L'emplacement présentait plusieurs avantages. S'il pivotait sur le tabouret, il obtenait la table de Bartlett en ligne de mire. Mais s'il restait nonchalamment assis, personne dans la salle ne voyait plus que son dos.

Il avait aussi la technologie de Noah en renfort. Un simple récepteur déjà dans son oreille, et un micro multidirectionnel intégré dans l'écouteur des lunettes qu'il portait comme camouflage. De plus, il pouvait orienter la direction du micro en manipulant les commandes de son téléphone.

Quiconque regarderait dans sa direction le prendrait pour un homme d'affaires prenant un verre en solo tout en parcourant ses e-mails.

Bien sûr, il y avait un risque que Linda le reconnaisse. Mais à Hades, il avait tendance à vivre en jean ou en uniforme de shérif. Pendant tout le temps qu'ils avaient passé ensemble, elle avait dû le voir en costume moins d'une demi-douzaine de fois. Et c'était sans compter leur mariage.

Quant à ce costume... avec son prix, il aurait pu s'acheter une petite voiture. Il l'avait choisi dans la boutique pour hommes du hall de l'hôtel. Un mélange de soie et de laine, aussi haut de gamme qu'un costume pouvait l'être sans être fait sur mesure. Et encore, le tailleur avait réussi à effectuer les retouches en une heure. L'étiquette du prix avait failli lui donner une crise cardiaque, mais il l'avait facturé au SOC – merci beaucoup ! Cette mission allait peut-être le dévorer tout cru, mais au moins, il souffrirait avec élégance.

Il était différent, du reste, quand il se regardait du point de vue de Linda. Son visage était légèrement plus bronzé depuis qu'il vivait près de la plage. Entre les longues promenades et les week-ends qu'il passait sur son petit bateau, il prenait mieux le soleil que sous les larges bords de son chapeau de shérif, même avec les étés impitoyables du Texas.

Il ne portait plus de chapeau, maintenant, et ses cheveux aussi avaient changé. Plus courts, près du cuir chevelu. Moins de problèmes et moins de souvenirs. Linda aimait passer ses doigts dans ses cheveux lorsqu'ils s'étaient blottis l'un contre l'autre, à discuter dans le lit. C'était cathartique de se couper les cheveux, même si cela ne suffisait pas à le débarrasser de ses souvenirs.

Il avait aussi une barbe, à l'époque. Légère, une barbe de quelques jours qu'il entretenait. Maintenant, il était rasé de près.

Tous ces changements étaient infimes, mais ils s'additionnaient. Noah l'avait confirmé quand Winston lui avait montré une photo de ses années Texas.

— En y regardant attentivement, elle vous reconnaîtra. Mais je doute qu'elle se concentre sur quelqu'un d'autre que Bartlett.

Cette déclaration l'avait à la fois rassuré et déprimé. Il se réjouissait de ce camouflage, bien sûr, mais l'idée que la femme qui avait été toute sa vie ne le reconnaisse même pas lui faisait l'effet d'un coup de pied dans le ventre.

Cela dit, il ne la reconnaîtrait pas, lui non plus. Pas physiquement, car il l'avait reconnue assez facilement dans la vidéo. Mais la femme qu'elle était devenue ? Une femme capable de pointer une arme, tirer, puis s'en aller en laissant le corps pourrir sur un toit ? Il ne reconnaissait pas du tout cette femme-là.

— Est-ce que quelqu'un va se joindre à vous ?

La voix suave de la serveuse résonna aux oreilles de Winston et il baissa le volume de son oreillette tandis que Bartlett répondait :

— Oui. Elle devrait être... Oh, justement, la voilà.

Ce fut plus fort que lui. Winston devait se retourner. Il se déplaça juste assez pour regarder par-dessus son épaule, regrettant immédiatement cette impulsion.

Son cœur s'était serré quand il l'avait vue en vidéo, mais c'était plus à cause de ses actes que de son apparence. En la voyant maintenant, en chair et en os, il avait l'impression d'être écorché vif.

Elle se tenait près du stand de l'hôtesse, ses cheveux blonds comme du miel tombant librement sur ses épaules. Elle portait une robe rose clair avec un corsage ajusté et une jupe laissant deviner la forme de ses cuisses. Elle se dirigea vers la table, les yeux sur Bartlett, avec un grand sourire.

Le sourire qu'elle lui adressait autrefois.

*Seigneur, comment avait-il pu être aussi stupide ?*

— Vous êtes superbe, lui dit Bartlett en se levant.

Mais il ne tira pas sa chaise, un détail que Linda avait forcément remarqué.

Winston fit la grimace, frustré contre lui-même. Il ne s'agissait pas d'un ex éconduit regardant sa femme sortir avec un nouvel homme. Il s'agissait d'éviter un mauvais coup et de récupérer l'ordinateur portable. Winston ferait mieux de ne pas l'oublier.

— C'est merveilleux de vous revoir, dit-elle en posant son sac en cuir avant de s'asseoir.

Sa voix était comme un ronronnement grave et sensuel à l'oreille de Winston.

— J'avais peur que vous me repoussiez.

— Certainement pas, répondit Bartlett en se raclant la gorge. Enfin, d'accord, en effet. J'ai failli ne pas vous rappeler. Je ne suis pas bête et énerver Billy Hawthorne serait la bêtise à l'état pur.

Il entendit les oscillations de son rire doux même sans l'oreillette. Il avait toujours aimé son rire et il dut se forcer à détourner le regard, sachant qu'il avait déjà trop lorgné de son côté et pris trop de risques. Au lieu de quoi, il se concentra sur le bourbon devant lui, faisant tourner le verre en regardant le glaçon commencer à fondre. Leur conversation se poursuivit à son oreille.

— Billy et moi sommes juste amis, disait-elle. Mais je pense qu'il a remarqué la façon dont je vous regardais, parce que quand je lui ai dit que je venais à Austin pour le travail, il a mentionné que vous y seriez aussi. C'était une coïncidence trop belle pour que je la laisse passer. J'espère que vous ne me trouvez pas trop audacieuse à vous appeler comme ça ?

Winston leva les yeux au ciel alors que la voix de Bartlett répondait :

— Oh, non. Je... je veux dire, c'était un plaisir d'avoir de vos nouvelles.

— Je suis si heureuse.

Sa voix était basse et intime, et Winston dut se forcer à se détendre de peur de faire exploser le verre de whisky qu'il tenait.

— Vous êtes originaire d'ici, n'est-ce pas ? demanda Bartlett. Du Texas, je veux dire. Je devine un léger accent.

— J'ai vécu dans l'ouest du Texas quand j'étais plus jeune.

Sa voix était atone, presque hachée.

— Ça vous manque ? demanda Bartlett.

Winston décréta que ce type était un abruti. Ou du moins,

trop insensé pour prêter attention aux signaux qu'elle émettait.

— Non, répondit-elle catégoriquement. Pour être honnête, j'essaie de ne pas y penser du tout.

Au bar, Winston ferma les yeux. Voilà au moins un point qu'ils avaient encore en commun. Il n'aimait pas repenser à ses années au Texas, lui non plus.

— Je ne serais même pas venue à Austin si ce n'était pas nécessaire, poursuivit-elle.

Malgré lui, Winston sourit. Un deuxième point commun.

— Oh.

Bartlett s'éclaircit la voix. Apparemment, il comprenait qu'il avait touché un point sensible.

— Alors, où habitez-vous ?

— À Chicago. Pas loin de chez Billy, en fait. Nous nous sommes rencontrés à une collecte de fonds de charité.

— C'est vrai. Il a... hmm, un grand sens civique.

Pendant un moment, il n'y eut rien d'autre que le cliquetis de l'argenterie et le bourdonnement de la conversation ambiante dans le récepteur à l'oreille de Winston. Il était sur le point de se retourner et de leur jeter un autre coup d'œil rapide lorsque Linda reprit :

— Seriez-vous contrarié si je vous disais que je ne veux pas parler de Billy Hawthorne ?

Sa voix était aussi douce que du velours. La même voix qui avait attiré Winston au lit si souvent, nuit après nuit, qui l'avait apaisé lorsqu'il rentrait frustré parce que quelque chose n'allait pas, que ce soit au bureau du shérif ou dans son vrai travail de lutte contre le Consortium. Cette mélodie si douce. Ce ton sensuel. Elle n'avait jamais manqué de l'émouvoir, de le faire fondre.

Ce soir, le seul effet qu'elle produisait en lui, c'est la

colère. Parce que tout cela n'était qu'un mensonge, comme son flirt avec Bartlett. Elle était ici pour le tuer, après tout. Et même si Winston fonctionnait encore, elle l'avait tué, lui aussi, depuis bien longtemps.

Le ricanement de l'homme retentit dans l'oreille de Winston.

— Croyez-moi. Quand je suis assis en face de vous, Billy Hawthorne est bien le dernier sujet de conversation qui me vient.

Pendant un moment, elle garda le silence. Puis, très doucement, elle dit :

— Je suis ravie de l'entendre.

Winston était incapable de rester immobile plus longtemps. Il se tourna juste assez pour la voir prendre sa main. Cette caresse intime fit naître en lui un élan de rage et de chagrin. Mais ce fut la bague qu'elle portait, confirmant ce que Seagrave lui avait dit, qui fit déferler en lui une vague de nausée.

Une grosse bague tape-à-l'œil, avec une seule pierre sertie dans du platine. Il ne pouvait pas la voir de son point de vue, mais s'il se rapprochait, Winston savait qu'il verrait le serpent gravé dans la pierre.

Aussi joli et finement ouvragé que redoutable.

Il avait déjà vu cette bague avant. À Hades. À l'époque, elle était au doigt d'une blonde bien roulée qui avait dragué Winston dans un bar. Il lui avait exprimé son désintérêt, mais elle avait réussi à glisser sa main le long de son cou. Lorsqu'il avait senti la piqûre, il était trop tard.

Heureusement, Emma travaillait avec lui cette nuit-là. Elle avait plaqué cette garce sur le sol pendant que Winston se débattait pour rester conscient.

Il avait eu de la chance. L'aiguille cachée dans l'anneau ne contenait qu'un sédatif, mais cela aurait pu tout aussi bien être du poison.

À présent, Linda avait la même bague. Et le seul avantage qu'il pouvait en tirer, c'était que tous les doutes qui subsistaient encore étaient désormais balayés. Ce n'était pas une coïncidence farfelue ni une mauvaise interprétation des faits.

Sa femme n'était pas seulement morte, elle n'avait jamais existé.

Sachant cela, c'était beaucoup plus facile de faire son travail.

Il la ferait tomber. Et si c'était elle ou lui, il la tuerait sans la moindre hésitation.

— Vous séjournez ici ? demanda Linda.

Bien que Winston ne puisse pas les voir, il savait que Bartlett avait hoché la tête, car elle chuchota, d'une voix douce et sulfureuse :

— Oh, c'est très bien.

— Vous... euh, vous pensez ?

— Oui, c'est un très bel hôtel. J'ai fréquenté son bar et son restaurant plusieurs fois, mais je n'ai jamais vu leurs chambres. Elles doivent être exceptionnelles.

— Oh, oui. Très.

Bartlett se racla bruyamment la gorge.

— Si vous... enfin, je veux dire, nous pourrions faire monter du vin et des petits fours dans la chambre. Peut-être, euh... commander un film.

— J'adore cette idée. Mais, Tommy, je ne pense pas que nous devions gaspiller de l'argent pour un film que nous finirions par ignorer, n'est-ce pas ? À moins que vous n'aimiez les bruits de fond, naturellement.

Alors que Tommy Bartlett s'éclaircissait la voix et rougissait probablement comme un adolescent, Winston ferma les yeux. Il ne savait pas s'il luttait contre le choc, le dégoût ou quelque chose de bien plus dérangeant. Comme l'excitation, par exemple. Quand ils étaient ensemble, il avait toujours pris l'initiative dans leur vie sexuelle. Mais il ne pouvait pas nier qu'il avait souvent fantasmé qu'elle le séduise dans son bureau ou qu'elle le plaque violemment contre le mur de l'entrée dès qu'il rentrerait chez lui à la fin de la journée, ignorant ses protestations, tout épuisé qu'il soit, pour lui faire une fellation juste là, derrière la porte.

Il ne lui avait jamais fait part de ces idées. Leur vie sexuelle était épanouie et il avait toujours craint qu'elle se sente obligée d'essayer d'être ce qu'elle n'était pas, s'il lui avouait ses fantasmes.

À présent, il ne savait même plus laquelle était la vraie Linda.

Ni l'une ni l'autre, sans doute. Elle jouait un rôle avec Bartlett comme elle l'avait fait avec lui.

Cette femme était un caméléon, et la seule façon pour lui de ne pas perdre pied pendant cette mission, c'était de garder cette vérité fondamentale fermement ancrée dans son esprit.

— ... demander l'addition ?

Winston grimaça en prenant conscience qu'il n'avait pas écouté la conversation. Il leur tourna le dos en abandonnant un billet de cinquante sur le bar, couvrant largement sa propre addition, puis il sortit, certain qu'ils le suivraient bientôt.

C'était facile de se rendre dans la chambre de Bartlett. Il avait le numéro de Noah ainsi qu'un passe. Il s'empressa d'agir, car Bartlett devait être impatient d'amener Linda dans la chambre avant qu'elle ne change d'avis.

Une fois qu'il atteignit la porte, cependant, il prit quelques mesures de précaution. Bartlett était peut-être un comptable, mais il effectuait l'essentiel de son travail pour des criminels.

Winston vérifia la porte à la recherche de fils éventuels visant à révéler si quelqu'un avait ouvert la porte malgré le panneau « Ne pas déranger ». Rien.

Jusque-là, tout allait bien. Il présenta la carte devant le lecteur, entendit le déclic de la serrure, puis entra lentement. Il était presque certain que la chambre serait vide, mais il ne voulait rien laisser au hasard.

Le silence l'accueillit. Il n'y avait personne. Seulement une valise ouverte sur un support et un magazine jeté sur le lit. C'étaient les traces d'un homme seul qui n'avait pas l'intention de rester trop longtemps.

Aucun ordinateur portable en vue.

Winston fronça les sourcils. Bartlett n'avait pas l'ordinateur avec lui dans le bar, il en était certain. Ce type portait un pantalon et une chemise, et il n'avait pas de mallette. Autrement, Winston ne serait pas monté dans la chambre. Linda avait déjà le comptable sous son charme. Si Bartlett avait apporté l'ordinateur au bar, elle aurait suggéré qu'ils aillent à son hôtel à elle. Un endroit où elle aurait tout le contrôle.

À moins que l'ordinateur ne soit pas là non plus...

Cette pensée le troubla et il consulta sa montre. Ils étaient peut-être déjà en route, mais il avait besoin de savoir. Il envoya un texto rapide à Noah, qui répondit presque immédiatement, assurant à Winston que Bartlett n'avait pas confié d'ordinateur portable à la chambre forte de l'hôtel et qu'il n'était pas non plus en contact avec le personnel.

Il donna également à Winston le code d'accès au coffre-fort des clients, situé dans le placard. Mais avant que ce dernier puisse accéder au coffre, il entendit le claquement de la serrure. Se glissant dans la penderie, il fit soigneusement coulisser la porte pour la refermer. Le panneau était fendu par des persiennes, lui donnant une vue dégagée de la chambre. Et du lit.

— Oh, c'est charmant.

La voix de Linda la précéda dans la pièce et Winston se raidit, faisant un pas en arrière lorsqu'ils passèrent devant sa porte.

— Je vous remercie de m'avoir invitée.

Bartlett rit en entrant dans son champ de vision.

— C'est drôle. J'aurais juré que vous vous étiez invitée.

— Oh, vous avez remarqué ?

Elle vint se placer en face de Bartlett. Tous deux étaient à présent devant la penderie, de profil.

— J'espère que vous ne me trouvez pas sans gêne.

Bartlett se racla la gorge.

— Pas du tout.

Elle passa les mains autour de son cou.

— Je suis heureuse de l'entendre.

Depuis sa cachette, Winston pouvait la voir triturer sa bague. Manifestement, elle attendait le moment de l'injection. Il était certain que la drogue était destinée à rendre Bartlett assez malléable pour révéler le mot de passe de l'ordinateur. Mais ce type de manœuvre était toujours risqué. Si elle en diffusait trop, son sujet risquait de perdre connaissance avant de divulguer la moindre information. Trop peu, et le poison resterait sans effet.

Sans compter un problème de taille : l'ordinateur n'était nulle part en vue.

— Vous devez vous détendre au lieu de travailler, lui dit-elle. Je pensais qu'un comptable serait entouré de documents, ou au moins, que vous auriez un ordinateur.

— Il est dans le coffre de la chambre. Je fais confiance aux hôtels, mais pas aux femmes de ménage.

Il se leva.

— Et puis, qui aurait envie de travailler alors que vous êtes là ? Nous allons commander du vin, et quoi d'autre ? Des huîtres ? Un dessert ?

— Les deux, quelle bonne idée.

Elle susurrait presque et Winston en vint à se demander qui il voulait étrangler le plus, elle ou le comptable.

Ce dernier se pencha en avant comme pour l'embrasser, mais elle recula avant de tendre la main pour poser un doigt sur ses lèvres.

— J'aime bien attendre, murmura-t-elle.

Winston dut mobiliser toute sa force pour se retenir de surgir du placard et l'interpeller sur le champ. Combien d'heures avait-il passées ainsi, dans une brume sensuelle, sa queue dure comme de l'acier et son corps brûlant d'envie ?

« J'aime cet état, lui avait-elle dit. L'envie et le désespoir, l'accumulation de désir. Pas toi ? »

Seigneur, oui, il adorait ça. À tel point que c'était devenu un jeu érotique pour tous les deux. En public, sur le canapé devant la télévision. Dès que l'un ou l'autre en avait envie, ils entamaient une danse lascive qui durait des heures et se terminait par une empoignade sauvage, explosive, d'autant plus puissante qu'ils s'étaient retenus longtemps.

C'était intime et intense. Propre à eux deux, comme il l'avait cru.

— C'est agréable d'attendre, concéda Bartlett.

— J'en suis heureuse.

— Et si vous vous mettiez à l'aise ? Il y a un peignoir derrière la porte de la salle de bain.

— Vraiment ?

Elle jeta un coup d'œil par-dessus son épaule, les sourcils légèrement froncés. Winston était certain qu'elle soupesait ses options, une supposition qui lui fut confirmée quand elle dit :

— Mais si je vais là-dedans, vous pourriez m'oublier.

— Je ne penserai à rien d'autre qu'à vous et à ce que je vais vous faire ressentir pendant le reste de la soirée.

Il souriait, réjoui et confiant.

— Tout est dans l'attente, n'est-ce pas ?

Elle se tourna vers lui.

— Vous apprenez vite, souffla-t-elle.

Même si Winston s'en voulut pour cela, il sentit les doigts froids de la jalousie remonter le long de sa colonne vertébrale.

Sous son regard, Bartlett fit un signe de tête vers la salle de bain.

— Allez-y. Je vais commander.

Elle hésita, et Winston fut certain de savoir ce qu'elle pensait. À sa place, il aurait évalué les mêmes options. Était-ce mieux de jouer le jeu ou de révéler ses cartes maintenant ?

Comme il l'aurait fait, elle se dirigea vers la salle de bain. Tant qu'elle n'avait pas accédé au coffre et vu l'ordinateur de ses yeux, elle ne pouvait pas se fier à ce que Bartlett lui avait dit. Mieux valait garder sa couverture jusqu'à ce qu'elle ait la certitude que la mission pouvait être couronnée de succès.

Bien sûr, ce fut la raison pour laquelle il garda soigneusement sa position, derrière la porte à persiennes, à regarder le drame qui se jouait devant lui.

Il entendit le déclic de la porte de la salle de bain et vit

Bartlett desserrer sa cravate. L'homme avait été un peu timide et maladroit au bar, mais dans cette chambre, il était plein d'assurance. Quel connard.

À présent, il s'approchait de la penderie. Winston se crispa et fit un pas sur le côté alors qu'une moitié de la porte s'ouvrait. Bartlett s'avança. Aussitôt, il passa à l'action. Saisissant le bras du comptable, il le retourna et le coinça contre le cadre métallique où les portes du placard coulissaient.

— Qu'est-ce que...

Winston plaqua son bras sur la bouche de l'homme, puis chuchota :

— Silence. Je ne vais pas vous faire de mal. J'ai une arme, mais je ne l'utiliserai pas. Je suis ici pour vous aider. La femme avec qui vous êtes... Elle n'est pas ce que vous pensez. C'est une tueuse professionnelle et Hawthorne l'a envoyée pour vous supprimer.

Voilà qui piqua sa curiosité. Les yeux de Bartlett s'arrondirent, puis se tournèrent comme s'il essayait de regarder vers la salle de bain.

— Silence, répéta Winston en desserrant sa prise sur la bouche de l'homme. Je suis ici pour vous aider. Je vais m'occuper de la femme. Puis je vous emmènerai en lieu sûr, vous et l'ordinateur.

— En lieu sûr ?

— Où vous serez protégé jusqu'à ce que vous puissiez témoigner. Je travaille avec le SOC. C'est Seagrave qui m'envoie.

L'homme pâlit nettement.

— Oh, mon Dieu.

— Je sais. Nous devons vous emmener là où Hawthorne et ses hommes ne pourront pas vous trouver. Faites ce que je vous dis et je m'assurerai que tout se passe bien.

Bartlett acquiesça, les yeux écarquillés par la peur.

Avec précaution, Winston relâcha sa main. Au même moment, il entendit le déclic de la porte de la salle de bain et poussa Bartlett à l'intérieur du placard, avant de le dépasser pour émerger dans la chambre, son arme à la main.

— Il n'y avait pas de peignoir, commenta Linda alors qu'un bip électronique retentissait dans le placard.

Avec une note enjôleuse dans la voix, elle ajouta :

— À la place, je vous ai emprunté une serviette.

Winston maudit silencieusement Bartlett d'ouvrir le coffre avant qu'il ait maîtrisé Linda, mais il ne pouvait pas s'occuper du comptable maintenant. Pas alors que Linda était devant lui.

Il vit sa bouche s'ouvrir, sous le choc, puis il sentit un objet métallique s'écraser par-derrière sur son crâne. Il bascula en avant alors que le fer à repasser de l'hôtel tombait sur la moquette à côté de lui. Roulant sur le côté, il tendit les bras pour faucher les jambes de Bartlett, tout en orientant son arme vers Linda.

Elle se figea, la bouche ouverte, les yeux aussi hagards que si elle avait aperçu un fantôme.

Au même moment, l'ordinateur de Bartlett vola et atterrit violemment sur le tapis épais alors que Bartlett parvenait à garder l'équilibre. Winston pesta, mais il garda son arme braquée sur Linda.

— Pourquoi ? lança-t-il au comptable. Je suis là pour vous aider.

Il avait cru que Bartlett prendrait l'ordinateur portable et irait se recroqueviller dans un coin. Au lieu de quoi, le comptable se ruait déjà vers la porte, la terreur émanant de lui par vagues presque palpables.

*C'est quoi, ce bordel ?*

Winston se leva pour s'élancer à sa poursuite, son arme toujours pointée sur Linda alors même qu'il s'arrêtait dans l'embrasure de la porte, mesurant ses options. Bartlett était déjà dans l'escalier. Ils n'étaient qu'au troisième étage, ce qui signifiait qu'il serait dans le hall avant que Winston puisse appeler la sécurité pour l'appréhender. S'il le suivait, Linda s'enfuirait.

Sans compter que l'ordinateur était toujours dans la chambre. Il pouvait faire d'une pierre deux coups, à défaut de trois.

Ce n'était pas parfait, loin de là, mais ça ferait l'affaire. Il lui fallut une demi-seconde pour passer en revue ses différentes options.

À présent décidé, il referma la porte, son arme visant tout droit le cœur de Linda.

— Winston...

Sa voix était stable, atone, dénuée du moindre remords. Pas même un soupçon.

— Ce serait un cliché si je te disais que c'est une sacrée surprise ?

Il secoua lentement la tête, dépité par la froideur de son intonation.

— Tu crois que je ne vais pas appuyer sur la détente ? Tu crois que je ne te détruirai pas avec plaisir ? Tu as gâché ma vie, bon sang. Tu as tué la femme que j'aimais.

Un sourcil levé, elle lâcha la serviette, la laissant tomber à ses pieds. Elle se retrouva nue devant lui, tout aussi belle que dans ses souvenirs.

— Peut-être, dit-elle en faisant un pas en avant. Si c'est une vengeance que tu veux, alors c'est le moment.

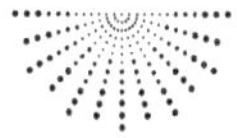

# CHAPITRE SIX

P *resque six ans plus tôt...*

Ma seule serviette suffit à peine à me couvrir, mais je maintiens les bords ensemble à une main entre mes seins, tout en le regardant dans les yeux. Il n'y a pas deux secondes, je sortais de ma salle de bain, encore humide de la douche, parce que j'avais laissé mon nouveau déodorant et ma brosse à dents dans le sac de courses sur la table basse. Ce que j'ai trouvé à la place, c'est le shérif Winston Starr.

Je garde le menton bien droit, déterminée à ne pas me laisser troubler même si mon cœur bat comme les ailes d'un papillon. Ce n'est pas uniquement parce qu'il est d'une beauté folle, avec son corps musclé, son visage robuste et ses yeux si doux qui se plissent lorsqu'il sourit.

Non, si je suis sur les nerfs, c'est parce que j'ai des secrets. Et si le shérif de cette petite ville les découvre... eh bien, ça ne va pas plaire du tout à mes patrons.

Je m'éclaircis la voix en prenant conscience qu'aucun de nous deux n'a parlé.

— Vous pouvez me dire ce que vous faites dans mon appartement ?

Il retire son chapeau en regardant le sol. Quand il relève la tête, je devine des excuses dans ses yeux.

— Linda, je suis désolé, dit-il en désignant la porte derrière lui. J'ai frappé. C'était ouvert.

— Oh.

*Merde.* Je prends une inspiration et lui offre un petit sourire.

— J'ai appelé le propriétaire deux fois. J'aurais dû la réparer moi-même, mais je n'ai pas eu le temps.

Je hausse les épaules.

— Nouveau boulot, nouvelle ville.

*Une vie secrète bien remplie...*

— Je peux m'en occuper pour vous.

— Oh.

Les palpitations dans ma poitrine recommencent, renforcées par une douce et agréable chaleur.

— Vous n'êtes pas obligé.

— Ça me fait plaisir.

Il glisse ses mains dans les poches de son pantalon marron clair, assorti avec la chemise d'uniforme ornée de son badge et autres symboles de son grade.

— Eh bien, je ne vais pas refuser votre aide. Merci.

Quand il me rend mon sourire, je me sens éclairée de l'intérieur. C'est léger, frais et nouveau. Je prends conscience que je souris comme une idiote. J'ai toujours l'impression de sourire avec cet homme. Une réalité inattendue qui rend mon travail à la fois plus facile et plus ardu.

Je ne suis en ville que depuis deux semaines. J'ai vécu ici

pendant un an, au lycée, quand mon père me traînait dans tout le pays pour trouver du travail. Il est mort ici, aussi, dans une explosion sur la plate-forme. Je suis restée chez une amie le reste de l'année, puis j'ai déménagé dans le Wisconsin chez ma tante.

Je me suis enfuie six mois après, j'ai obtenu l'équivalent du bac et, depuis, j'ai fait mon propre chemin.

Mais maintenant, je suis de retour. La mort de mon père dans cette explosion m'a aidée à obtenir un poste au bureau du maire. Sans compter que mes vrais patrons ont tiré quelques ficelles en coulisses.

Mon travail de couverture est assez facile. Je fais surtout du classement, je réponds au téléphone et je vais chercher le café pour mes supérieurs hiérarchiques, c'est-à-dire à peu près tout le monde.

Je transportais un plateau avec quatre cafés depuis la cafétéria jusqu'au bureau du maire quand j'ai vu Winston pour la première fois, il y a quatre jours à peine. Hades est assez petit pour que les bureaux de la ville et du comté partagent un bâtiment, et il entrait dans la cafétéria au moment où j'en sortais.

Il m'a pris le plateau sans un mot, puis il a marché à côté de moi. S'il s'était agi d'un autre homme, je l'aurais vertement réprimandé pour son côté condescendant et présomptueux. Avec Winston, en revanche, j'ai flotté pendant que nous faisions un brin de conversation, sûrement sans importance, mais qui m'a touchée.

Quand nous nous sommes arrêtés devant le bureau du maire, il a dit :

— Je suis content d'avoir eu raison.

J'ai froncé les sourcils.

— À quel sujet ?

— Vous savez, a-t-il dit avant de me rendre mon plateau.

Puis il a incliné le bord de son chapeau et il s'est éloigné.

Je l'ai regardé partir, mon pouls battant dans ma gorge. *Oui. Je savais.*

Les jours suivants, nos regards se sont croisés chaque fois que nous nous sommes rencontrés. Une fois, il m'a raccompagnée à ma voiture, et lorsque nos mains se sont effleurées, j'ai ressenti le choc de manière si intense que j'ai sursauté, ma peau brûlant sous l'effet d'une rougeur généralisée. Et pourtant, je ne suis pas du genre à rougir.

Mais nous n'avons pas encore vraiment discuté. Nous n'avons pas partagé de repas. Bon sang, nous n'avons même pas partagé le moindre café. Mais il est là, dans mon salon, et même si je résiste contre ma propre réaction, j'ai l'impression que sa place est ici.

Il y a une vive attirance entre nous, quelque chose que les chimistes ne comprendront peut-être jamais, mais qui existe néanmoins. Le genre de réaction qui me pousse parfois à rentrer chez moi après le travail et à me déshabiller, puis à me glisser dans mon lit et renoncer au dîner pour laisser libre cours à mes fantasmes. Le genre d'obsession qui fait vagabonder mon esprit pendant mes réunions au point du jour alors que je devrais absolument être plus attentive.

À présent, debout devant moi dans mon salon, il se racle la gorge.

— Je sais que je n'aurais pas dû entrer. Mais avec la porte ouverte comme ça...

— Vous pensiez qu'il y avait un intrus ?

Le coin de sa bouche ébauche un léger sourire.

— Ça m'a traversé l'esprit. Hadès est peut-être une petite ville sans histoires, mais il faut quand même être prudent.

J'en ris presque. De bien des façons, il est innocent.

Surtout en ce qui concerne cette ville. Il ne voit que les jolies petites maisons et la charmante rue principale. Pour lui, les seuls problèmes sont quelques ivrognes, le soir, ou des adolescents qui chapardent des bonbons et des DVD. C'est peut-être le shérif, mais à Hades, la pourriture a des racines si profondes qu'il ne la voit même pas.

Un jour, cependant, tout remontera à la surface. Il y aura une affaire d'agression ou un cadavre découvert quelque part dans le comté. Il sera aspiré dans l'enquête, il commencera à chercher et quand il ouvrira les yeux, il me verra, juste en face de lui.

Cette réalité me déchire le cœur, d'autant plus que maintenant, je sais ce que je dois faire. Je dois le remercier d'avoir vérifié la porte, puis lui demander de partir. Mais je n'en fais rien. Au lieu de quoi, je lui dis :

— Il n'y a pas d'intrus ici. Personne d'autre que vous.

Il ricane. Manifestement, il a perçu mon intonation un peu dragueuse. Il fait un pas de plus vers moi.

— J'aurais dû partir, dit-il, mais j'ai entendu la douche. Alors, je suis resté.

— Oh.

Je m'humecte les lèvres, comme une jeune innocente. J'ai vingt-cinq ans et je ne me suis pas sentie jeune depuis que ma mère est partie. J'avais cinq ans à l'époque. Et je suis bien certaine de ne pas être innocente.

— Pourquoi ?

Il penche la tête sur le côté, ses yeux dans les miens, et je sens la chaleur de son regard jusqu'à mes orteils nus.

— Vous savez, dit-il.

Mes mamelons durcissent et mon entrejambe palpite de désir.

Mon souffle se bloque dans ma gorge lorsqu'il fait un pas de plus.

— Ce n'est pas normal.

Ma voix semble lointaine même à mes propres oreilles.

— Non, dit-il. Ce n'est pas normal. Rien n'a été normal depuis l'instant où je vous ai vue.

Il croise mon regard et j'y vois un avenir, le genre d'avenir auquel je n'ai jamais osé rêver et que je ne connaîtrai jamais. C'est comme regarder la douleur en face, parce que je sais comment ça va se terminer.

Et pourtant, je ne peux pas détourner les yeux.

— Vous voulez que je m'en aille ?

— Non.

Je rencontre son regard, puis je laisse tomber la serviette.

— Je veux que vous restiez.

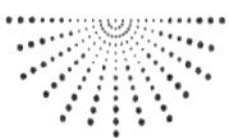

# CHAPITRE SEPT

— **W**inston ? dis-je maintenant, alors que le souvenir de notre passé commun me transperce, froid et doux-amer. C'est vraiment toi ?

Je fais un pas vers lui, mue par l'envie éperdue de le toucher. Mais une autre partie plus rationnelle de mon être souhaiterait qu'il ne soit pas là.

— Qu'est-ce que tu fais ici ?

— Arrête-toi là, ordonne-t-il alors que j'amorce un deuxième pas.

Je me fige. Autrefois, je savais sans l'ombre d'un doute qu'il ne me ferait jamais de mal, qu'il serait prêt à mourir pour me protéger. Mais cette époque est révolue.

Sa main est ferme sur son arme et le canon ne tremble pas. Si je l'ai ébranlé, il ne le montre pas. Je n'ai pas le moindre doute qu'il appuiera sur la détente si je ne fais pas exactement ce qu'il me dit.

Je ne mérite pas mieux, mais cette simple vérité m'attriste. Je n'aurais jamais pensé que ce jour viendrait, et maintenant, tout ce que je veux, c'est m'enfuir. Ce n'est pas pour fuir l'arme, non, ce que je veux, c'est échapper à ce regard dur et froid.

— On devrait parler, dis-je en tournant la tête vers le lit. Je peux m'asseoir ?

Ses yeux sont étroits et il me toise de haut en bas. C'est un regard impassible, scrutateur. Il n'y a rien de sensuel là-dedans, et pourtant mon corps y réagit avec traîtrise. Ma peau se réchauffe, mes tétons pointent, je rougis.

Je me souviens avec une clarté soudaine de la dernière fois où nous étions ensemble. Le salon était éclairé par la lueur du feu. Nous avions bu du vin et fait l'amour sur une couverture étendue à même le parquet du salon. Je chéris ce souvenir, mais une pointe de colère me transperce, car je sais que ce même souvenir ne fait que le blesser, à présent.

— S'il te plaît, dis-je en m'écartant sur le côté.

— Ne bouge pas, putain.

Je reste pétrifiée.

— Qu'est-ce que tu fais ici ? demandé-je à nouveau. Et pourquoi es-tu armé ? Je croyais que tu avais quitté la police.

— Tu croyais ? répète-t-il. Tu *croyais* ?

Il fait un pas vers moi tout en gardant soigneusement ses distances.

— C'est drôle. Je ne pensais pas que les morts pouvaient croire quoi que ce soit.

— Winston…

— *Non.*

Ce mot est tranchant, froid comme de l'acier, et je vois la douleur se refléter sur son visage. Une douleur que j'ai causée.

— Dis-moi.

Je passe la langue sur mes lèvres.

— Je sais que tu as quitté Hades. Tu as déménagé en Californie. Tu as quitté les forces de l'ordre, pris ta retraite et fait du bénévolat dans un refuge pour animaux.

Je m'en suis réjouie. Que l'assurance-vie que j'avais mise en place lui ait permis de laisser le métier de policier derrière lui. Enfin, il pouvait avoir un chien. Je lui avais dit que j'étais allergique, à l'époque, mais ce n'était pas vrai. En réalité, mes supérieurs ne voulaient pas d'une créature dans ma vie qui puisse au premier sens du terme flairer mes secrets.

Il plissa légèrement les yeux en me dévisageant.

— Je suis censé me sentir mieux ? De savoir que tu as gardé un œil sur moi ? Dis-moi ce que tu as vu, Linda. Parce que, si ce n'était pas un homme complètement brisé, alors tu t'es trompée de photo.

— Je sais. Je n'étais pas... je veux dire, je n'ai pas...

— *Quoi ?*

— Je ne t'espionnais pas. Je voulais juste savoir si tu allais bien.

Il éclata de rire, un son dur, rauque et sans joie.

— Si j'allais bien ? *Bien ?* Tu es folle ? Ma femme était morte, c'était ce que je croyais. J'étais déchiré en mille morceaux. Et toi, tu as gardé un œil sur moi pendant toutes ces années ?

— Non. Je...

— Quoi ? grogne-t-il.

Je dois fournir un effort pour ne pas reculer devant le vitriol qui déteint de sa voix.

— J'ai arrêté. Une fois que tu t'es installé dans le comté d'Orange, avec ta maison et ton travail au refuge, je n'ai plus suivi le cours de ta vie.

Redressant le menton, j'ajoute :

— Ça faisait trop mal de regarder ce que tu faisais sans rien pouvoir dire.

— Et je suis censé croire ça ?

— C'est la vérité. Chaque jour depuis cet horrible événement à Hades, j'ai essayé de te chasser de ma tête.

Je m'humecte les lèvres, sachant que j'en révèle trop. Mais il mérite de savoir, à moins que je cherche seulement à apaiser un peu ma propre culpabilité.

— Chaque jour, j'y échoue.

— Si tu cherches la compassion, tu te trompes d'interlocuteur.

— Je sais.

Je passe mes paumes moites sur mes hanches nues, puis je regarde fixement la moquette.

La vérité, c'est que je l'ai trahi. Je l'ai blessé. Et si je pouvais guérir ces blessures, je le ferais. C'était nécessaire, mais ça ne rend pas la douleur moins grande. Même si mon cœur souffre de ce que nous n'avons pas pu avoir, je sais que le chagrin qu'il a subi était bien plus profond.

Je ne peux pas le lui dire, naturellement. En tout cas, pas la vérité. Même si je le pouvais, quelle importance ? Nous ne récupérerons jamais ce que nous avons perdu. Je crois même que nous n'étions pas censés le vivre, tous les deux. Notre couple était en sursis, et j'étais la seule de nous deux à le savoir.

Cette froide réalité m'a hantée pendant des années. Je me disais que la douleur ne pouvait pas empirer, mais maintenant, je sais que j'ai été une imbécile. Je suis en vie, après tout. Avant ce soir, il aimait encore un souvenir.

Mais maintenant...

Eh bien, maintenant, je le laisse sans rien. À l'exception d'un vide profond à remplir de haine, de regrets et de chagrin.

Je laisse la douleur et les souvenirs m'envahir, puis je lève la tête et me concentre à nouveau sur son arme.

— Qu'est-ce que tu fais ici ?

Je force ma voix à se briser pour paraître effrayée, désespérée. Honnêtement, ce n'est pas si difficile.

— Tu m'as retrouvée ? C'est pour ça que tu as une arme ? Tu as réintégré la police ? Et tu es venu ici pour me faire du mal ?

Pendant un instant, son regard demeure froid, puis il secoue la tête avec un ricanement triste.

— Je ne suis pas flic, mais je porte quand même une arme. Quand on a vu ce que j'ai vu, tous les crimes, le meurtre de sa femme… eh bien, un excès de vigilance ne tue pas.

— Sans jeu de mots ?

J'essaie de plaisanter, d'adopter un ton léger.

Je dois réussir au moins un peu, car je vois sa bouche frémir aux commissures.

— Tu es venu ici pour me chercher ?

Il me regarde droit dans les yeux.

— J'ai cru que tu étais morte pendant des années. Quand je t'ai vue, ça m'a fait un choc. Ça ne pouvait pas être toi. Comment ma femme morte pouvait-elle être en vie ? Pourtant tu étais là, assise au bar de l'hôtel.

— Quelle coïncidence.

Ce mot effleure doucement mes lèvres, si doux que je peux presque le savourer. *Il ne savait pas. Il n'est pas venu ici pour me trouver.*

— Tu étais en ville par hasard ?

Il hausse les épaules.

— Pour le travail.

— Lequel ?

— Tu me croirais si je te dis que je suis consultant en cinéma ?

— Vraiment ?

Une fois de plus, il hausse les épaules, un peu gêné.

— En tant qu'ancien shérif de petite ville. Beaucoup de séries télévisées et de films veulent paraître réalistes.

J'acquiesce, soulagée qu'il ne connaisse que la version hollywoodienne de l'application de la loi.

— Ça doit être amusant.

— Je crois que nous avons atteint la limite de cette conversation.

— Bon, d'accord, dis-je avec un sourire. Alors, tu m'as vue au bar, puis tu nous as suivis dans la chambre. Le Winston que je connaissais avant aurait déboulé à notre table et m'aurait confrontée directement.

— Je ne suis pas l'homme que tu connaissais avant.

Il y a quelque chose de creux et caverneux dans sa voix quand il me dit ça. Quelque chose qui m'emplit d'un chagrin extrême.

Je déglutis.

— Non, apparemment.

Il enfonce sa main libre dans sa poche et ses yeux virevoltent dans la chambre avant de se poser sur moi.

— Quand je t'ai vue pour la première fois, assise là avec le connard qui s'est barré, j'étais sûr que ça ne pouvait pas être toi. Tu es morte, non ? Ma femme est morte depuis des années. Mais je vous ai suivis quand même. Mon instinct savait ce que mon esprit ne voulait pas admettre. Et quand j'ai frappé à la porte et que ce minable m'a dit comment tu t'appelais... C'était mortellement clair, pas vrai ?

— Sans jeu de mots ? tenté-je, espérant le faire sourire par cette blague éculée.

cette blague éculée.

Mais cette fois, je n'obtiens aucune réaction. Pas la moindre. Il se contente de me regarder fixement.

— Michelle Moon, dit-il. Ce connard que tu allais te taper a dit que tu t'appelais Michelle Moon.

Il prononce ce nom comme si c'était une trahison. Bien sûr, il le pense. *Je m'appelle Starr, et tu es ma Moon, la lune de mon étoile*, avait-il l'habitude de dire pour me taquiner. Quant à Michelle...

— Je suis vraiment désolée, bredouillé-je dans un murmure. Quand tu l'as entendu, tu as dû penser...

— Je n'ai pas réfléchi. Je n'en avais pas besoin. La situation était assez claire. Tu étais en vie. Tu m'avais trahi.

Je passe la langue sur mes lèvres.

— Alors, tu as juste frappé à la porte et le type t'a donné mon nom, comme ça ?

Il hoche la tête.

— J'ai dit que j'étais un vieil ami de Linda Starr. Il m'a répondu que j'étais à la mauvaise chambre. Que ton nom était Michelle Moon.

Je pince les lèvres.

— J'ai demandé à te parler, poursuit Winston, et il m'a dit que tu étais dans la salle de bain.

Il hausse les épaules et ajoute :

— Je ne sais pas ce qui m'a pris, mais je suis entré. Une fois que j'ai franchi la porte, je lui ai dit que nous étions mariés. Ça l'a choqué, mais j'ai précisé que je voulais seulement te parler.

— Qu'est-ce qu'il a dit ?

— Il m'a proposé de m'asseoir.

Je penche la tête sur le côté.

— Vraiment ? Et après cet échange cordial, il t'a frappé sur le crâne avec un fer à repasser ?

— Il m'a pris par surprise, admet Winston. Étant donné que j'ai dégainé mon arme en entendant la porte de la salle de bain s'ouvrir, je ne peux pas le lui reprocher. Au moins, il a été assez courtois pour essayer de te sauver.

Il me regarde avec insistance.

— Mais en fin de compte, il s'est enfui en te laissant avec un fou armé. À mon avis, ça fait de ton petit ami un vrai con.

— Ce n'est pas mon petit ami.

Au vu des circonstances, cela n'a guère d'importance, mais je tiens à ce qu'il le sache. Même si ça ne compense rien du tout.

— C'était juste un coup d'un soir ? Une baise rapide ? Dis donc, je me sens mieux.

— Tu peux.

Agitant une main pour indiquer mon corps encore nu, j'ajoute :

— Impossible de me cacher, Winston. Tu veux la vérité ? La vérité, c'est que je n'ai vécu avec personne depuis toi. Rien de sérieux. Mais parfois, surtout quand je suis sur la route...

— Alors, tu n'habites pas ici ?

— Je suis venue pour une conférence. Je suis chef de bureau dans une entreprise de plomberie à Tulsa.

— Fascinant.

— Loin de là.

— Alors, ce monsieur galant qui s'est enfui et t'a laissée avec ton ex-mari potentiellement fou à lier, c'était juste un plan cul ?

— Je laisserai un très mauvais avis sur son profil.

J'essaie de faire preuve de légèreté, mais comme il ne réagit pas, je tente autre chose.

— Je me suis sentie très seule.

Je regarde son visage en espérant qu'il percevra la vérité dans ma voix.

— Dans ce cas, laisse-moi te dire que tu as commis une erreur en faisant semblant de mourir.

Je sens couler des larmes que je n'essaie même pas de retenir.

— Non, chuchoté-je. C'était terrible et ça nous a blessés tous les deux, mais ce n'était pas une erreur.

— Mais de quoi tu parles ?

— Je n'ai jamais voulu te quitter.

— Tu penses que je vais gober ça ?

Je détourne le regard, incapable de soutenir le sien.

— Je ne pense pas avoir le droit d'attendre quoi que ce soit de ta part désormais.

Mes paumes sont à nouveau moites et je fais un pas de côté vers le lit, avec l'intention de récupérer la couverture, mais il secoue rapidement la tête, son arme toujours pointée sur moi.

— Ne bouge pas.

Je me fige. Je ne pense pas qu'il me tirerait vraiment dessus, mais tout bien considéré, je ne serais pas étonnée.

— Continue. Tu me disais que tu ne voulais pas partir.

Son intonation est acerbe, comme s'il ne me croyait pas. Naturellement, pourquoi me croirait-il ?

— C'est la vérité.

Sincèrement. J'aurais fait n'importe quoi pour rester avec lui, mais ce n'était pas possible. Alors, à la place, j'ai fait tout ce que je pouvais pour le protéger.

— Je savais que tu travaillais sur une affaire, tu te souviens ? Quelque chose d'énorme, d'effrayant. Mais tu ne m'as rien expliqué. Corruption dans le gouvernement local, tu m'as dit. Je savais qu'il y avait eu un meurtre. Mais tu ne m'avais jamais donné les détails.

Winston acquiesce.

— Je m'en souviens.

— Voilà, c'est tout. Je savais que quelque chose se passait, et que c'était grave. Et puis un soir, alors que tu étais sorti, quelqu'un est venu à la maison.

— Qui ?

— Aucune idée.

Je regarde vers le lit et demande :

— S'il te plaît. Je peux au moins m'asseoir ?

Il hésite, mais finit par accepter. Je me dirige vers le lit et m'assieds sur le bord, les jambes serrées. Je cherche un oreiller pour le poser sur mes genoux, mais il secoue la tête.

J'inspire, la main en travers de ma poitrine. Je ne suis pas du genre pudique en mission, ce n'est vraiment pas un atout, mais là, je me sens cruellement exposée.

Pendant un instant, je pense qu'il va me demander de mettre mes mains sur le côté. Comme il ne le fait pas, je me détends un peu. Je ne dois pas oublier de rester vigilante. Je ne sais toujours pas ce qu'il se passe. D'après lui, c'est une coïncidence, mais est-ce vraiment le cas ? Il pourrait dire la vérité, mais tout aussi bien mentir.

C'est une autre réalité du monde dans lequel je vis désormais : tout le monde ment et il n'y a pas une seule personne en qui j'aie véritablement confiance. Winston était la dernière, mais même cette relation s'est envolée.

— Quoi ?

Je m'efforce de ne pas grimacer en prenant conscience que mon incertitude doit se lire sur mon visage. Je suis en train de me relâcher, ou plutôt, c'est Winston qui me rend négligente.

— Je me remémorais ce soir-là.

C'est un mensonge.

— Quand quelqu'un est venu à la maison, complète-t-il.

Sa voix est sèche, il ne me croit pas. Il n'est pas bête. Pourtant, en l'occurrence, c'est la vérité. Pas toute, évidemment.

— Il a dit qu'il travaillait avec la police locale, qu'il y avait des choses qui se passaient et que tu y étais mêlé, que si tu continuais à fouiner, tu finirais par mourir.

— Et ensuite ?

— D'après lui, le seul moyen pour toi de survivre à tout ça, c'était de te sortir le nez de ce bordel, mais tu étais comme un chien avec un os. Tu n'abandonnerais pas, à moins d'un traumatisme.

Je rencontre ses yeux et je sens de vraies larmes au fond des miens.

— Il a dit que le seul traumatisme efficace devait venir de moi. Il a dit que je devais mourir.

— Alors, tu es morte pour moi, en bonne petite martyre.

— Je ne t'en veux pas de ne pas me croire, mais c'est vrai.

Je le dévisage en essayant d'y voir clair dans son expression. Elle est impassible, au début, et puis je décèle un changement sur son visage, une ombre dans ses yeux, le soupçon d'un froncement de sourcils. Je pense qu'il comprend, que, ne serait-ce qu'un peu, il commence à me faire confiance. Et surtout, qu'il me croit.

Je sais que c'est un risque, mais je me lève et fais un pas vers lui. Je vois son corps se raidir. Il ne recule toujours pas, alors j'avance de quelques centimètres, puis encore un peu. Il n'a pas baissé son arme, mais je lui prends son autre main et la serre dans la mienne.

Si c'était un film, la chambre serait remplie d'étoiles filantes. Ce contact est si familier, si merveilleux. Ça m'a manqué. Oh, mon Dieu, j'en veux tellement plus. Ce n'est pas seulement la sensation de sa main dans la mienne qui m'affecte, c'est la connexion sous-jacente qui ricoche à travers moi, faisant réagir mon corps d'une manière que j'aimerais éviter, redoutant de trop en révéler. D'autant plus que je suis toujours nue, devant lui.

Mais il ne s'agit pas de sexe ni d'attirance. J'ai besoin qu'il me croie. Même si je n'aime pas être vulnérable, pas même devant Winston, au moins il peut lire la vérité dans mon corps.

— Tu m'as tellement manqué, chuchoté-je. Tellement !

Il retire sa main, puis recule.

— Mais tu as quand même gardé tes distances.

— Il le fallait. On m'a dit que si tu apprenais la vérité, on te tuerait.

Je n'aime pas la sécheresse que je perçois dans ma propre voix. Mais c'est la pure vérité, du moins en grande partie. C'est d'ailleurs la seule chose vraiment désintéressée que j'aie jamais faite. Je veux qu'il le sache, qu'il comprenne que, même si je l'ai trahi, je ne l'ai fait que pour lui sauver la vie.

— Tu t'es remarié ? lâché-je sans réfléchir. Tu vois quelqu'un ?

— Non.

Ce mot est cinglant, catégorique. Je suis triste de le savoir seul, et en même temps, je me sens mieux. Je sais qu'il ne faudrait pas. Tout se termine ce soir. Je vais me sortir de ce pétrin quoi qu'il en coûte. Je maudirai la malchance d'être tombée sur mon mari et j'irai de l'avant.

Je n'ai pas menti à propos du danger qui plane sur lui. Il y a de fortes chances que les gens de Billy Hawthorne me surveillent. Et s'ils pensent que je me suis arrangée pour contacter l'ancien shérif d'Hades, je risque d'y passer.

Pour l'instant, je suis sûrement en sécurité, mais plus je resterai avec lui, plus le danger augmentera.

D'ailleurs, je ne le reverrai plus après ce soir. C'est déjà un miracle que nos chemins se soient croisés. Je n'ai jamais été du genre à bien appréhender les signes, mais je suis douée pour les explications. Et en ce moment précis, je n'ai rien d'autre à faire que de me tirer de ce mauvais pas, puis d'attendre en rassemblant mes esprits. Je retrouverai Bartlett assez facilement. Et l'ordinateur n'a pas quitté cette chambre.

Je fais un pas de plus vers Winston, qui campe sur ses positions. Nous sommes à quelques centimètres l'un de l'autre, maintenant. Je n'ai rien fait d'aussi impulsif ni stupide depuis des années. Pas depuis que j'étais avec lui, à l'époque où il y avait encore de la joie dans ma vie, à l'époque où il *était* cette joie dans ma vie.

— Ne fais pas ça, dit-il alors que je lève la main et la pose sur sa hanche.

Les muscles de son visage sont tendus, sa voix plus tranchante que jamais.

— S'il te plaît, lui dis-je.

Je recule et presse ma paume entre mes seins avant de la faire glisser sur mon ventre, laissant mes doigts s'enfouir entre mes jambes tout en me mordant la lèvre pour réprimer un gémissement de plaisir.

— Seigneur, Linda.

Je regarde son visage, désespérant qu'il me touche. Ce n'est pas un stratagème pour me sortir de ce pétrin – en tout cas, pas uniquement. Je vis dans un engourdissement permanent depuis le soir de ma mort supposée. *Non, de ma véritable mort.* Parce que je suis morte à tout ce qui comptait.

Si je veux sentir ses mains sur moi, c'est pour être à nouveau vivante, ne serait-ce qu'un moment.

— S'il te plaît, répété-je. Déteste-moi si tu veux, mais touche-moi maintenant.

Pendant un instant, il ne fait rien. Puis il range son arme dans son étui. Je le regarde avant de lever les yeux vers les siens.

— N'y pense même pas, me dit-il.

Je ricane.

— Les armes, ce n'est pas vraiment mon truc. Tu le sais bien.

Il émet un son moqueur, puis me saisit le bras et me tire vers lui.

— Enlève cette foutue bague, ordonne-t-il en soulevant ma main.

La mention de la bague me fait réagir. Une seule piqûre et il serait totalement à ma merci, à moins, bien sûr, qu'il n'en reçoive une trop forte dose et qu'il s'évanouisse. Mais aucune de ces situations ne me tente. Ce n'est pas ce que je veux. Je veux l'homme. Je veux voler un vestige de notre passé pour le conserver avec moi quand je me sortirai de ce mauvais pas et franchirai enfin cette porte.

Pourtant, la mention de la bague me perturbe et je le regarde avec curiosité.

— Qu'est-ce qui ne va pas avec cette bague ?

— Elle risque de m'érafler.

Sa main descend jusqu'à mes doigts et il la retire délicatement. Je retiens mon souffle, de peur qu'il ne découvre ses secrets.

— Si tu dois me faire mal, ce sera avec les dents ou les ongles.

Il me relâche enfin et recule, me laissant le temps d'aller poser la bague sur la commode près de la télévision, à côté de son étui et de son arme. Le soulagement m'envahit. S'il s'en sépare, alors c'est qu'il me fait confiance.

Il se retourne, et pendant un moment, il reste là, immobile. Puis il laisse ses yeux se promener lentement sur mon corps, allumant des étincelles en moi.

— Je devrais te détester, dit-il en s'approchant, refermant les mains sur mes épaules.

— Je sais.

Ses mains descendent jusqu'à mes seins et je suis surprise.

— Je devrais, reprend-il. D'ailleurs, je te déteste peut-être, mais ça n'a pas d'importance. Pour l'instant, je ne veux que toi.

— Oui, murmuré-je en me cambrant, perdue dans la sensation de ses mains sur ma peau.

Il me fait glisser sur le côté et nous tombons en arrière sur le lit. Je me retrouve sur le dos, ses mains avides comme s'il avait besoin de sentir chaque centimètre carré de mon corps pour se convaincre que je suis réelle.

Quand il me chevauche, je gémis. Il est encore habillé et je suis nue, mon corps sensible. Ça m'a manqué. *Il* m'a manqué. Et même si je sais que ce n'est pas réel, même si je sais que je ne joue ce rôle que pour en réchapper, j'aimerais que ce moment dure à jamais. Je désire son contact, je veux qu'il soit en moi.

Agrippant sa ceinture, je cherche la boucle à tâtons. Il finit le travail, puis fait glisser la ceinture et la jette sur le lit pendant que je m'attaque au bouton et à la fermeture éclair.

Il se penche en avant, ses mains à nouveau sur ma poitrine. Il me pince les tétons entre ses doigts. Je suis nue et il est entièrement habillé. La sensation rugueuse du tissu de son pantalon contre ma chair nue est follement excitante.

Il soulève mes bras au-dessus de ma tête, puis se penche

pour m'embrasser. Je ferme les yeux, me laissant aller à la chaleur du moment tandis que sa main s'aventure le long de mes côtes, sur la courbe de ma taille, le renflement de ma hanche. Pendant un moment, je ne sens rien, puis sa grande main se resserre autour de mes poignets.

J'ouvre vivement les yeux en essayant de tirer sur mes bras, mais il est maintenant à cheval sur ma cage thoracique, ses genoux douloureusement enfoncés dans mes côtes.

— Winston ! m'écrié-je.

Mais c'est à moi-même que j'en veux. Parce que non seulement il m'a piégée sous son poids, mais il a aussi attaché mes poignets au cadre de lit en fer forgé à l'aide de sa ceinture.

— Sale fils de pute.

Je m'agite contre les liens, grimaçant lorsque le cuir inflexible entame ma peau tendre.

Winston recule alors, ses yeux d'un froid glacial posés sur moi. Toujours à califourchon sur mon corps, il empoigne mes seins et se penche en avant, les yeux dans les yeux.

— Et maintenant, ma charmante épouse, je pense qu'il est temps que nous ayons une vraie conversation.

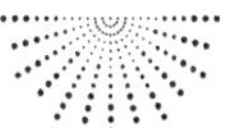

# CHAPITRE HUIT

—B on sang, Winston, laisse-moi me lever.
— Pourquoi pas ?

Il y a du sarcasme dans sa voix, mais quand il vient se placer juste à côté de moi et commence à triturer la ceinture, je me dis qu'il va peut-être vraiment me libérer. Puis j'entends le *zzzzz* distinctif et je comprends que non. Il n'a fait que m'attacher encore plus fermement avec des serre-câbles.

Il s'écarte, la ceinture maintenant dans sa main.

— Et voilà le travail.

— Espèce de salaud.

Il sourit.

— Merci.

Je pousse un grognement de frustration en tirant sur la tête de lit, mais en vain. Tout ce que je réussis, c'est à me faire mal aux poignets. Quelle importance, de toute façon ? Je mérite cette douleur. J'ai terriblement mal jugé la situation, et tout ça parce que la présence de cet homme m'a déstabilisée.

Je m'agite à nouveau.

— Laisse-moi partir, putain. Qu'est-ce que tu crois pouvoir faire ?

— Tu aurais dû mieux te renseigner, trésor. Tu aurais dû t'intéresser davantage à ce qu'est devenu l'homme qui était ton mari.

— Qui *est* mon mari, précisé-je. Je suis toujours en vie, n'est-ce pas ?

Je devine la compréhension sur son visage quand il réalise l'impact de ma présence sur cette Terre. Mais il ne sourit pas. Je n'ai pas la moindre indication sur son magnifique visage d'une quelconque implication positive.

Et merde.

— Je ne sais pas trop, dit-il. Je ne pense pas que tu sois encore ma Linda. Après tout, Linda Starr est morte légalement. Je le sais, car c'est à moi qu'ils ont remis le certificat de décès.

Mon cœur se tord douloureusement dans ma poitrine.

— Winston, je...

— Aucune importance, n'est-ce pas ?

Ses yeux se ferment, mais il reste au-dessus de moi, à côté du lit.

— Après tout, tu n'es pas ma Linda. Tu es Michelle Moon, et Dieu sait que cette femme, je ne l'ai jamais rencontrée.

Je tourne la tête, me dérobant à son regard. Je suis toujours nue, mais je ne me suis pas vraiment sentie exposée jusqu'à ce moment précis.

— Les gens choisissent de nouveaux noms tout le temps. Et je t'ai dit la vérité. Je devais avoir une nouvelle vie pour te protéger.

— Eh bien, trésor, j'apprécie vraiment que tu aies veillé sur moi pendant toutes ces années. Ça réchauffe le cœur d'un homme.

Si ce n'était pas si tragique, j'en rirais. Winston jouait à renforcer son accent texan juste parce que ça m'amusait. Maintenant, ça ne m'amuse plus. Je ferme les yeux un moment, pour rassembler mes pensées. Une fois que je suis prête, je les rouvre et lui renvoie son regard.

Il est assis à côté de moi. Sa hanche repose contre ma cuisse, sa main de l'autre côté. C'est proche, intime, et je me sens beaucoup trop exposée, vulnérable. Ce n'est pas un sentiment que j'aime. Je suis certaine qu'il le sait, alors je me force à garder un regard imperturbable, droit dans ses yeux.

— Pour le meilleur et pour le pire, tu te souviens ? Peu importe comment ça se passe, je suis toujours ta femme.

— Il me semble que les couples se séparent très souvent. Je pense que même si un juge avait besoin d'une raison pour officialiser les choses, j'en ai une toute trouvée.

Je tourne la tête sur le côté. Il a toujours été sentimental, et je pensais qu'il aurait encore un peu de compassion pour moi, quelque chose que je puisse exploiter afin de le convaincre de me détacher. Apparemment, ça ne va pas être aussi facile que je l'avais espéré.

Une fois de plus, je respire et le regarde.

— Très bien, alors, parle-moi. Tu dis que j'aurais dû apprendre à mieux te connaître ? Et si tu me présentais à l'homme qui est mon mari ?

— Oh, c'est une histoire assez longue, chérie. C'est vrai que je ne suis plus dans le département du shérif. Mais je sais encore pas mal de choses. D'ailleurs, je sais même des choses sur toi.

Je garde une expression parfaitement maîtrisée.

— Ah oui ? Quel genre de choses ? Si ce n'est comment attacher une femme. Je devrais m'inquiéter, à ce stade ? C'est un viol si tu es toujours mon mari ?

J. KENNER

— Ne t'inquiète pas, rétorque-t-il, le regard froid. Je ne vais pas te toucher.

Il ne faudrait pas, mais ses mots et son ton m'ébranlent. Et à ce moment-là, je dois reconnaître ma déception. J'ai joué un jeu sensuel pour arriver à mes fins, mais je ne peux pas nier que j'avais envie de son contact. Autrefois, cet homme était mon cœur et mon âme. Et même quand j'étais embourbée dans une tempête de secrets et de mensonges, je pouvais toujours trouver du réconfort dans ses bras. Ses baisers m'apaisaient. Ses mains me rassuraient.

Il ne connaissait pas mes secrets, mais il a toujours connu mon cœur, et mon incapacité, désormais, à lui réclamer ce réconfort me dérange encore plus que de le voir retourner la situation à son avantage, me laissant ligotée et frustrée.

Au prix d'un effort herculéen, je rassemble mes pensées en me disant que je dois au moins faire semblant d'être l'agent professionnel que j'ai été formée pour être.

— Très bien, dis-je lentement. C'est ce qu'on va voir. Que crois-tu savoir à mon sujet ?

Il me fait un sourire en coin.

— À toi de me le dire.

Je lève les yeux au ciel.

— Ce n'est pas comme ça que ça marche. Tu dis que tu as des informations sur moi ? Prouve-le.

— Eh bien, commence-t-il en prononçant ce mot avec un parfait accent de l'ouest du Texas. Je pourrais. Ou alors, je devrais m'en servir pour te convaincre de parler.

En même temps, il se lève et va vers la commode. Lorsqu'il se retourne avec cette bague hideuse, je dois me forcer à ne pas grimacer. Apparemment, il sait quel secret elle renferme.

Je rencontre son regard.

— Alors, utilise-la.

— Au moins, tu ne le nies pas. Mais je ne le ferai pas. J'imagine que tu dois être immunisée contre le pentothal sodique ou à ce qu'il y a là-dedans.

Il pose la bague sur la table de chevet.

— Garde-la. Utilise-la pour séduire tes cibles. Cela dit, honnêtement, avec tes compétences au lit, je suis surpris que tu aies besoin d'une drogue. Quelle chance j'ai d'avoir été témoin de ces talents uniques, de très près et très personnellement...

— Je n'ai jamais fait semblant avec toi, m'écrié-je.

C'est la vérité, mais je l'ai surtout dit pour étouffer le bouillonnement furieux de mes pensées alors que je change les pièces du puzzle dans mon esprit pour les adapter à cette nouvelle réalité.

— Et au cas où ça t'aurait échappé, c'est *toi* qui m'as attachée. Nue, je pourrais ajouter. Pas vraiment un truc de gentil garçon.

*Que sait-il ? Que sait-il exactement ?*

— Oh, allez, Linda. Pitié.

Il me regarde avec tant de dégoût que je détourne la tête.

— Tu essaies de me faire passer pour le méchant de cette histoire ? Comment veux-tu que ça fonctionne, alors que c'est toi qui as simulé ta mort et qui gagnes ta vie en tant que tueuse à gages ?

Mon corps tout entier devient froid, mais je soutiens son regard.

— Je ne sais pas de quoi tu parles.

— Si, bien sûr que tu sais.

Je ne dis rien pendant un moment, soupesant mes options. La triste vérité, c'est que je n'en ai pas beaucoup. Beaucoup ? Disons *aucune*. Alors, je n'objecte pas. Je ne proteste pas. Je ne nie pas. Je me contente de me détourner de lui en répondant :

— Mets une couverture sur moi.

J'ai envie de pleurer. Je n'ai jamais voulu qu'il sache cette vérité. Mais, bon sang, je suis trop bien entraînée. J'ai beau fermer les yeux, les larmes ne viennent pas. Je ne peux même pas les simuler et espérer sa compassion.

À son crédit, il ne fait pas étalage de sa victoire. Au lieu de quoi, il me couvre comme je l'ai demandé.

Je déglutis, puis je murmure :

— Merci.

— Parle-moi d'Hades.

Je résiste contre l'envie d'ouvrir les yeux et de me tourner pour le regarder. Sa voix est plus lointaine, maintenant, comme s'il se tenait à l'autre bout de la chambre.

— Dis-moi la vérité, cette fois.

Je garde le silence.

— Merde, Linda, Michelle, quel que soit ton nom, je mérite la vérité. Et puis quoi encore, hein ? Ce n'est pas comme si je pouvais l'utiliser contre toi.

Cela me déconcerte suffisamment pour que je tourne la tête et le dévisage. Il sourit en me regardant droit dans les yeux avec une expression si froide et dangereuse que je me sens encore plus exposée en dépit de la couverture.

— Privilège des époux, chérie. Comme tu l'as dit, nous sommes toujours mariés.

— Si je croyais qu'il restait ne serait-ce qu'une once de vérité entre nous, je te dirais tout.

— Et moi, si je croyais qu'il y avait quelque chose de vrai entre nous, je te détacherais.

Il me regarde fixement.

— Allez, parle.

Je me tais résolument et il prend une inspiration exaspérée.

— Aux yeux du monde, tu es morte. Ce qui, de mon point de vue, signifie que tu peux quitter cette pièce indemne, ou bien dans l'état inscrit aux archives publiques.

— Tu ne me tuerais pas.

— Tu crois ?

— Tu oublies à quel point je te connais.

— À quel point tu me *connaissais*, rétorque-t-il. Tu n'as pas la moindre idée de qui je suis maintenant.

Il a raison sur ce point. Peut-être qu'il travaille pour Hollywood, peut-être pas, toujours est-il que l'homme qui m'a attachée à ce lit et qui sait que je suis un assassin n'est ni naïf ni mal informé. Je ne sais pas jusqu'où vont ses autorisations, mais je parierais qu'il est dans les renseignements. Il s'est sûrement engagé après ma mort officielle. Il avait besoin de réponses, après tout.

Quant à la menace, en revanche... eh bien, à ce sujet, il bluffe. J'en suis presque certaine.

Dommage que *presque* risque tant de me faire tuer. Et même si, parfois, je me dis que mourir serait plus facile que de mener la vie dans laquelle je suis engluée, je ne suis pas prête à quitter ce monde.

— J'attends, dit-il. Et nous savons tous les deux que tu me dois la vérité.

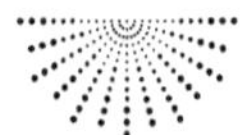

# CHAPITRE NEUF

Winston voulait la détester. Ce désir, ce besoin, était ancré dans ses tripes comme une pierre pesante.

Il aurait aimé l'effacer de son esprit, la douleur qu'il avait ressentie après sa mort et la joie qu'il avait connue pendant leur vie commune. Oui, même ces moments-là. Il voulait qu'ils disparaissent, effacés de son existence.

Parce que maintenant, ce qu'elle était lui ôtait toute signification. Un assassin. Un putain d'assassin. C'était surréaliste, et plus vite il la remettrait à un agent du SOC, plus vite il ramènerait Bartlett et l'ordinateur en sécurité, mieux cela vaudrait.

Il n'allait pas tarder à le faire.

Mais d'abord, il avait envie de connaître la vérité. Non, il avait *besoin* de savoir. Et il ne se priverait pas de la laisser attachée sur ce lit aussi longtemps qu'il le faudrait pour soutirer des aveux à sa petite bouche menteuse et traîtresse.

— Parle, répéta-t-il.

Mais elle ne faisait que lui renvoyer son regard, avec une intensité assortie à la sienne. Son audace le rendait furibond.

Malgré tout, il ne put s'empêcher de remarquer son incroyable beauté. Elle avait toujours eu une lueur en elle, une vitalité. Faire l'amour avec cette femme lui avait fait l'effet de se perdre dans un éclair. C'était fougueux, saisissant, fort et magnifique, et souvent si inattendu.

L'ironie ne lui échappait pas. Il avait aimé ce côté chez elle, les surprises qu'elle lui faisait au lit et dans leur mariage. Mais il n'avait jamais vu venir la plus grande surprise de toutes.

— Parle, insista-t-il d'une voix blanche. Au cas où tu aurais encore des doutes, garde à l'esprit que tu plaides pour ta vie. Si tu me mènes en bateau, tu seras à nouveau morte, mais cette fois, pour de bon.

Elle ne dit rien.

Une vague aveuglante de fureur le traversa. Il s'éloigna de la commode en trois longues enjambées et saisit son arme. Il était de retour à ses côtés en quelques secondes, le canon pressé contre sa tempe.

— Tu ne me feras pas de mal.

Il soutint son regard pendant trois bonnes secondes qui lui parurent une éternité. Elle se repliait sur elle-même. Pendant un instant, à peine, il s'en voulut de lui répondre, pourtant, il devait s'y résoudre :

— Si. Je le ferai. Maintenant, parle.

Elle ferma les yeux, mais il ne savait pas si c'était pour rassembler ses pensées ou pour ne pas le voir. Il commençait à croire qu'il allait devoir l'aiguillonner à nouveau, mais elle se mit alors à parler, les paupières toujours closes.

— J'étais à la fac. J'avais beaucoup de mal à payer le loyer et les frais de scolarité. Un ami m'a traînée à l'un de ces salons pour l'emploi, sur un coup de tête. Le NSC et la CIA étaient là, ainsi que toutes les branches de l'armée et le FBI.

Tous offraient une chance de faire des études supérieures tous frais payés, une chance unique, j'en passe et des meilleures. Personne ne sait vendre comme le gouvernement.

Elle se déplaça sur le lit, grimaçant un peu lorsque les câbles entamèrent la chair de ses poignets. Il s'attendait à ce qu'elle le supplie à nouveau de la libérer, mais elle n'en fit rien et il dut bien admettre qu'il était impressionné.

— Continue.

— Je pensais qu'être agent secret serait le summum du cool. Je t'ai parlé de mon enfance. Rien de tout ça n'était un mensonge. Ma mère est morte quand j'étais jeune, mon père dans une explosion. Et la tante qui était censée m'élever était quasiment inexistante, alors je me suis enfuie. J'ai pratiquement grandi dans la rue. J'ai dû faire mon propre chemin. Ce n'était pas ce que j'appellerais une vie idéale.

Il acquiesça, se remémorant la seule conversation qu'ils avaient eue au sujet de son passé. Ensuite, ils avaient fait l'amour lentement et doucement, et avant de s'endormir, elle s'était tournée vers lui en murmurant :

— S'il te plaît. Je ne veux plus jamais parler de ça.

Il avait respecté ce souhait, et maintenant, il était frappé qu'elle en reparle. C'était lui qui avait ramené le sujet sur le tapis. Contre toute attente, il lui dit :

— Excuse-moi, je ne voulais pas déterrer ça.

Le coin de sa bouche se releva en un rictus.

— Merci, répondit-elle.

Après avoir à nouveau changé de position sur le lit, elle reprit :

— Ce n'est même pas très pertinent, mais je pense que mes antécédents ont fait de moi une bonne candidate pour ce job sous couverture, parce que j'ai gravi les échelons assez rapidement.

— Vraiment ?

Elle dut remarquer la nervosité dans sa voix, car elle sourit discrètement avant de répondre :

— J'ai aimé ce travail. Et la formation était facile. J'étais comme un prodige. Toute modestie mise à part, j'étais vraiment douée pour ça.

Il songea à l'efficacité avec laquelle elle avait tué l'homme sur le toit, et il croisa les bras sur sa poitrine.

— Oh, je te crois.

Quelque chose dans son intonation dut la mettre mal à l'aise, car elle bafouilla un peu avant de retrouver son rythme.

— Bref, donc j'ai suivi une formation rapide, et environ un an avant de te rencontrer, j'ai été nommée agent à plein temps. Crois-moi, on peut apprendre beaucoup de choses en un an dans un tel endroit. J'ai voyagé dans le monde entier. J'ai vu des pays excitants et exotiques, et ma vie a été mise en danger plus de fois que je ne peux les compter.

— Dis donc, tu pourrais jouer ton propre rôle au cinéma. Ça a dû être bien décevant de devoir te marier avec quelqu'un comme moi.

— Ce n'était pas une mission, s'écria-t-elle, la fureur dans sa voix suffisamment vibrante pour qu'il fasse un pas en arrière.

Elle le foudroyait du regard, ses yeux emplis de colère et de tristesse. Peut-être même de regret.

— S'il te plaît, dis-moi que tu ne crois pas vraiment ça.

— Je ne sais pas quoi croire, répondit-il. Vraiment pas.

— Moi. Peut-être que tu devrais juste me croire, moi.

Il avait envie de rire.

— Parce que tu m'as donné tellement de raisons d'avoir confiance.

Elle prit une grande inspiration.

— Je ne te le reproche pas, mais tu dois savoir que je t'ai toujours aimé. Ça n'a jamais été de la comédie. Ça n'a jamais fait partie de ma formation.

Il s'efforça de conserver une expression neutre en s'adossant dans la chaise, ses jambes étendues devant lui.

— Ce serait très agréable à croire...

— Crois ce que tu veux, mais la vérité, c'est que nous avons tous les deux été blessés.

Il partit d'un rire tonitruant.

— Crois-moi, trésor. Je ne ressens pas trop de compassion pour toi en ce moment.

— Je comprends, mais as-tu pensé à la situation de mon point de vue ? Ça fait presque cinq ans, Winston. Tu as cru que j'étais morte, et c'est horrible. Je suis vraiment désolée de t'avoir fait vivre ça. Mais moi, j'étais *morte*, du moins à tes yeux.

Elle détourna la tête, mais il eut le temps de voir une larme rouler sur sa joue.

— La mort survient tout le temps, poursuivit-elle à mi-voix. Les gens continuent leurs vies. Ils guérissent. Mais moi ? J'ai dû mener ma vie en sachant que tu étais juste là, à un coup de fil, un trajet en voiture ou en avion, sans que j'aie le droit de te regarder. Tu penses que ce que j'ai fait était horrible ? Moi aussi. Tu penses que je t'ai fait du mal ? Je le sais. Mais je me suis blessée, moi aussi. Et crois-moi quand je te dis que ce n'était pas mon choix.

Son cœur s'était douloureusement resserré, mais lorsqu'il parla, ce fut en maîtrisant ses émotions :

— Mon cœur, il y a toujours un choix.

— Tu ne comprends pas ? Il se passait tant de choses au Texas. Hades, c'était vraiment l'enfer. Tu pensais avoir touché du doigt l'horreur de la corruption de ton point de vue de shérif ? Tu n'en connaissais même pas la moitié.

Elle marqua une pause pour respirer et il dut s'intimer de rester silencieux. Elle n'avait pas besoin de savoir qu'il avait été bien plus qu'un shérif de petite ville. Pas encore, du moins. Pas avant qu'il ait entendu son histoire au complet. La *vraie* histoire.

— Ça les arrangeait que je me rapproche de toi, parce que tu étais le shérif et que j'avais besoin d'une porte d'entrée dans le comté. Mais notre mariage n'a jamais été une mission et je ne m'attendais pas à tomber amoureuse. Crois-moi, j'aurais préféré éviter. C'est devenu un inconvénient douloureux.

Ses mots le frappèrent comme les lanières d'un fouet.

Elle continua sans s'interrompre :

— Mais ce n'était pas le pire. J'étais sous couverture. Coincée au beau milieu du Consortium, l'un des groupes les plus abjects que nous ayons jamais démantelés. C'était depuis cette ville que le réseau était dirigé, comme le centre d'une roue géante. Hades en était le cœur, et moi, j'étais en pleine action.

Elle le regarda en clignant des yeux.

— Ils ont tué des centaines de personnes. Toi, tu n'as vu que certains corps. Une partie des horreurs. Tout juste un indice de l'ampleur de l'opération.

Il garda le silence. Il connaissait parfaitement l'étendue du Consortium.

— Mais nous les avons fait tomber, Winston.

Il y avait de la fierté dans sa voix. De la fierté, du pouvoir et du regret, aussi.

— Le travail que j'ai accompli sous couverture a joué un rôle énorme. Mais il y avait un prix à payer.

Il perçut la douleur dans sa voix et son cœur se serra.

— Tu devais disparaître.

Elle acquiesça.

— Une fois que le Consortium a été attaqué à Hades, ils ont dû partir. Mais j'étais sous couverture, alors je devais partir avec eux. Mais ils ne pouvaient pas avoir un shérif sur leurs traces, à les flairer comme un chien son os. Parce que tu fouinais vraiment. Tu avais pris cette affaire très à cœur, tu te souviens ? C'était un meurtre. Et ça t'a mené dans toutes sortes d'endroits où tu n'aurais pas dû chercher.

Il s'en souvenait. Comment aurait-il pu oublier ?

— Cette affaire, c'est ce qui t'a mis sur les radars du Consortium. Avant, tu étais juste une épine dans le pied, pour eux. Ils devaient absolument détourner ton attention.

— Alors, ils ont dit que tu devais mourir.

— Non. *Tu* devais mourir, dit-elle avant de s'humecter les lèvres. Ils voulaient que tu disparaisses, que tu arrêtes de fouiner. Et moi... je les ai suppliés de te laisser la vie sauve. Ils allaient te tuer. Ils allaient t'emmener dans le désert et te coller une balle dans la nuque.

Les larmes dévalaient ses joues.

— Je les ai suppliés de te laisser vivre. C'était déjà la fin pour le Consortium à Hades.

Ses mots se bousculaient, à présent :

— C'était trop dangereux. Ils délocalisaient autant d'opérations que possible.

Elle déglutit, puis le regarda droit dans les yeux.

— Je devais faire quelque chose rapidement. Ils voulaient que tu partes, ou au moins que tu sois trop déconcentré pour faire attention à eux. Alors, j'ai échangé ma vie contre la tienne.

— Et c'était facile pour toi, répondit-il froidement. C'était facile parce que tu savais que tu me quitterais, de toute façon. Après tout, je n'étais que ta couverture quand tu étais en ville pour ton opération Hades.

— Non !

Sa voix était pleine de véhémence.

— Non, tu ne peux pas croire ça. Je ne t'aurais jamais quitté. Je ne t'aurais peut-être jamais dit la vérité sur l'organisation pour laquelle je travaillais, mais je ne t'aurais pas laissé. La seule raison pour laquelle je l'ai fait, c'est parce qu'ils allaient te tuer. Et je ne supportais pas l'idée que tu meures, d'autant que j'avais une chance de te sauver.

Il ne savait pas quoi dire. Ces mots avaient la résonnance de la vérité. Il était logique qu'elle ait cru devoir le protéger contre le grand méchant Consortium.

Après tout, elle le prenait pour un simple shérif de petite ville. Comment aurait-elle pu savoir que, si elle était venue le voir pour lui en parler, ils auraient pu trouver une solution ensemble ?

Tout de même, elle aurait dû lui faire confiance, savoir qu'il avait les compétences et les ressources pour se défendre. Elle lui devait bien ça, non ? Ils étaient mariés, après tout. Bon sang, ils étaient même heureux.

Si tout cela était vrai, comment avait-elle osé prendre une décision aussi importante toute seule ? Elle avait eu tort de décider, bien sûr, mais était-il vraiment objectif ? Elle exagérait peut-être son rôle, couvrant le fait qu'elle n'était rien d'autre qu'un second couteau ? Une poupée de papier assignée à la surveillance du shérif local ?

Frustré, il se détourna, l'esprit en ébullition. Sa présence ne faisait que rendre la réflexion plus difficile, car il ne voulait pas croire que leur relation avait été un mensonge. Pour lui, en tout cas, ce n'était pas une comédie. Et peut-être pouvait-il espérer que pour elle non plus. Ses mots, son timbre de voix, tout semblait suggérer que ce qu'ils avaient vécu à Hades était réel.

Bon sang, il voulait le croire. Mais ils s'étaient menti, tous les deux. Leur mariage tout entier avait été construit sur des mensonges et elle n'en connaissait que la moitié.

Cela voulait-il dire qu'ils méritaient tous les deux cette sentence ? Peut-être. S'ils ne l'avaient pas méritée, alors la vie était vraiment injuste, parce qu'il souffrait depuis des années, et même s'il en savait plus à son sujet qu'elle ne lui en racontait, il la soupçonnait d'avoir beaucoup souffert, elle aussi.

Finalement, il se tourna à nouveau vers elle.

— Très bien. Continue.

Elle le regarda fixement.

— C'est tout ce que tu as à dire ? Pas de questions, pas d'interrogatoire ? Tu me crois sans objecter ni me demander plus de détails ?

— Je t'ai demandé de me raconter ton histoire. Alors, tu me racontes ton histoire. À moins que ce soit *une* histoire ?

— Tu sais très bien que c'est la vérité.

— Vas-y, raconte-moi le reste et voyons si tu peux continuer à être honnête.

Elle plissa les yeux.

— C'est vraiment trop inconfortable. Tu peux me détacher ? Menotte-moi à une chaise. Force-moi à porter la couverture et cache mes vêtements. Où veux-tu que j'aille comme ça ? Il faut vraiment que je reste ici sur le lit ?

— Oui.

— D'accord, céda-t-elle.

— Parle.

Elle haussa les sourcils.

— Oh, je te raconterai la suite avec plaisir. Demain.

Elle bâilla, si fort qu'il bâilla à son tour.

— J'ai sommeil maintenant. Rester au lit comme ça, ça me donne envie de dormir.

Après un nouveau bâillement, elle sourit. Non, rectificatif, elle *ricana*.

— Linda...

Il avait prononcé son prénom sur le ton de l'avertissement.

— Ne t'inquiète pas, je te dirai la suite après avoir dormi... et mangé. Je n'ai pas eu mon repas ni mon verre de vin.

Elle sourit aimablement en battant des cils.

— Tu peux dire ce que tu veux sur lui, mais Bartlett était un bien meilleur compagnon que toi.

Malgré lui, Winston éclata de rire. Sur le lit, elle sourit, elle aussi.

— Allez, Winston. Nous savons tous les deux que tu as le dessus. Je n'essaierai pas de m'échapper. Je le jure devant Dieu.

Il réprima un autre sourire, mais en vain. Oh, et puis zut.

Sortant son couteau de poche, il s'approcha d'elle. Il perçut son inquiétude lorsqu'il l'ouvrit et que la lame étincela.

— Ne bouge pas.

Il se pencha, glissant le couteau entre sa peau et les attaches. La lame était longue et épaisse, destinée à un usage industriel, et il avait pris l'habitude d'en porter au moins un dans chaque mission, après avoir perdu un suspect une fois.

Le fermoir était brisé et le plastique si épais qu'il dut scier avec le couteau pour pouvoir la libérer. Après quoi, elle se redressa, la couverture devant sa poitrine. Elle tenait ses poignets sur ses genoux et grimaçait en frottant sa chair endolorie.

Il s'en voulut. Il n'avait pas l'intention de serrer aussi fort et il regretta les marques rouges qui zébraient maintenant la peau douce de ses poignets. Il en prit un dans sa main, caressant légèrement la blessure de son pouce.

— Je suis désolé.

Elle se dégagea vivement et il se sentit bête, même si, des deux, ce n'était pas lui qui était en fâcheuse posture.

— J'ai faim.

Il hocha la tête, regrettant de s'être laissé émouvoir par le contact de sa peau... et par sa réaction de recul.

Il se racla la gorge.

— D'accord, le repas.

Soulevant le combiné du téléphone, il commanda des hamburgers, des frites et du vin au service d'étage. Pendant tout ce temps, il ne la quittait pas des yeux et sa main libre restait sur l'arme, à sa hanche.

— Moins de quinze minutes, dit-il après avoir raccroché.

— Est-ce que je peux garder mes mains et mes poignets libres ? Pour une certaine amplitude de mouvement ? Je n'ai pas vraiment envie que tu me fourres un hamburger dans la bouche.

Il réfléchit à la question. En vérité, il ne doutait pas de ce qu'elle lui avait raconté, du moins pas encore. Mais il n'avait pas entendu toute l'histoire. Et il savait très bien qu'elle était dangereuse. Il l'avait vue assez clairement sur un toit à Seattle.

C'était Michelle Moon maintenant, pas Linda Starr. Un assassin, pas sa femme. Il ferait bien de s'en souvenir.

— Mains libres. Chevilles attachées à la chaise. Et sache que mon arme est chargée.

— C'est toi le boss, dit-elle sèchement avant d'afficher un sourire plus doux. En tout cas, pour le moment.

Il désigna la salle de bain.

— Peignoir, déclara-t-il. Allons-y.

— D'accord.

Sans le quitter des yeux, elle écarta la couverture en se levant. Elle était nue, et même s'il ne le voulait pas, il ne pouvait nier la réaction de son corps à sa vue.

Elle pencha la tête et lui lança un sourire espiègle.

— Dommage que nous soyons fâchés. C'est une si belle chambre d'hôtel.

— Entre, dit-il, franchissant avec elle la large porte de la salle de bain, une main sur la crosse de son arme, juste au cas où.

Un fourre-tout en cuir était posé près du lavabo et sa robe suspendue à l'un des deux crochets derrière la porte, ainsi qu'un peignoir d'hôtel. Elle fit un pas vers son sac.

— Non ! Enfile le peignoir.

Il le décrocha pour en vérifier les poches, puis le lui tendit.

Elle haussa une épaule, comme pour dire « ça valait le coup d'essayer », puis elle glissa ses bras à l'intérieur. Elle se tourna alors vers lui, le peignoir toujours ouvert, révélant... absolument *tout*. Et même si elle était nue quelques instants auparavant, l'invitation subtile du vêtement ouvert semblait plus redoutable encore. Quand elle était attachée sur le lit, il avait le contrôle.

Maintenant, devant ce qui semblait être une invitation sulfureuse, il avait l'impression que les rôles venaient d'être inversés.

Comme en signe de reconnaissance, ses yeux se braquèrent sur les siens. Pendant un moment, elle demeura ainsi, le laissant voir ce qui était à lui, lui laissant savoir ce qu'elle serait prête à échanger contre sa liberté.

— Ferme ce peignoir, ordonna-t-il froidement. Et attache-le. Tu n'as rien qui m'intéresse.

— Nous savons tous les deux que ce n'est pas vrai.

Le désir l'envahit, immédiatement suivi par le dégoût. C'était la femme qui s'était éloignée de lui, qui avait eu l'occasion de revenir lui avouer toute la vérité par la suite, mais ne l'avait jamais fait. La femme qui, maintenant, tuait pour gagner sa vie.

Elle n'était pas la femme qu'il avait connue à Hades. Il ne savait pas qui elle était. Et il doutait qu'il puisse un jour le découvrir vraiment.

Repoussant ses émotions, il la saisit par le poignet. Elle sursauta lorsqu'il la tira vers lui, de sorte que son corps fut pressé contre le sien, la tête inclinée en arrière et les yeux écarquillés sous l'effet de la surprise et, peut-être, d'un peu de chaleur – quant à savoir s'il s'agissait d'une chaleur de colère ou d'envie, difficile à dire.

De toute façon, il s'en fichait. Dieu savait que cette histoire n'irait jamais nulle part. Comment pourrait-il y avoir un quelconque rebondissement ? La confiance qu'ils avaient entre eux, réelle ou usurpée, avait complètement disparu. Et au fil des ans, Winston avait appris que la valeur la plus précieuse au monde était la confiance.

Il se pencha près de son oreille et murmura :

— Je sais ce que tu fais maintenant, tu te souviens ? Je sais que tu es venue ici pour tuer. Tu n'es pas la femme dont je suis tombé amoureux. Je ne te connais pas du tout. Alors, ne pense pas que tu peux flirter, jouer ou te moquer de moi pour t'en sortir. Ça n'arrivera pas.

Ensuite, il la repoussa, étudiant son visage.

— C'est compris ?

Ses yeux contenaient mille questions, pourtant elle se contenta de hocher la tête.

— Bien, dit-il. À table. Sors.

Elle obéit et, tournant les talons, quitta la salle de bain. Il la suivit, son pistolet dans son étui. Elle passa devant le lit, puis s'arrêta à la petite table près de la porte du balcon.

— Assieds-toi.

Elle s'exécuta sans hésitation ni commentaire. Il devrait être reconnaissant. Au lieu de quoi, il se demanda ce qu'elle mijotait.

Dès qu'elle fut assise, il fouilla dans sa poche pour trouver une autre sangle, mais il n'y en avait pas. Il fronça les sourcils, essayant de se rappeler si la deuxième était tombée quand il l'avait attachée à la tête de lit. Merde, il était vraiment déphasé sur cette mission. Et la raison de cette inattention se tenait devant lui, seulement vêtue d'un peignoir.

*Putain.* Détachant sa ceinture, il commença à l'enlever.

— Oh, chéri, je ne pense pas que nous ayons le temps avant que le dîner arrive, commenta-t-elle.

Il lui lança un regard noir.

— Mains sur la table, dit-il en se penchant pour attacher sa jambe à la chaise avec sa ceinture, l'enroulant plusieurs fois avant de la boucler.

— Pas sur toi ?

— Arrête, dit-il, sa voix cinglante comme un coup de fouet. Ce n'est pas drôle.

Elle recula, puis baissa les yeux vers la table.

— Non, tu as raison. Une habitude nerveuse.

*Merde*. Il s'en souvenait, à présent. Elle faisait toujours de mauvaises blagues quand elle était inquiète ou sur les nerfs.

— C'est bon, dit-il.

Au moins, maintenant, il savait qu'il l'avait ébranlée, ce qui lui donnait un avantage pour obtenir la vérité.

Il se déplaça de son côté de la table, puis tapota la crosse de son arme avant de s'asseoir.

— Ne te fais pas d'idées. Je suis rapide à dégainer. Et au cas où tu l'aurais oublié, j'étais un sacré bon tireur quand tu me connaissais. Crois-moi quand je dis que je n'ai fait que m'améliorer.

— Tu as toujours été plutôt arrogant.

Il éclata de rire.

— C'est l'une des choses que j'ai toujours le plus appréciées chez toi. Tu as l'art de me surprendre.

Elle le regarda d'un œil impassible.

— Alors, j'imagine que tu adores cette journée.

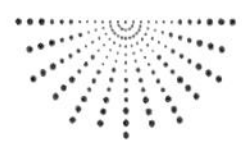

Le service était à la hauteur de ses promesses. Ils reçurent leur repas et du vin en quelques minutes. Il garda ses couverts de son côté et lui servit à boire, puis il s'assit pour déguster ses frites.

— Que veux-tu savoir d'autre ? demanda-t-elle après avoir pris une bouchée de hamburger. C'est délicieux. Merci.

Il hocha la tête, un peu surpris.

— Il n'y a pas de quoi. Honnêtement, tout ce que je veux vraiment, c'est la vérité.

Il la dévisageait tout en parlant – la dilatation de ses pupilles, ses yeux qui ne clignaient jamais.

— Je t'ai dit la vérité.

— D'accord.

Il se pencha en arrière avec un sourire.

— Maintenant, convaincs-moi.

Elle secoua la tête, visiblement déconcertée.

— Comment ?

— Quelques détails seraient les bienvenus.

— Je te l'ai dit. Je n'aurais pas dû, mais je l'ai fait. Je

travaillais pour la NSC et j'étais sous couverture avec le Consortium.

— C'est le premier avertissement, chérie. Tu veux rester attachée sur ce lit, toute nue et avec un tas de questions ?

Ses sourcils remontèrent sur son front et elle demanda sur un ton enjôleur :

— C'est une promesse ou une menace ?

Son corps entier se durcit à l'image qu'elle venait de peindre dans son esprit. Bon sang, il ne voulait même pas l'envisager. Ni cela, ni elle. Plus jamais. Il ne savait toujours pas qui elle était vraiment.

Lentement, il laissa son regard dériver sur son visage, s'arrêtant sur ses yeux, certain que les siens devaient être durs et froids.

— Ne joue pas avec moi, Linda. Je te promets que ce n'est pas un jeu.

Quand elle avala péniblement, il sut qu'il avait gagné ce round. Sa mâchoire se contracta et il imagina qu'elle faisait son possible pour ne pas répliquer. Il tiendrait parole, et elle devait le savoir. Il n'avait jamais été du genre à proférer des menaces vides de sens.

— Je t'ai déjà raconté assez de détails pour me mettre dans la merde. J'ai travaillé pour une division de la NSC. Si tu ne me crois pas, appelle-les et demande-leur. Ils te diront que je suis partie après la mort de mon mari.

Elle avait presque grogné ces derniers mots.

— Alors, tu as travaillé pour le Consortium, avec un poste de couverture dans le bureau du maire. Mais en réalité, tu étais un agent secret de la NSC pendant tout ce temps.

— Enfin. Je commençais à penser que j'allais devoir te faire un dessin.

— Vas-y. Explique-moi pourquoi je ne savais rien de tout

ça à l'époque.

— Il y a des règles, Winston. Tu as travaillé dans les forces de l'ordre. Parfois, il y a des secrets qui sont sacro-saints pour une bonne raison. Parce que si tu révèles un secret, quelqu'un peut être tué.

Elle rencontra son regard et le soutint.

— Quelqu'un que tu aimes.

— Ne me parle pas d'amour, lança-t-il sans sourciller.

Bon sang, même maintenant, il voulait se perdre dans ses yeux. Il voulait passer son pouce sur sa lèvre inférieure et se remémorer sa douceur une dernière fois.

Il voulait la toucher et il se détestait d'avoir envie de ce qu'il ne pouvait pas avoir. Pire encore, ce qu'il ne *devrait* pas vouloir. Cette femme était une menteuse, une meurtrière et une traîtresse. Non seulement pour le pays, mais aussi pour tout ce qu'il avait cru partager avec elle.

— Il y a des gens, là dehors, poursuivit-elle. Des gens qui font commerce du pouvoir, qui font commerce de la douleur. Des gens qui travaillent dans les bas-fonds et qui font des choses comme incendier des voitures et tuer des femmes innocentes sans y réfléchir à deux fois. À l'époque, tu ne te posais même pas la question, parce que tu savais que cela pouvait m'arriver. Et tellement pire.

Ses tripes se nouèrent, non parce qu'elle disait la vérité, mais à cause du souvenir que ses mots évoquaient. La douleur de ce jour-là. L'horreur lorsqu'il avait constaté ce qu'ils avaient fait à sa femme.

Oui, elle avait raison. Il n'avait jamais douté qu'elle soit morte dans cette voiture. Il ne s'était jamais rebellé en criant que les gens ne pouvaient pas commettre de telles atrocités. Bien sûr qu'ils le pouvaient. Il l'avait vu des dizaines de fois, si souvent qu'il en était devenu insensible.

Mais il n'était pas engourdi, ce jour-là. Il avait souffert jusque dans ses os. Honnêtement, il avait encore mal.

— Certaines personnes n'ont pas d'âme, reprit-elle, presque comme si elle lisait dans ses pensées. Et chaque fois que je me suis opposée à eux, chaque fois que j'en ai éliminé un, ça a ébréché ma propre âme aussi. Pourtant, ça en valait la peine, parce que c'était important.

Elle souleva le menton.

— Alors, voilà. Je me fiche que tu le croies ou pas. C'est toujours la vérité.

Ses yeux sombres étaient déterminés, dardés sur les siens. Il acquiesça. C'était une concession qu'il n'avait pas l'intention de lui faire, mais elle méritait de savoir que, au moins sur ce point, ils étaient sur la même longueur d'onde.

— C'est toujours ta version ?

— Bien sûr.

— Tu travailles encore pour la NSC ?

— Non. Je te l'ai dit. Je fais du travail administratif maintenant. C'est assommant, mais j'ai eu ma dose d'aventure il y a des années.

— D'accord.

La perplexité se dessina sur son visage. Il la laissa s'interroger un moment, puis il ajouta :

— Pratique, n'est-ce pas ?

— Comment ça ? fit-elle, les sourcils froncés.

— Eh bien, tu as dit que je pouvais appeler la NSC, mais ce n'est pas possible. Les organisations comme la NSC ou le Consortium ont tendance à garder secrète la liste de leurs anciens et actuels employés, même si c'est un ancien shérif qui la demande.

Elle expira.

— Pour l'amour de Dieu, Winston. Qu'est-ce que tu crois

savoir ? Qu'est-ce que tu cherches ?

— Juste la vérité, chérie. Juste la vérité.

Elle leva les mains et les laissa retomber avant de se concentrer sur son dîner.

Le silence s'installa, mais elle ne mordait toujours pas à l'hameçon. Elle fit glisser une frite dans du ketchup, puis la mangea. Et une autre, puis une autre.

Toujours en silence.

Il devait lui accorder du crédit, très peu de gens pouvaient résister au pouvoir du silence.

Il attendit encore trois minutes, puis reprit lui-même la parole :

— Tu es allée à Seattle récemment ?

Il gardait les yeux sur elle tout en parlant et il dut admettre qu'elle était douée. Très douée. Elle n'eut aucune réaction. Du moins, pas qu'un observateur lambda puisse déceler. Mais il la connaissait bien et il crut deviner un tressaillement au coin de ses yeux.

Il l'espérait. Il voulait qu'elle sache qu'il était dangereux et qu'elle ne le connaissait pas aussi bien qu'elle le croyait.

— Alors ? insista-t-il.

— J'étais à Seattle il n'y a pas longtemps. Pourquoi cette question ?

— Je pense que tu le sais.

Elle leva les yeux au plafond.

— Non. Je ne sais pas. J'avais une réunion.

Elle haussa les épaules de façon décontractée, avec aisance.

— À part ça, je ne sais pas de quoi tu parles.

— Alors, je vais être plus précis. Tu as tué un homme de sang-froid. Et maintenant, tu es venue ici, à Austin, pour tuer Tommy Bartlett.

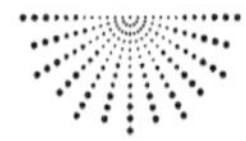

# CHAPITRE ONZE

E t merde. *Putain, putain, putain.*

Je répète en boucle ces jurons dans ma tête tout en fronçant les sourcils, comme si j'étais déboussolée.

— Je ne sais pas de quoi tu parles. Tu m'as traitée de tueuse à gages tout à l'heure, et maintenant tu dis que je suis ici pour tuer le type que j'ai rencontré sur une appli de rencontre ? Je t'ai dit la vérité. J'étais dans les renseignements. Et, oui, j'ai dû supprimer des cibles dans l'exercice de mes fonctions. Mais ce n'est *pas* ce que je suis.

À mes oreilles, j'ai l'air convaincante. Mais je sais pertinemment que je n'ai pas convaincu Winston. Cet homme en sait trop.

— Ne joue pas à ce jeu avec moi, dit-il. Je n'ai vraiment pas la patience.

— Écoute, je comprends que tu sois en colère et que tu ne me fasses pas confiance. Honnêtement, je ne te le reproche pas. Mais je ne suis plus dans le domaine de l'espionnage. J'ai rencontré Bartlett sur une appli de rencontre. Si tu penses que c'était une sorte de coup monté, alors quelqu'un d'autre tire mes ficelles.

Il soupire, si épuisé et frustré que j'ai presque envie de me pencher par-dessus la table pour lui taper sur l'épaule.

— Je n'ai pas envie de jouer, reprend-il. Il est temps de mettre toutes mes cartes sur la table.

— Parfait. Un peu de clarté serait la bienvenue, parce que là, je ne sais pas ce qui se passe.

Un autre mensonge facile. Après tant d'années, je n'ai presque plus besoin d'y penser. Et avec chaque jour qui passe, je suis de moins en moins sûre que c'est une qualité.

— Tommy Bartlett est comptable, explique-t-il. Et il a des informations sur cet ordinateur portable, là-bas, qui pourraient mettre Billy Hawthorne et ses hommes derrière les barreaux pour un très long moment. Bartlett est la seule personne qui puisse accéder à cette machine incroyablement cryptée. Il a accepté de le faire et de témoigner en échange de l'immunité.

— Vraiment ?

Je feins la surprise.

— Ça me semble être une bonne affaire pour lui. J'imagine que Billy Hawthorne est plutôt énervé.

En vérité, je n'ai pas du tout à l'imaginer. J'étais à moins d'un mètre lorsque Billy a lancé l'un de ses fauteuils en chrome et en cuir à travers sa baie vitrée, avec vue imprenable sur le lac Érié.

— Oh ça, il est furieux, c'est vrai, dit Winston. Assez pour engager quelqu'un pour tuer Bartlett et récupérer l'ordina-teur. Pas de preuves, pas de témoins. Et l'organisation de Hawthorne continue à vivoter jusqu'à ce qu'une autre occa-sion se présente et qu'un agent mette un pied dans la porte.

Il étudie à nouveau mon visage, la mine renfrognée.

Je sais qu'il se fiche de moi et que je devrais l'ignorer. Mais je réponds :

— Quoi ?

— Je me demande juste si ça te semble familier.

— Pas vraiment.

— Ah bon ? Parce que d'après les bruits de couloir, l'assassin que Hawthorne a engagé, c'est toi.

— Vraiment ? Et quel couloir exactement ? Je crois que tu as besoin d'un nouveau plan d'étage.

Winston ricane – c'est tout à son honneur. Mais lorsqu'il retrouve son sérieux, il est d'un calme mortel. Je le vois dans ses yeux.

— Fini de rire, déclare-t-il. Maintenant, tu peux continuer à nier et à jouer l'ignorance, ou tu peux me dire la vérité. Ce sont tes seules options. En fait, c'est encore plus simple que ça. L'idée est la suivante : tu vas me dire la vérité ou tu ne quitteras pas cette pièce vivante.

Mon pouls s'emballe et je me force à respirer avant de répondre. Je dois retrouver le contrôle, reprendre cette conversation en main.

— Tu ne me tueras pas, déclaré-je. Je te connais trop bien. Je sais quel genre d'homme tu es. C'est impensable.

Son sourire est lent, confiant et franchement terrifiant.

— Crois-moi, Linda, l'homme que tu connaissais a disparu depuis longtemps. Le Winston assis ici avec toi ? Tu n'as pas idée de qui il est. Et honnêtement, il est sacrément énervé.

Je m'évertue à ne pas réagir. Il pourrait bluffer. Autrefois, j'en aurais été convaincue. Maintenant, je ne sais plus rien.

Alors, je fais la seule chose possible. Je réoriente la conversation.

— J'en sais un peu, moi aussi. D'abord, tu as beaucoup

d'informations pour un homme censé avoir quitté le métier. Alors, que fais-tu exactement en ce moment, Winston, hein ? Parce que j'ai l'impression que tu n'as jamais été sur un plateau de tournage de toute ta vie.

— Une ou deux fois, figure-toi.

— Vraiment ?

Mon intérêt est réel et je ne prends pas la peine de moduler mon timbre de voix.

Il hausse les épaules.

— Je vis à Los Angeles maintenant. Et j'ai quelques amis dans le milieu.

— Comme c'est amusant.

Nous partageons un sourire. Les parents de Winston sont férus de films classiques, et moi aussi, j'aime tout ce qui se rapporte à Hollywood. Hades avait un cinéma à quatre salles, à la sortie de la ville. Deux nouveaux films par semaine, et des projections à deux dollars. Nos soirées cinéma du mercredi et du vendredi étaient des points de repère immuables dans notre quotidien. Avec ce qui suivait une fois de retour à la maison.

Mon corps réagit à ce souvenir et je baisse les yeux sur notre repas délaissé, pour lui dissimuler l'expression de mon visage. À ma grande surprise, sa voix est tendre quand il répond :

— Oui. Je sais. Moi aussi.

Je lève les yeux, et pendant un instant, nous voyageons dans le temps.

— Je suis désolée, dis-je comme si nous venions de nous disputer pour des questions de lave-vaisselle. Je suis tellement, tellement désolée.

Il acquiesce, puis déglutit. Dans la lumière tamisée, je constate que ses yeux sont humides.

— Qu'est-ce que tu as fait, après ? demande-t-il.

Même s'il n'y a aucun contexte, je comprends.

— J'ai quitté la ville. Je ne pouvais pas rester. Si je... si je t'avais vu, je n'aurais pas pu partir.

Il hoche lentement la tête.

— Alors, tu n'es pas venue à ton enterrement. Ça aurait été intéressant.

— Non. Je n'aurais pas été capable de le supporter. De te voir sans pouvoir te parler.

Je ferme les yeux et secoue la tête.

— Non.

— Le Consortium s'est effondré peu après. Je le sais, parce que j'ai personnellement éliminé la plupart de ces types, me dit-il.

— Je sais. Ils me l'ont fait savoir.

— Je n'en doute pas.

Il s'agrippe au bord de la table et je suis presque sûre qu'il lutte contre l'envie de jeter son assiette contre le mur, pour le plaisir cathartique de la voir se briser.

— J'étais en colère, dit-il, sa voix dure sous l'effet de l'émotion. Je me suis servi de ce sentiment pour les achever.

— Ces trucs-là ne disparaissent jamais vraiment. Billy Hawthorne a pris la relève et ramassé les morceaux.

— Et maintenant, tu travailles pour lui. Qu'est-ce que je suis censé penser ?

— Je me tue à te dire que tes informations sont fausses. Je ne suis pas aux ordres de Billy Hawthorne.

Il s'esclaffe, narquois.

— Je sais que tu ne me crois pas, mais c'est vrai. D'après ce que tu sais... ou ce que tu *savais...* penses-tu vraiment que je travaillerais pour quelqu'un comme lui ?

Je m'approche dangereusement de l'infraction des règles

auxquelles je tiens, à savoir trahir des confidences et enfreindre des vœux.

À deux doigts de la trahison.

J'ai tout abandonné pour que cet homme puisse vivre. C'est peut-être égoïste, mais je pense que l'univers me doit un laissez-passer.

— Nous savons tous les deux que les gens changent, répond-il. Ce n'est pas toujours pour le mieux.

— Je n'ai pas changé, dis-je avec conviction. Pas comme ça.

Son corps s'affaisse comme s'il était au bout du rouleau.

— Je sais ce que j'ai vu.

— Quoi donc ?

— Des images de drone. Un toit à Seattle. Toi. Un homme. Et une seule balle dans la tête.

C'est plus fort que moi, je grimace.

— Et je sais que le coup a été autorisé par Hawthorne. Tout comme il a commandité l'assassinat de Bartlett. Ton patron sera furieux quand il découvrira que tu as laissé sa proie en liberté.

— Tu crois vraiment ?

— Je l'ai vu de mes yeux. Et nous savons tous les deux pourquoi Hawthorne veut la mort de Bartlett. Ce n'est pas pour rien que tu es là, prête à exécuter les ordres.

— Non.

— Quoi, non ?

*Merde.* Je respire fort. Si je lui raconte le reste, c'est la dégringolade dans le terrier du lapin blanc. Mais j'ai aimé Winston Starr autrefois et j'ai besoin qu'il sache la vérité. Au diable les engagements, les promesses et les serments.

Je suis morte, après tout. Et je suis presque sûr que l'on n'attend pas des morts qu'ils tiennent leurs promesses.

— Alors, il faut croire que j'avais raison à ton sujet, lui dis-je.

— À mon sujet ?

— Tu es de la partie.

Un muscle de sa joue tressaute.

— C'est à ça qu'on joue ? Je te montre la mienne et tu me montres la tienne ?

Je cligne des paupières avec un sourire charmeur.

— Ça pourrait être amusant.

À mon grand soulagement, il sourit.

— Ils t'ont recruté, ajouté-je. Quand tu es parti en vrille et que tu as abattu le gros du travail à leur place, ils t'ont recruté dans la NSC ou quelque chose comme ça.

Il secoue la tête.

— Non.

Après une inspiration, il ajoute :

— J'ai une révélation pour toi : j'ai toujours été dedans.

Je me penche en arrière pour bien comprendre le sens de ses paroles.

— Et par *dedans*, tu veux dire quoi exactement ?

— Le poste de shérif était une couverture. J'étais avec le SOC. Commandement des...

— ... opérations sensibles, complété-je, soudain mal à l'aise. Je sais ce que c'est, espèce d'hypocrite.

Il écarquille les yeux.

— Je n'ai jamais simulé ma mort. Si on compte les points, je gagne toujours.

— Merde.

Je repousse la chaise pour me lever, mue par une soudaine envie de faire les cent pas, mais je me rappelle que je suis attachée. Je commence à me baisser pour défaire la boucle, mais sa voix m'arrête net.

— Redresse-toi.

Je me retourne pour le voir pointer ce foutu Glock sur moi.

— Sérieusement ?

— Nous ne sommes pas à égalité. Loin s'en faut. Je travaille pour le SOC. Ma mission est officielle. Toi, tu reçois des ordres de la part de Billy Hawthorne. Devine lequel d'entre nous a la plus haute autorité morale.

— Tu es dépassé par les événements.

Il se redresse, les épaules en arrière.

— C'est toi qui as dit que j'étais de la partie. Et j'étais d'accord avec toi. Je t'ai même dit à quelle agence je suis associé. On devait se montrer nos cartes, tu te souviens ?

— Maintenant que j'ai vu les tiennes, je dois te dire qu'on n'est pas chez les amateurs, ici.

Je m'humecte les lèvres et ajoute :

— Je ne veux pas que tu sois blessé. Ou pire.

— Je ne suis pas un amateur, trésor, et ma présence ici n'était pas une coïncidence. Ma mission est de récupérer l'ordinateur de Bartlett et d'empêcher son assassinat. On dirait que j'ai réussi. Je ne vais pas tarder à retrouver le comptable.

— Une mission, répété-je, si bas que je doute qu'il m'entende. Oh, non. Bien sûr. Winston, tu dois m'écouter. Tu penses que je bluffe, mais si tu m'as aimée un jour, tu dois me croire, sinon tu finiras le bec dans l'eau.

Il plisse les yeux. Il a beau croire que je joue avec lui, il demande :

— Mais de quoi tu parles ?

— Seagrave est corrompu, lui dis-je, le cœur battant. Et l'information sur cet ordinateur portable le prouve.

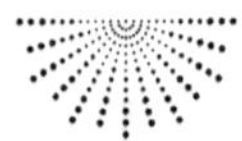

# CHAPITRE DOUZE

Winston bascula en arrière comme si ces mots étaient une gifle.

— Tu es folle ?

— C'est à cause de lui que je suis ici. Dans cet hôtel. À traquer Bartlett.

Sa tête tournait et il avait envie de se donner des gifles. Elle l'avait attiré. Elle lui avait raconté l'histoire d'une fille piégée dans une mauvaise situation, une femme tombée amoureuse pendant une opération sous couverture. Et, bon sang, il l'avait crue.

Mais maintenant, une telle bombe ?

Elle allait trop loin avec ses histoires à dormir debout.

— Où est ta preuve ?

— Une preuve ? Je viens de la déposer à tes pieds. En fait, c'est toi qui l'as déposée à *mes* pieds.

— De quoi tu parles ?

Elle essaya de se lever, mais se rappela la ceinture autour de sa jambe et se rassit avec un soupir.

— Tu es ici pour m'arrêter. Pour récupérer l'ordinateur portable. Pour ramener Bartlett en lieu sûr.

— Oui.

— Pour Seagrave. Ton patron.

— Eh bien, ce n'est pas vraiment mon patron, mais oui, dit-il à nouveau tout en agitant la main pour la pousser à aller droit au but.

Au lieu de quoi, elle demanda :

— Comment ça, ce n'est pas ton patron ?

Il faillit ne pas répondre, mais après tout, il lui avait proposé de jouer cartes sur table.

— En fait, je ne fais plus partie du SOC. J'ai démissionné après ta mort, enfin, quand je croyais que tu étais morte. Maintenant, je travaille pour une agence de sécurité privée basée à Los Angeles.

— Quelle agence ?

— Stark Sécurité.

Elle hocha la tête, visiblement impressionnée.

— Ils ont une bonne réputation.

— C'est mérité. Et je ne pense pas qu'Anderson Seagrave dupe Damien Stark ou Ryan Hunter, pas plus que moi.

— Ne sois pas naïf, dit-elle sur le ton de l'évidence, le visage toujours impassible. Tu ne peux pas évaluer quelqu'un comme ça. Tu apprécies cet homme ? Et alors ? Les traîtres, les tueurs en série, les psychopathes. Parfois, ce sont des gens vraiment charmants.

Il n'émit aucune objection, car elle disait vrai. Elle avait raison.

Mais il ne pouvait toujours pas se résoudre à y croire.

— Allez, Winston, dit-elle lentement. Réfléchis-y. Il y a au moins une dizaine de commandants opérationnels au SOC.

Tu ne m'as jamais dit avec lequel tu travailles. Et pourtant, je le savais. Pourquoi ? Parce qu'il est au cœur de *ma* mission.

Ces mots se heurtèrent à lui avec la force d'un coup de pied, le faisant reculer.

— Non, dit-il, même s'il se souvenait de la terreur dans les yeux de Bartlett lorsque Winston avait prononcé le nom de Seagrave, comme s'il regardait l'ange de la mort.

Il secoua la tête, repoussant ces pensées.

— Impossible. Cet ordinateur montre les transferts d'argent par Hawthorne vers un agent du gouvernement. Tu as raison sur ce point. Mais ce n'est pas le SOC. Seagrave a besoin de l'ordi et de Bartlett pour prouver qui est vraiment corrompu.

— Je ne sais rien sur les pots-de-vin, admit-elle, mais il me semble qu'il te dit la vérité que tu as besoin d'entendre. Il oublie juste de te préciser que c'est *lui* l'agent véreux.

— Non. Je connais cet homme. J'ai travaillé avec lui pendant des années. Bon sang, j'ai travaillé avec lui quand j'étais sur la mission Hades. Il est même venu à notre mariage.

Elle écarquilla les yeux.

— À notre mariage ? De quoi tu parles ?

— Oncle Andy.

Aussitôt, elle plaqua la main sur sa bouche.

— En fauteuil roulant ?

Il acquiesça. La présence de son supérieur était risquée, mais il voulait de vrais amis auprès de lui. Emma et Seagrave étaient venus, ainsi que ses parents et son frère, qui le prenaient pour un shérif épousant une jolie fille du coin.

Comme Linda n'avait pas de famille, c'était même l'oncle Andy qui l'avait conduite à l'autel.

Elle se pencha sur la table et lui prit la main. Pour la première fois depuis qu'il l'avait revue, il voulait simplement la toucher, partager sa force. Il ne lui faisait pas confiance, pas encore. Pas vraiment.

Mais il ne pouvait pas nier qu'il en avait envie.

Voilà aussi ce qui la rendait encore plus dangereuse.

Lentement, il retira sa main, rompant leur contact. Il prit un moment pour se reprendre, puis leva son visage vers le sien.

— Seagrave n'est pas mouillé. Je le sais.

— Non, répondit-elle. Tu ne peux pas le savoir.

Elle pencha la tête en ajoutant :

— Sauf si c'est toi, le ripou. Dans ce cas, tu dois connaître la vérité.

— Merde, Linda...

— Écoute, c'est toute la base de ma mission. Bartlett m'a engagée pour le coup, bien sûr. Mais je ne vais pas aller assassiner ses ennemis.

Winston croisa les bras sur son torse.

— Et Seattle ?

— Ce salaud était responsable du bombardement de deux écoles primaires en Europe, qu'il a mis en scène pour faire croire à des actions militaires américaines. C'était une attaque sanctionnée au plus haut niveau.

— Ce que, bien sûr, je n'ai aucun moyen de confirmer.

Elle haussa les épaules.

— Oui, eh bien, excuse-moi.

— Bon, continue. Dis-moi quelque chose d'autre que je ne peux pas confirmer.

Elle lui adressa une grimace si familière que son cœur se serra à ce souvenir.

— Qu'est-ce qui ne va pas ?

— Rien. Vas-y.

— Bon, alors, comme je le disais, je n'exécute jamais les ordres d'Hawthorne directement. Je les fais passer par mon contact et je travaille sur la contre-mission. Avec le type de la bombe, c'était un assassinat, mais c'est rare. D'habitude, on simule une mort et on met la cible sous protection de témoins.

— Tu me dis que Bartlett allait se faire descendre aux frais du gouvernement ?

— Non, non. C'est ce que j'avais prévu. Mais mon supérieur m'a dit de le supprimer. Il a dit que les informations dans la tête de Bartlett et sur cet ordinateur étaient trop sensibles.

— C'est de la comptabilité.

— Non. C'est justement le problème. L'ordinateur ne contient pas d'informations comptables. Ce qu'il y a dans ces fichiers, c'est l'identité d'agents sous couverture partout dans le monde. Tu imagines combien ça vaudrait sur le marché noir ?

— Et tu le sais parce que... ?

— Il est évident que c'est une mission à long terme dans ma division. Et Collins la supervise depuis...

— Collins ? Dustin Collins ?

Elle fronça les sourcils en le dévisageant.

— Oui. Pourquoi ?

— Tu travailles pour ID-9.

Elle écarquilla les yeux.

— Comment es-tu au courant pour ID-9 ?

Il souffla, passant les doigts dans ses cheveux.

— Parce que, chérie, ton Monsieur Collins est le connard contre lequel Bartlett va témoigner.

— Quoi ?

Elle secoua la tête.

— Non, ce n'est pas possible.

— Si.

— Et tu le sais parce que Seagrave te l'a dit.

— Et toi, parce que Collins te l'a dit, renchérit-il en penchant la tête.

Elle ferma les yeux.

— Putain.

— Oui, ça résume bien la situation.

Elle commença à se lever, mais poussa un juron lorsque sa jambe resta bloquée. Elle se rassit, résignée, avant de lever une main.

— Donne-moi une seconde pour réfléchir.

— Bon sang, j'ai besoin d'une seconde, moi aussi.

Au bout d'un moment, elle prit une longue gorgée de vin, puis lui dit :

— Nous devons trouver Bartlett. Ensuite, nous verrons nous-mêmes ce qu'il y a sur son ordinateur portable.

Ce n'était pas une mauvaise idée, pensait Winston. À l'exception d'un détail.

— Non, déclara-t-il.

Elle le regarda fixement.

— Non ?

— Comment puis-je m'assurer qu'il ne s'agit pas d'un plan B pour récupérer Bartlett et l'éliminer ?

— Tu n'es pas sérieux.

— Ce serait exactement le genre de stratégie de niveau supérieur qu'une division comme ID-9 mettrait en place.

— Winston, c'est absurde. Je ne peux pas prouver que c'est faux. Tu nous condamnes à ne rien faire. Alors, on est

censés rester ici jusqu'à ce que Bartlett décide de revenir ?
Parce que ça n'arrivera jamais.

— Nous avons l'ordinateur.

— Il n'est pas piratable.

— J'ai des amis très intelligents.

Elle passa les doigts dans ses cheveux.

— Tu n'as pas été briefé ? Cet ordinateur a toutes les contre-mesures imaginables. Un faux mouvement et l'information serait effacée.

— Tant mieux, s'il est rempli de noms d'agents sous couverture.

— Mais c'est grave si ça efface aussi les preuves de qui a collecté ces noms, répliqua-t-elle, ou si ce ne sont pas du tout des agents, mais des informations comptables, comme tu l'affirmes. Des paiements pour des fuites d'informations. Est-ce qu'on veut vraiment risquer de perdre ce genre de preuves ?

— Je n'en sais rien, admit Winston. Mais je pense que nous sommes dans une impasse.

— Merde.

Il ricana.

— Quoi ? demanda-t-elle aussitôt.

— La dernière fois qu'on s'est disputés comme ça, c'était pour savoir si on devait mettre une moustiquaire sous le porche de derrière. Et c'est moi qui avais gagné.

— Oui, eh bien, ce soir, c'est moi.

— Je ne pense pas. En fait, je... Mais qu'est-ce que... ?

Il n'eut même pas le temps de réfléchir qu'elle renversa la table sur le côté et bondit en avant, sa jambe toujours attachée à la chaise. Il se retrouva sur le dos, et elle sur lui. Linda *et* la chaise.

Ce qui le préoccupait vraiment, c'était le verre cassé qu'elle tenait sous sa gorge.

— Tu conviendras que j'ai plus d'expérience dans le domaine des règlements de compte ?

Il acquiesça par un grognement.

— Et tu sais qu'en ce moment, je pourrais te trancher la jugulaire et que tu te viderais de ton sang, impuissant ?

— Linda...

— Tu es d'accord ?

Il ferma les yeux et fournit un effort prodigieux pour ne pas déglutir.

— Oui, dit-il enfin en rouvrant les paupières, croisant son regard assassin. Pour le moment, tu as le dessus.

— Bien. Merci.

Elle jeta le verre de côté, puis se pencha pour détacher la ceinture, libérant sa jambe de la chaise.

— La démonstration est terminée. Alors, fais-moi confiance, d'accord ?

Il se redressa, gémissant à cause de la douleur dans son dos.

— Que je te fasse confiance ? À quel sujet, exactement ?

— Quelque chose ne va pas.

Il plissa les yeux et elle sourit.

— Oui, oui, dit-elle en se levant. Mais si nous disons tous les deux la vérité – ce que nous pensons être la vérité, en tout cas –, alors l'un de nous a été dupé.

— Travaillons ensemble, conclut-il. Retrouvons Bartlett et découvrons lequel de nos patrons est du mauvais côté.

Elle approuva.

— Si tu veux un plan alternatif, on peut prétendre que je t'ai échappé.

Elle contourna les débris de la table jusqu'au balcon, puis elle fit coulisser la porte et resta debout, sa silhouette se détachant sur l'horizon du centre-ville d'Austin, les lumières de la ville faisant briller le blanc immaculé du peignoir.

Elle regarda par-dessus son épaule.

— Tu peux partir si tu veux. Je vais trouver une solution. Toi, tu retournes au SOC et tu signales à Seagrave que Bartlett n'est jamais venu. Après tout, ce n'est pas ton problème. Pas officiellement.

— Si, c'est mon problème, dit-il en la rejoignant dans l'embrasure de la porte. Quelqu'un aux renseignements vend des informations. Peut-être sur des agents sous couverture, peut-être sur autre chose. Quoi qu'il en soit, c'est un abus de confiance, et ça compte. Je ne vais pas tolérer ça.

Son sourire réchauffa son âme lorsqu'elle répondit :

— Je suis heureuse de voir que, malgré tout, tu es toujours l'homme dont je me souviens.

— Alors, on travaille ensemble ? demanda-t-il.

Elle acquiesça.

— Oui.

Il savait qu'il ne devait pas, mais il ne pouvait pas s'en empêcher. Sa main sembla se lever de sa propre initiative pour effleurer sa joue, puis l'arrière de sa tête.

— Winston, chuchota-t-elle alors qu'il l'attirait à lui.

Il attendit. Juste une fraction de seconde, mais cela lui laissait assez de temps pour se retirer. Elle n'en fit rien, demeurant là, ses yeux rivés sur les siens. Elle entrouvrit alors les lèvres en signe d'invitation.

Enfin, il l'embrassa, cette femme qu'il avait embrassée tant de fois dans ses rêves et ses souvenirs. La femme qu'il n'avait jamais espéré sentir à nouveau dans ses bras. La femme qu'il avait aimée de toute son âme, qui avait enflammé ses sens et qui l'avait fait rire.

Elle était de retour auprès de lui et le monde semblait rempli de lumière.

Du moins, jusqu'à ce qu'elle s'écarte, les joues baignées de larmes.

— Oh, trésor, qu'y a-t-il ?

— Je suis désolée, chuchota-t-elle en lui fendant l'âme. Mais nous ne pouvons pas.

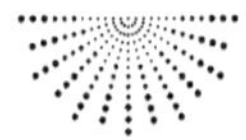

# CHAPITRE TREIZE

— Nous ne pouvons pas, répète-t-il en s'éloignant d'un pas. Bien sûr que non. Je n'aurais pas dû...

— J'en ai envie, avoué-je. Mais... mais je ne veux pas embrouiller les choses.

— Embrouiller les choses. Est-ce que tu es avec quelqu'un ? Mon Dieu, es-tu mariée ?

— Non. Bien sûr que non.

J'ai répondu avec plus de virulence que la question ne l'exigeait et j'essaie de me calmer.

— Seulement... se retrouver comme ça, tous les deux... je ne m'y attendais pas. Et en ce moment, je n'ai pas le loisir d'y réfléchir. Nous devons trouver Bartlett. En plus, nous devons prendre contact avec nos hiérarchies respectives.

Pendant un moment, il reste planté là comme s'il n'avait aucune idée de ce dont je parle. Puis il se pince l'arête du nez et me regarde avec insistance.

— Quoi ?

— Tu me troubles, dit-il. Te revoir. Te toucher. Je pense que tu as réactivé mon cerveau. Tu as raison, bien sûr. D'une certaine manière, notre proximité a complètement effacé ma capacité à penser clairement.

Je lui réponds avec un sourire évasif.

— Je connais ce sentiment.

— Une trêve ? propose-t-il en tendant la main.

Je la prends, et le choc de cette simple connexion se répercute à travers moi, me donnant envie d'un tas de choses que je ne devrais pas vouloir. Des choses que je ne peux pas avoir. Le contact de sa main, le frôlement de ses lèvres. J'aimerais parler avec lui comme nous le faisions avant. Je rêve d'un passé révolu, d'un homme que je ne peux pas avoir et d'un amour que je ne mérite pas.

Si ce n'est que nous n'avons jamais vraiment eu ces choses-là. Nous étions des acteurs qui jouaient au petit couple. C'était chaleureux, réconfortant et merveilleux, mais ce n'était pas vraiment réel.

Je m'écarte enfin d'un mouvement nonchalant, puis je glisse mes mains dans les poches du peignoir, jetant un coup d'œil au réveil sur la table de chevet.

— On aurait déjà dû les contacter, tous les deux.

— Collins va se demander pourquoi tu es en retard ?

Je secoue la tête.

— Non, je travaillais déjà avec lui avant Hades. Il me fait confiance. Et d'ailleurs, je lui fais confiance aussi.

— Ça ne veut pas dire qu'il soit irréprochable.

— Je sais. C'est moi qui t'ai dit ça. J'ai horreur de tout ce qui se passe en ce moment.

Ses yeux rencontrent les miens.

— Pas moi. Enfin, si, en grande partie. Mais d'un autre côté, cette situation est un cadeau.

Ses paroles glissent sur moi, sa voix comme la plus intime des caresses.

— Winston, s'il te plaît. Il faut...

— Quoi ?

— Il faut qu'on trouve une solution. Au sujet de tout ça, insisté-je. Pas de nous. Pas maintenant, ajouté-je pour adoucir l'impact.

Son visage se crispe, mais il hoche la tête en signe d'admission.

— Et pour Hawthorne ? demande-t-il.

— Ça ira de ce côté-là. Il sera furieux quand je le lui dirai, mais je suis sûre qu'il n'est pas au courant. Ce n'est pas comme ça qu'il travaille. Et toi ?

— Je fais confiance à Seagrave, dit-il, imitant ma réponse à propos de Collins.

C'est mon tour de lever les yeux au ciel.

— Moi aussi, je travaillais déjà avec lui avant Hades, poursuit-il avant d'expirer bruyamment. Bon sang, peut-être qu'ils sont tous les deux au-dessus de tout soupçon. Mais nous ne le saurons pas avant de fouiner.

— Tu as raison. Putain, ça craint !

— C'est bien vrai.

Il se penche pour ramasser la table que j'ai renversée en l'attaquant.

— Bien joué, au fait.

— Tu aurais dû le voir venir. C'était de la négligence de ta part.

Il me regarde par-dessus la table redressée.

— Peut-être que je voulais tester ma femme. Voir jusqu'où elle irait pour se libérer et si elle était capable de me faire du mal.

Je croise son regard et m'autorise un infime sourire.

— Je n'aime pas être piégée.

Il me dévisage et concède :

— C'est normal, je ne te le reproche pas.

Je détourne la tête, mal à l'aise sous son regard scrutateur, comme s'il essayait de retrouver en moi près de cinq ans d'émotions perdues.

— Il y a un traqueur GPS, déclaré-je. Sur Bartlett.

— Tu es sérieuse ?

— Oui, je l'ai glissé dans la poche de sa veste quand je suis arrivée au bar. Je m'attendais à ce qu'il m'invite dans sa chambre, mais au cas où, je voulais un plan de secours.

— Allons retrouver ce fils de pute.

— Je peux le suivre sur mon téléphone, dis-je en me tournant vers la salle de bain, où j'ai laissé le fourre-tout en cuir qui me sert à la fois de sac à main et de kit opérationnel.

Il me suit et je m'assieds devant la coiffeuse, tirant le fourre-tout sur mes genoux. Mes mains effleurent mon arme.

— Je suis armée, lui dis-je. Un Glock 9mm.

Je ne sais pas pourquoi il me semble important de le prévenir, mais si nous entrons ensemble, je veux dévoiler toutes mes cartes.

— Tant mieux pour toi, dit-il avec nonchalance. C'est toujours mieux qu'un morceau de verre. Mais je te conseille de le ranger.

Je hoche la tête.

— J'ai des vêtements de rechange à l'arrière de ma voiture de location. On devrait prendre un nouveau véhicule une fois qu'on saura où aller. Il y a de bonnes chances qu'ID-9 garde un œil sur le mien.

Après avoir trouvé mon téléphone, je le sors et ouvre l'application de suivi.

— À l'aéroport, dis-je.

— Merde.

— À l'*hôtel* de l'aéroport, précisé-je. Il a sûrement réservé un vol pour demain.

— Viens.

Il se lève et je baisse les yeux sur le peignoir que je porte encore.

— D'accord, dit-il en riant. Même si j'aime bien ce look.

Je lui montre la robe que je portais au bar, accrochée à l'arrière de la porte.

— Donne-la-moi.

Il me la lance alors que je me lève.

— Je vais mettre ça maintenant et je me changerai quand on changera de voiture.

Je m'apprête à laisser tomber le peignoir sur le sol quand je réalise ce que je fais.

— Tu peux... je veux dire, laisse-moi un moment, d'accord ?

— C'est vrai. Excuse-moi. Je n'ai pas réfléchi. Les vieilles habitudes.

Je souris faiblement. Je sais ce qu'il veut dire. C'est comme une mémoire musculaire chez Winston, et une partie de mon être ne demande qu'à y céder. Mais je ne peux pas. Parce que le passé est révolu. Et il n'y a pas moyen d'y revenir. Pas moyen d'avancer depuis cette époque où nous étions ensemble et heureux.

Ces jours sont derrière nous, et l'amour que nous partagions n'a jamais vraiment existé. Le bonheur que nous avons tous deux pleuré si intensément est entaché par les mensonges, les siens comme les miens.

Je ne suis pas sûre qu'il y ait un pouvoir dans l'univers capable de nettoyer une tache aussi sombre.

— Cet enfoiré n'est pas venu, dis-je à Collins.

— Je suis sur haut-parleur ? C'est quoi ce bordel, Moon ?

— Lâche-moi un peu. Je suis d'une humeur massacrante.

C'est faux, mais je veux que Winston entende la voix de Collins, lui aussi. S'il ment ou s'il paraît suspicieux, je ne veux pas manquer ces inflexions révélatrices.

— Ne t'inquiète pas, ajouté-je. Le téléphone est une ligne sécurisée et j'ai balayé la pièce. Aucun dispositif d'écoute. Je suis en train de fouiller sa valise. J'ai besoin de mes deux mains si je ne veux pas qu'il sache que je suis passée. Je n'ai pas trouvé l'ordinateur. Il doit l'avoir sur lui.

Collins grommelle.

— Je veux cet ordi.

— Mais tu veux encore plus mettre Bartlett hors d'état de nuire.

— Non. Les deux. C'est une mission à deux volets. Compris ?

— C'est très clair.

— Tu penses qu'il a appris qui tu es ? C'est pour ça qu'il s'est tiré ?

Je regarde Winston. Il a la tête penchée sur le côté, ses yeux fermés, et il écoute attentivement.

— C'est très improbable, dis-je à Collins. Il a appelé le bar et m'a laissé un message. Il est en retard et il espère que je pourrai le rejoindre pour un verre après le dîner.

— Ce que tu feras, bien sûr.

— Avec empressement.

— Et Hawthorne ? C'est sa mission. Tu as vérifié avec lui ?

— Non, tu connais son protocole.

— Tu sais que tu es plus pour lui qu'un tueur à gages. Tu dois construire cette relation.

— J'en suis consciente, monsieur.

Collins soupire.

— Je n'essaie pas de te prostituer, dit-il.

À ces mots, je vois le sourcil de Winston se lever.

— Mais je veux Hawthorne dans une boîte. Il met la vie de nos agents et notre sécurité nationale en danger.

— Je sais, monsieur. C'est juste un changement de timing, pas un abandon de la mission. Je ferai mon rapport dès que la cible sera éliminée et l'ordinateur sécurisé.

— Bon, très bien. Bonne chance, Moon. Les hommes et les femmes qui travaillent sous couverture dans le monde entier comptent sur toi.

— Merci, monsieur, dis-je avant de terminer l'appel.

J'attends un moment, puis j'éteins complètement mon téléphone. Après tout, c'est dans ma description de poste d'être paranoïaque. Je regarde Winston.

— Ton pressentiment ?

— Si c'est un traître, c'est un sacré bon acteur.

J'acquiesce. J'apprécie l'honnêteté, mais il n'a pas l'air content.

— À ton tour.

— D'accord, dit-il avant de composer la ligne sécurisée d'Anderson Seagrave.

— Starr, répond Seagrave.

Après les banalités d'usage, il ajoute :

— J'espère que vous allez m'annoncer que Bartlett et Moon sont arrêtés et que vous avez l'ordinateur comme preuve.

— Pas encore, monsieur. Je voulais juste vous mettre au courant. La rencontre de la cible a été modifiée, mais j'ai les yeux sur Moon, ajoute-t-il alors que je fais la révérence, soulevant légèrement ma robe et m'inclinant comme une débutante.

Je le regrette immédiatement, car il a envie de rire.

— Je vous tiendrai au courant bientôt, reprend-il d'une voix à peine un peu essoufflée.

— J'ai une question, cependant, poursuit Winston. Si le SOC est à deux doigts de le convaincre de témoigner, ne serait-il pas préférable de faire appel à un agent pour négocier ses conditions, le sécuriser et le ramener à Los Angeles ?

— S'il n'était pas une cible ambulante, je serais d'accord avec vous. Mais la présence de Moon a rendu la situation plus difficile. Il comprendra qu'il a été amené ici par mesure de protection. Et quand il réalisera qu'il allait se faire assassiner et que nous l'avons sauvé, il sera encore plus enclin à finaliser son accord et à témoigner.

Il me regarde et je hoche la tête. C'était une bonne question, mais la réponse de Seagrave est logique.

— Une révérence ? me dit-il une fois qu'il a raccroché. Tu vas nous attirer des ennuis.

J'essaie d'avoir l'air grave, mais je ne peux pas m'en empêcher. La journée a été trop stressante. J'éclate de rire et il se joint à moi, me prenant la main pour me rapprocher. Pendant un moment, nous restons ainsi, même si je sais que je devrais m'éloigner. C'est moi qui ai dit que c'était trop compliqué, après tout.

Sauf que je ne semble pas pouvoir bouger. Ce moment est si doux, presque tendre, et je veux m'en imprégner. Je veux m'envelopper dans nos souvenirs communs. Mais la tension se transforme entre nous, prenant un aspect soudain plus intense. Une chaleur crépitante, une envie brûlante, une tentation sensuelle qui se profile devant moi comme une piscine sombre remplie d'eau chaude, m'invitant à y plonger. Comme j'en ai envie. Oh, mon Dieu, tellement !

Je me retiens.

Au lieu de quoi, je me racle la gorge et recule, jetant un coup d'œil à son visage juste assez longtemps pour y lire la déception, rapidement effacée par une façade très professionnelle.

Je sais qu'il ne comprend pas. Je ne suis pas sûre de comprendre moi-même. Tout ce que je sais, c'est que même si l'attirance brûle toujours entre nous comme une supernova, ce serait une erreur d'y céder.

— Je n'ai rien entendu de bizarre dans la voix de Seagrave, dis-je comme si l'air n'était pas encore chargé de tension. Et toi ?

— Non plus.

Son intonation est vague, mais son regard est affûté comme s'il cherchait à voir jusque dans mon âme. Il s'éclaircit la voix.

— Non. Rien du tout.

— Eh bien, c'était illusoire de penser que nous serions capables de les juger à leur timbre de voix. Ils ne risquaient pas de nous dire que la mission doit à tout prix réussir pour qu'ils puissent continuer à cacher leurs sales petits secrets.

— D'autant que le casino gagne toujours.

Je secoue la tête.

— Non. Le casino, c'est nous, parce que nous sommes les gentils. On va trouver une solution.

Je commence à me pencher pour prendre mon sac, mais il me saisit le coude et me tire en arrière.

— Et ensuite ?

— Ensuite, on parle au procureur et on envisage des poursuites.

— Non. Ce n'est pas ce que je veux dire.

Mes épaules s'affaissent.

— Je sais. Mais, Winston... je n'en sais rien.

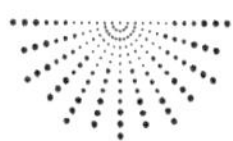

# CHAPITRE QUATORZE

— **D**is-moi que tu n'appelles *pas* Stark Sécurité, dit Linda en fronçant les sourcils lorsqu'il sortit son téléphone.

Ils étaient dans sa Toyota de location et traversaient East Austin en direction de l'autoroute conduisant à l'aéroport local. Elle avait enfilé un jean, un t-shirt à col en V et un blazer pour couvrir son étui d'épaule. Ses cheveux étaient attachés en queue de cheval et seules quelques mèches dansaient autour de son visage. Elle avait l'air aussi jeune et belle que lorsqu'il l'avait vue pour la première fois à Hades. S'ils n'avaient pas un infâme connard à débusquer, Winston aurait volontiers passé la journée à la contempler.

Au lieu de ça, il semblerait qu'ils soient sur le point de se disputer.

— Tu me fais confiance ?

Si les sourcils pouvaient se lever avec sarcasme, c'est exactement ce que les siens auraient fait.

— N'est-ce pas le but de notre trêve ? demanda-t-elle en s'arrêtant à un feu rouge. Se faire confiance, retrouver les méchants ? Cela dit, ça n'inclut pas d'entraîner dans ce merdier quelqu'un qui pourrait être de mèche avec Seagrave.

— J'appelle Emma. Tu la connais sous le nom d'Emily.

Il la vit froncer les sourcils.

— Emily de Hades ? L'assistante du maire, après la démission de l'autre maigrichon ?

— C'est elle.

Bien qu'il ait utilisé son vrai prénom, Emma avait choisi de le changer entre-temps.

Elle secoua la tête, la mine sombre.

— Encore un agent sous couverture.

— Elle était avec le SOC pendant l'opération Hades, aussi. On a fait pas mal de boulots ensemble. Maintenant, elle travaille chez Stark Sécurité. C'est une amie et je lui fais confiance. Elle n'est pas dans le coup, dit-il catégoriquement. Si Seagrave est corrompu, elle n'en fait pas partie.

— Et tu le sais parce que... ?

— Parce que je la connais.

Elle s'humecta les lèvres, puis déglutit.

— Tu me connaissais aussi.

Ces mots lui firent l'effet d'un couteau dans le cœur.

— Oui.

Il entendit la crispation dans sa voix et s'en voulut aussitôt.

— À moins que j'aie passé un marché très stupide, je peux te faire confiance maintenant. Ai-je eu tort ?

— Non, répondit-elle doucement. Tu n'as pas eu tort.

Elle lui prit la main, pour la retirer au dernier moment et la ramener fermement sur le volant.

— Je suis désolée. Je n'aurais pas dû dire ça. Je ne veux pas que tu remettes tout le monde en question à cause de moi. Mais je ne veux pas non plus que tu fasses confiance à la mauvaise personne et que tu découvres que nous sommes tombés dans un traquenard.

— Alors, on est deux.

Il vit ses épaules se soulever et s'abaisser tandis qu'elle prenait une profonde inspiration. Pendant un moment, elle garda le silence, puis elle lui adressa un hochement de tête sec et rapide.

— Très bien. Si tu es sûr d'elle, appelle-la. Dieu sait que nous avons besoin de toute l'aide possible.

— Je suis aussi sûr d'elle que je le suis de toi, répondit-il.

Elle se tourna alors pour croiser son regard.

— J'espère que ça veut dire que tu vas l'appeler.

— En effet. Et j'espère bien ne pas me tromper, ni sur elle ni sur toi.

Son sourire n'atteignit pas tout à fait ses yeux, et alors qu'il composait le numéro d'Emma, il se demanda si elle avait compris que sa promesse de confiance n'était pas une ruse. Il ne pouvait pas faire les choses à moitié, dans cette mission. Il ne pouvait pas avoir peur de son ombre en redoutant à chaque pas que le couperet tombe. Ils avaient conclu un pacte, et il allait l'honorer.

Quant à savoir s'il se fourvoyait, il le découvrirait bien assez tôt. Pour l'instant, il ne pouvait pas faire grand-chose.

Emma répondit à la première sonnerie. Son rire retentit dans l'habitacle alors qu'elle disait :

— Non, non, arrête, espèce de monstre ! Winston ne veut pas entendre... oh, merde. Salut, mec. Je n'avais pas réalisé que l'appel était connecté.

— Désolé de vous interrompre.

— Tu n'interromps rien, on regardait juste un film.

— Hmm.

— Je te jure, dit-elle.

Mais il éclata de rire.

— Je suis avec Linda. Tu es sur haut-parleur.

Pendant un moment, le silence retomba, puis Emma se ressaisit :

— Alors, on avait raison. Ta mission avait bien un rapport avec elle.

— Oui, répondit Winston. On peut dire ça.

— Bon, d'accord. Il doit y avoir une façon polie de dire bonjour à une morte, mais je n'ai jamais été très douée pour les bonnes manières. Alors... Salut, Linda.

— C'est bon d'entendre ta voix aussi, Em, dit-elle un peu sèchement.

Emma choisit d'en rire, même si cela semblait un peu tendu.

— Et tout va bien ?

— Je n'ai pas d'arme sur la tempe, si c'est ce que tu veux dire, répondit Linda.

— Je ne savais pas que c'était un risque, rétorqua Emma. Mais c'est une bonne information à avoir. Winston, poursui-vit-elle, manifestement soucieuse. Tu veux bien me dire ce qui se passe ?

— Je ne peux pas te donner les détails, dit Winston, mais Linda et moi avons fait une trêve. On avait envisagé de fêter ça dans une gargote avec quelques hot-dogs, mais au lieu de ça, on a décidé de poursuivre un méchant.

— Je vois.

La voix d'Emma s'adoucit, perdant son aspect tranchant pour se parer d'une note d'humour.

— Dans ce cas, dis-moi comment je peux vous aider.

Linda ne put retenir un sourire.

— Gargote ou hot-dog ? demanda-t-elle.

Emma et Winston se mirent à rire. Bien sûr, elle avait

reconnu l'utilisation d'un mot codé pour rassurer Emma quant au fait qu'il ne lui parlait pas sous la contrainte.

— Je pourrais te le dire, dit Winston d'une voix impassible. Mais alors, je devrais te tuer.

— Hilarant, lança Linda avec un sourire si authentique qu'il fit chavirer son cœur.

Puis elle approcha la tête, parlant en direction du téléphone.

— Nous avons besoin que tu vérifies les dossiers des compagnies aériennes. Nous recherchons un passager spécifique. Soit sur un vol dans les dernières heures, soit sur un vol prévu pour bientôt. Peut-être qu'il est inscrit à l'hôtel de l'aéroport.

— Il me faut un nom.

— Tommy Bartlett, dit Linda.

— Attends, je rejoins mon ordinateur.

Un moment s'écoula, et lorsque sa voix revint, Winston ajouta :

— Emma, tu dois garder ça pour toi. Pas un mot à Seagrave ni au SOC. Pas un mot à quiconque chez Stark Sécurité.

— Je suis seule maintenant, mais Tony est au lit et entièrement nu. Enfin, je peux le distraire s'il pose des questions, mais...

— Je n'avais clairement pas besoin de savoir ça. Ne lui dis rien, ou plutôt que j'ai appelé pour te mettre au courant de ma mission. J'étais tout seul, d'accord ? Sans Linda.

— Pas de problème.

— Je n'aime pas te demander de lui cacher des choses, ajouta-t-il. Je ne le ferais pas en temps normal, mais c'est...

— Oh, je t'en prie. Je connais la chanson.

— Pardon ? fit Winston.

Au volant, Linda se redressa, plus attentive.

— Ça fait partie du boulot, reprit Emma. Les secrets, je veux dire. Il n'y a rien de personnel. Je le sais. Tu le sais. Tony le sait. Donne-moi juste une seconde.

Winston hocha lentement la tête, absorbant ses paroles. Il le savait très bien. Seulement, il n'était pas sûr de l'avoir pleinement intégré.

— Bon, me revoilà, dit Emma, sa voix soulignée par le cliquetis des touches. Je ne l'ai trouvé sur aucun manifeste de compagnie aérienne... mais attends... oh, fait chier. J'ai horreur de la technologie.

À côté de lui, Linda se retint de rire et elle lui prit la main. Leurs doigts s'effleurèrent, puis elle baissa les yeux. Entrouvrant les lèvres, elle chuchota : « Désolée », avant de retirer sa main.

Il hocha la tête comme si de rien n'était, mais ce n'était pas anecdotique. Un simple contact, sans réfléchir, qui venait de raviver un flot de désir si intense qu'il sentit comme un poids physique peser sur lui.

Pour se couvrir, il saisit la bouteille d'eau dans la portière et prit une longue gorgée tout en scrutant les environs. Ils étaient sur l'autoroute 71 à présent, presque à la sortie de l'aéroport. Tout allait trop lentement à son goût. Il voulait sortir de cette voiture. Il avait besoin de bouger et de travailler. Au mieux, il avait besoin d'un peu d'espace entre eux. Parce que, même si sa tête était entièrement d'accord avec leur pacte commun, son corps, lui, avait besoin d'une réconciliation plus totale. Ou peut-être d'une conclusion digne de ce nom.

À vrai dire, il n'en savait rien. Tout ce qu'il savait, c'était qu'il la désirait toujours. Et que ça le déstabilisait au plus haut point.

— Pas de bol, dit Emma, lui offrant une interruption bienvenue dans ses pensées confuses. Il n'est sur aucun des vols qui ont décollé ces dernières heures. Je vérifie les réservations... rien ici... rien là. Et... oh. Voilà. Thomas Bartlett. Départ demain matin. Premier vol sur Southwest pour Dallas. Il va sûrement prendre une correspondance là-bas, mais je ne vois pas d'autre réservation.

— C'est suffisant, répondit Winston.

— Peux-tu vérifier l'hôtel de l'aéroport ? demanda Linda. On sait qu'il y est en ce moment, mais le traqueur GPS ne nous révèle aucune chambre.

— Attendez... Oui, reprit-elle après une longue pause et le cliquetis des touches. Chambre 512. Je pourrais la pirater et vous envoyer un code, mais c'est au-dessus de mes moyens. Tu veux que je mette Denny ou Mario sur le coup ?

— Non.

Pourtant, Winston aurait aimé accepter. Denny Walker et Mario Lombard étaient probablement les meilleurs hackers dans ce domaine et il leur faisait entièrement confiance. Mais cela devait rester confidentiel. Il ne pouvait pas prendre le risque qu'ils soient trop proches de Seagrave.

— On s'en charge, dit-il alors que Linda empruntait la sortie pour l'aéroport, décrivant un virage en direction de l'hôtel.

L'aéroport avait été aménagé à partir d'une ancienne base de l'armée de l'air et le bâtiment administratif principal avait été transformé en hôtel. Il était rond, évoquant un colisée. Winston espérait que cela ne présageait pas qu'ils seraient trop visibles, surtout s'ils finissaient par se battre. Ils laissèrent la voiture au service de parking, puis se précipitèrent à l'intérieur.

— Garde l'œil ouvert, souffla Linda alors qu'ils se dirigeaient vers les ascenseurs. Il pourrait être au bar.

Ils ne virent aucun signe de leur homme au bar, pas plus que dans le hall. Dès qu'ils arrivèrent au cinquième étage, ils suivirent le couloir incurvé jusqu'à la chambre de Bartlett, passant en chemin devant un chariot de femme de chambre.

Lorsqu'ils atteignirent la 512, Linda garda son arme dans une main et appliqua son index sur le judas avant de frapper.

— Service d'étage, lança-t-elle, d'une voix si aiguë que Winston ne l'aurait pas reconnue les yeux fermés.

Avec un peu de chance, Tommy Bartlett non plus.

Il attendit à côté de la porte, son arme au poing. Mais la porte ne s'ouvrit pas.

— Il se cache là-dedans, d'après toi ? chuchota Linda.

— Nous allons le découvrir, répondit Winston d'une voix tout aussi basse, avant de s'exclamer : Fait chier, mon cœur, j'ai demandé si tu avais la clé avant qu'on quitte cette putain de chambre. Si je dois descendre jusqu'au hall parce que tu as été trop étourdie pour...

— Non, fit-elle d'une voix chevrotante pour jouer le jeu. Bébé, c'est bon. Je vais nous faire entrer. J'ai vu une femme de chambre juste là derrière.

Elle se précipita dans cette direction tandis que Winston faisait les cent pas, fronçant les sourcils pour paraître crédible au cas où quelqu'un regarderait la vidéo. Il espérait que les talents d'actrice de Linda suffiraient. Sinon, il allait devoir mettre en pratique ses compétences de pickpocket.

Apparemment, la comédie l'emporta, car elle revint avec la femme de chambre. Linda avait les yeux rouges et humides en approchant, et elle lui adressa un sourire crispé, disant d'une voix atone :

— Tu vois, chéri. Je t'avais dit qu'on rentrerait.

Il grommela, puis désigna la porte.

— Eh bien, allez-y, alors !

La femme de chambre s'empressa de déverrouiller la porte, et alors qu'il la poussait à l'intérieur, Linda la remercia en balbutiant.

La porte se referma derrière eux avec un déclic sentencieux.

— Tu fais un connard très convaincant, lui dit-elle une fois qu'ils eurent inspecté la chambre et rengainé leurs armes.

— Il pourrait être au bar, dit Winston. Nous savons qu'il est dans l'hôtel. Ou du moins, le traqueur y est, ajouta-t-il.

— Je pensais justement à ça, dit-elle avant de regarder dans le placard. Vide.

— La salle de bain.

Il la dépassa pour vérifier. Bien sûr, le manteau était suspendu derrière la porte.

— Peut-être qu'il est juste descendu, dit Linda. On a pu le manquer. Ou il s'est trouvé une fille et il est dans sa chambre.

— Ça se pourrait, commenta Winston en passant la main dans la poche de sa veste.

Il grimaça, puis en sortit son contenu : le traqueur et un morceau de papier. Il parcourut les mots griffonnés.

— Il s'est à nouveau envolé dans la nature, dit-il à Linda.

— Tu es sûre ?

Il lui passa le papier à lettres froissé de l'hôtel, sur lequel était écrit : *Va te faire foutre.*

— Et merde.

Elle croisa son regard, qui reflétait sa propre irritation.

— Au moins, il a une belle écriture.

Il rit et la tension retomba un peu.

— Ça lui servira dans la vie.

— Qu'est-ce qu'on fait, maintenant ?

— Eh bien, il ne sera pas sur ce vol, conclut Winston. Soit il l'a réservé avant, et maintenant il ne partira pas. Soit il l'a réservé après avoir trouvé le traqueur pour nous déstabiliser. Dans tous les cas, il ne le prendra pas.

— Je suis du même avis. Et un autre vol ? Tu peux demander à Emma de jeter un autre coup d'œil.

Il hocha la tête et composa à nouveau le numéro.

— Tiens, tiens, fit Emma. Vous ne pouvez pas vous passer de moi, tous les deux.

— Tu peux regarder encore ? Il nous a bernés. La chambre est vide, sauf son manteau et le traqueur GPS.

— C'est un malin.

— On s'est dit tu pourrais jeter un autre coup d'œil aux listes des compagnies aériennes, dit Linda. Peut-être qu'il traînait vraiment à l'aéroport en attendant de prendre un vol à la dernière minute. Et si tu ne trouves rien, peux-tu vérifier les registres de location de voiture ?

— Il y a beaucoup de sociétés de location, commenta Emma. Et s'il a un pseudonyme...

— Je sais, admit Linda. C'est possible. Mais avec un peu de chance.

— On te remercie, tu sais, ajouta Winston.

— Oh, je n'ai rien de prévu ce soir à part faire l'amour.

À côté de lui, Linda pouffa.

— Dis à Tony que je ne fais qu'entretenir le suspense pour vous deux.

— Je croyais que je ne devais rien dire à Tony.

— Oh, tu peux lui dire ce que tu veux. Tu sais que je te fais confiance. Mais je préférerais que tu lui dises simplement que tu me rends un service.

— Ça marche.

— Rappelle-nous quand tu auras quelque chose. Au fait, Emma, dit Winston.

— Oui ?

— Je t'en dois une.

— Non, pas du tout. J'ai toujours assuré tes arrières, pas vrai ?

Winston souriait encore en raccrochant. Il regarda Linda, dont l'expression était indéchiffrable.

— Qu'y a-t-il ?

— Moi, je n'ai pas ça.

Il secoua lentement la tête sans comprendre.

— Une amie proche, je veux dire. J'ai été associée à des partenaires avant, mais comme j'étais toujours sous couverture, je ne me suis rapprochée de personne. Pas depuis…

Il fronça les sourcils.

— Depuis que… ? Tu as perdu quelqu'un ? Un partenaire a été tué ?

Elle croisa son regard et il crut voir des larmes dans ses yeux.

— Winston, bon sang, je parlais de toi.

— Oh.

C'était comme si elle avait tendu la main pour enserrer son cœur. Il s'approcha et prit sa main dans la sienne. Pendant un moment, il se contenta de la regarder, en proie à une envie sourde. Puis il porta sa main à sa bouche et lui embrassa délicatement le bout des doigts.

— Qu'est-ce que tu fais ?

— Tu le sais bien, répondit-il avec un demi-sourire.

— On ne devrait pas.

Pourtant, elle ne retirait pas sa main.

— On ne se connaissait pas à l'époque. Tu as dit qu'on ne

pouvait pas être amoureux. Peut-être que tu as raison. Je ne sais pas. Ça me semblait réel. *Tu* me semblais réelle.

— Tu ne me connaissais pas.

— Peut-être. Je ne sais pas. En tout cas, l'attirance était réelle.

Il passa les bras autour de sa taille et se rapprocha. Elle ne résistait pas et il s'en réjouit.

— À moins que je me sois trompé ?

— Non, répondit-elle en haletant. Tu ne t'es pas trompé, mais...

Il l'interrompit par un baiser. Long et profond, au goût de miel et de sa douceur. Il voulait se perdre dans ce baiser, retourner avec elle dans ses souvenirs, dans leur passé. Il voulait utiliser cet unique baiser sensationnel pour faire disparaître toute la douleur, puis la déshabiller lentement, tendrement, et recommencer.

C'était ce qu'il voulait, et d'après sa réaction à son baiser, il semblait que ce soit aussi son idée. Malgré cela, elle posa les mains sur ses épaules et le repoussa avec délicatesse. Il ouvrit les paupières pour voir son beau visage, à présent chagriné, les yeux humides.

— Je suis désolée, lui dit-elle. Je suis désolée, plus que tu ne peux l'imaginer. Mais on ne devrait pas. Tu sais qu'on ne devrait pas.

Il secoua la tête.

— Non, je ne sais pas.

Elle lui répondit avec un sourire triste.

— Peut-être, reprit-elle à mi-voix, mais moi, je sais.

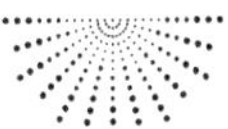

Je rêve de ses mains.

De douces caresses sur ma joue, de gestes tendres sur ma poitrine. Puis l'urgence, lorsque ses doigts s'enfoncent en moi, faisant se contracter mon corps autour de lui.

Je me redresse, avide d'en avoir plus. Mais, bien sûr, il n'est pas là, et j'ouvre les yeux sur la triste réalité : il ne m'a pas touchée, ce n'était qu'un songe.

Je retombe contre l'oreiller, le souffle court. Mon corps tremble, en éveil et alerte. Je roule sur le côté, m'attendant à le voir, avant de prendre conscience que je vis encore à moitié à Hades et à moitié dans un pays de rêve. C'est évident qu'il n'est pas à côté de moi.

Son côté du lit, à ma droite, est encore impeccable, à l'exception de l'oreiller manquant qu'il a emporté sur le petit canapé de la chambre. Je lui ai proposé de partager le lit, mais il a refusé. Un long regard fixe, une contraction du muscle de sa joue, puis un mouvement de tête.

— Il ne vaut mieux pas, m'a-t-il dit.

J'ai alors essayé d'ignorer la boule de déception qui se logeait dans mes tripes.

J'ai essayé, mais en vain. Quand il s'est installé sur le canapé avec l'oreiller et une couverture de rechange, je me suis tout de même couchée avec lui – dans mes pensées, du moins –, comme je l'ai fait si souvent bien après Hades.

À l'époque, il était avec moi toutes les nuits. Il me disait en rêve qu'il me pardonnait, qu'il comprenait ce que j'avais fait et pourquoi je l'avais fait.

Nous faisions l'amour toute la nuit, puis il partait au petit matin, m'abandonnant à la vie que j'avais choisie, toute seule.

Ces rêves, ou ces fantasmes, ont été mon point d'ancrage durant cette première année. Seules ses caresses, tout imaginaires qu'elles soient, m'ont permis de garder la tête hors de l'eau.

Or maintenant, je suis ici, pour de vrai, avec lui. Cet homme qui a éveillé ma sensualité comme nul autre la première fois que je l'ai aperçu, dans une fascination qui n'a jamais cessé même après tout ce temps.

J'ai étouffé ce sentiment jusqu'à présent, parce que je sais que coucher avec lui serait une mauvaise idée. Nous ne pouvons pas retrouver ce que nous avions, parce qu'il n'y a rien de réel auquel se raccrocher. Rien que des mensonges.

Pourtant, alors que je ferme les yeux et glisse ma main entre mes jambes, je me demande si cela a encore de l'importance.

C'est vrai, malheureusement.

Mais ce soir, je ne me soucie pas du passé ni de l'avenir. J'ai peut-être seulement envie de vivre le présent.

J'ai peut-être seulement envie de Winston.

Je me faufile hors du lit et me dirige vers le canapé, en débardeur et en culotte. Je m'attends à ce qu'il dorme et je suis surprise de le voir encore tout habillé, allongé sur le côté. Il porte des écouteurs et regarde un film sur son téléphone. Je jette un coup d'œil à l'écran et le reconnais tout de suite : *La Main au collet.*

Je ne peux m'empêcher de sourire. C'était l'un de nos films préférés, que nous regardions ensemble, pelotonnés sur le canapé avec un bol de pop-corn.

Il doit m'entendre, car il se retourne et fronce les sourcils. Il sort les écouteurs de ses oreilles et les pose avec son téléphone, sur la table, tout en se redressant.

— Tu vas bien ?

Comme je ne réponds pas, je vois l'inquiétude dans ses yeux.

— Linda ?

Il commence à se lever, mais je tends la main et le repousse. Puis je m'avance tout contre lui. Mes yeux se fixent sur les siens et j'essaie de lire dans ses pensées. Je prie pour qu'il ne me rejette pas.

— Qu'y a-t-il ? demande-t-il, effleurant ma lèvre inférieure du bout des doigts.

— Je ne sais pas, avoué-je. Une seule fois, peut-être. On ne peut pas... on ne peut pas revenir à ce qu'on était. C'est fini. Et ça n'a jamais été réel, de toute façon. Une chimère fondée sur un mensonge.

Je prends une inspiration tremblante.

— Mais quand même, on n'a jamais pu se dire au revoir.

— Alors, c'est une fin ?

— Je ne sais pas. Tout ce que je sais, c'est que je te veux en moi. Est-ce si terrible ? Ça reviendrait à t'utiliser ?

— M'utiliser, répète-t-il sans cesser de caresser ma lèvre. Non, je ne pense pas que ce soit si terrible.

Mon cœur palpite et ma peau se réchauffe sous l'effet du désir.

— Winston, murmuré-je. S'il te plaît.

Cette fois, il presse son doigt sur mes lèvres et secoue la tête. Puis il se baisse et tire sur mon débardeur. Le vêtement se retire facilement et il l'abandonne sur le côté. Je ne porte pas de soutien-gorge et mes tétons se dressent, plus en réaction à son regard qu'à l'air frais de la chambre.

Je me mords la lèvre, me retenant de le supplier. Je lui fais confiance, il sait ce qu'il fait. Après tout, chaque fois que nous étions ensemble, les mains de Winston m'ont toujours procuré des sommets de bien-être.

Ce moment ne fait pas exception à la règle, et lorsqu'il tend la main vers ma poitrine, son pouce effleurant légèrement mon téton, je renverse la tête en arrière et soupire, cédant aux sensations exquises de la chaleur électrique qui s'empare de mon corps, en droite ligne de mon mamelon jusqu'à mon sexe.

Sa bouche se referme sur mon autre sein, qu'il mordille délicatement. Je fais glisser mes mains le long de son dos, désireuse de le sentir, et frémis de plaisir lorsque mes doigts se glissent sous sa chemise déboutonnée pour trouver sa peau nue.

Détachant sa bouche de mon sein, il m'embrasse. Tout doucement au début, puis plus fort, plus fougueusement. Sa langue se mêle avec la mienne tandis que sa main s'aventure de plus en plus bas, jusqu'à ce que ses doigts glissent dans ma culotte.

Je gémis lorsqu'il frôle mon clitoris.

— Enlève-les, soufflé-je.

Mais il m'ignore, m'attisant avec ses doigts tandis que sa langue continue ses jeux dans ma bouche. J'ai envie de le supplier – plus profond, plus fort –, mais je suis perdue dans une brume de sensualité. Mon corps se contracte. *J'ai besoin de lui.* Je le veux en moi, et pourtant, c'est incroyable. L'intimité de sa bouche, la sensation de ses doigts. Et... oh, mon Dieu, ce besoin fou et éperdu qui me submerge quand ses doigts me remplissent.

— C'est ça, trésor. Tu es tellement mouillée. Tu sais combien tu es belle ? Je me sens puissant en te voyant comme ça, si pleine de désir pour moi, à exiger tout le plaisir que je peux te donner...

— Oui, murmuré-je, incapable d'en dire plus.

— Tu veux bien faire quelque chose pour moi, bébé ?

— Tout ce que tu veux.

Ses doigts me taquinent et je m'y frotte, mon clitoris contre sa main alors que ses doigts s'enfoncent plus profondément.

— Jouis pour moi, chérie. Jouis pour moi maintenant.

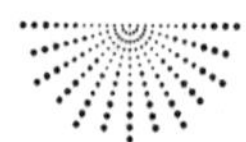

Winston gémit alors que Linda criait, son corps convulsant autour de ses doigts comme si ses mots l'avaient réellement fait basculer. Il était si dur à présent que c'en était douloureux. Et ce n'était même pas à cause de sa longue période d'abstinence.

Non, c'était *cette* femme. Linda. La femme qu'il avait autrefois désirée, chaque instant de chaque jour. La femme qu'il avait pleurée si sincèrement. Voilà qu'elle était vivante et dans ses bras. C'était comme s'il voulait à la fois célébrer sa présence et la punir de l'avoir quitté.

Elle soupira, son corps cessa de trembler et ses yeux se rouvrirent.

— J'en veux plus, chuchota-t-elle. Pas seulement tes doigts.

Elle changea de position, se penchant pour l'embrasser en lui chevauchant les jambes.

— Non, murmura-t-il.

Elle recula et il vit l'hésitation dans ses yeux.

Enfin, il sourit en tirant sur l'élastique de sa culotte.

— Enlève ça.

Un sourire aux lèvres, elle s'exécuta avant de revenir se frotter à lui, oscillant des hanches contre son pantalon.

— Et toi ?

— Non.

Il voyait bien qu'elle s'attendait à ce qu'il en dise plus, mais pour l'instant, c'était tout ce qu'il voulait. Sa femme, nue sur ses genoux, avec pour unique mission de faire monter l'envie en elle.

Il posa les mains sur ses fesses tandis qu'elle progressait en direction de son entrejambe. Sa queue était dure et le mouvement de son corps n'arrangeait rien, le rendant presque fou. Pas seulement son contact, mais le désir si manifeste dans ses yeux. Les années n'avaient pas diminué la chaleur entre eux. Au contraire, elle semblait plus intense, plus vive encore, donnant à cette nuit un soupçon de danger en plus de la passion.

— Je devrais te donner une fessée pour te punir de m'avoir quitté, lui dit-il sans même savoir d'où provenaient ces mots – cela n'avait jamais été un fantasme entre eux.

— Oui, tu devrais.

Il faillit gémir à haute voix, surpris et heureux.

— D'ailleurs, tu devrais aussi m'attacher au lit à nouveau.

Il se pencha en arrière pour croiser son regard. Ses yeux étaient sur les siens, les paupières alourdies par le désir. Mais elle se mordait la lèvre, un signe qu'il reconnaissait. Elle le faisait quand elle voulait quelque chose au lit sans oser le lui demander.

*Intéressant.*

— Ferme les yeux, lui dit-il.

Lorsqu'elle le fit, il lui assena une claque sur les fesses.

Elle haleta, mais ses yeux restèrent fermés et elle se pressa encore plus fort contre lui.

Il glissa sa main entre leurs corps, enfonçant un doigt en elle, la trouvant encore plus moite et glissante. *Oh, Seigneur, elle allait le faire craquer.*

— Ça me plaît de te regarder, de te voir comme ça. Ta peau rouge et tes lèvres gonflées. Si désespérée que tu es prête à prendre ton pied pendant que je regarde.

— Je suis prête ? fit-elle en haussant les sourcils. C'est en partie ce qui rend la chose si excitante.

Il sourit.

— Je n'ai rien à redire à ça.

Elle était plus enhardie maintenant qu'autrefois, à Hades. Les explications ne lui plairaient pas s'il y réfléchissait trop, mais il ne pouvait pas nier qu'il aimait son audace. Avant, leurs ébats amoureux étaient plutôt tendres. Merveilleux, mais mesurés.

Là, c'était brutal et violent, et il en avait envie. Il en avait besoin. L'idée qu'elle accepte – et même, qu'elle suggère elle-même – d'être attachée... il ne pouvait nier qu'il le voulait, lui aussi.

— Viens, dit-il en la faisant descendre pour la conduire vers le lit. Allonge-toi.

Elle s'exécuta et il jeta un coup d'œil dans la chambre, découvrant le peignoir de l'hôtel sur une chaise. Il retira la ceinture, puis la rejoignit. Elle avait déjà les bras au-dessus de sa tête. Il n'y avait pas de tête de lit, mais il la plaça en diagonale sur le matelas king-size. Exécutant un nœud autour de ses poignets, il attacha l'autre extrémité au cadre du sommier.

— Ferme les yeux, ordonna-t-il. Et ne les rouvre pas.

— Oui, monsieur, répondit-elle avec un sourire en coin

suffisant pour lui faire savoir qu'ils allaient tous deux apprécier ce jeu.

Il se déshabilla, puis s'assit à côté d'elle. D'abord, il voulait simplement la regarder. Autrefois, il avait été si familier avec son corps. Même maintenant, il reconnaissait les petites choses. La cicatrice d'une opération de l'appendicite, la tache de naissance sur son pubis, visible uniquement parce qu'elle s'était épilée, la courbe de son cou, le petit grain de beauté sur son sein gauche.

Après l'avoir contemplée, il laissa glisser son doigt de point en point, cherchant à ce qu'elle se cambre ou se morde la lèvre en descendant le long de son corps. Ce n'était pas difficile. Elle était tellement réactive.

— Dis-moi, demande-t-il en retirant ses mains, reculant pour que sa hanche ne frôle plus sa peau. Dis-moi ce que tu veux.

— Je veux que tu me touches. Je t'en prie. Ne t'arrête pas. Touche-moi, et ensuite fais-moi l'amour. Fais-moi exploser.

C'était une demande trop tentante pour qu'il y résiste. Il contourna le lit jusqu'à lui prendre les chevilles et lui écarter les jambes. Avec d'autres cordes, il l'aurait attachée dans cette position, mais il allait devoir se contenter de lui faire promettre de garder les jambes écartées.

Elle hocha la tête, puis se mordit la lèvre lorsqu'il passa le bout de son doigt sur la peau douce entre sa cuisse et son sexe. Il laissa son regard errer lentement sur elle, sa peau lisse, son beau visage, son intimité, humide et prête pour lui.

— Tu es si belle.

— S'il te plaît.

— Quoi ?

— Détache-moi. J'ai changé d'avis. Je veux te toucher.

— Non, répondit-il en souriant.

Elle ouvrit les yeux et il agita le doigt.

— Non, répéta-t-il. Tu connais les règles.

Elle referma alors les paupières et il reprit le fil de ses caresses.

À chaque regard et chaque effleurement, l'envie grandissait en lui. Le besoin d'être en elle. De la réclamer. De la prendre comme ça, attachée au lit, une proposition qui était devenue encore plus séduisante depuis qu'elle avait demandé à être libérée.

Lentement, il embrassa l'intérieur de ses cuisses. Elle s'efforçait de garder les jambes écartées tout en résistant contre ses liens. Il passa la langue sur son clitoris, satisfait lorsqu'elle arqua le dos en criant. Puis il remonta le long de son corps. Recommençant par son cou, il l'embrassa et la lécha de haut en bas, savourant à la fois son goût et ses réactions.

Il taquinait la peau douce de son sein lorsqu'elle se remit à le supplier.

— Je t'en prie, dit-elle en tirant sur le cordon qui maintenait ses bras en place. S'il te plaît, je te veux en moi. Winston, allez.

Il voulait accentuer ce sentiment, faire de son désespoir une chose vivante. Mais comment était-ce possible alors qu'il était déjà si incroyablement rigide, son corps si tendu qu'il était sur le point d'exploser à tout moment ?

— Je t'en supplie, l'implora-t-elle.

Enfin, il céda, autant pour lui-même que pour satisfaire ses demandes.

Il voulait y aller lentement, les attiser tous les deux, mais il en était incapable. Il était trop dur et elle était trop prête. Il la pénétra d'un seul coup, s'enfonçant profondément. Elle se cambra en criant, le suppliant de la baiser plus fort tandis qu'il allait et venait en elle, de plus en plus près du but, jusqu'à ce que, finalement, son corps se comprime autour de lui, l'attirant dans le plaisir.

Ils se laissèrent aller ensemble, le monde déferlant en rafales d'étoiles tout autour d'eux. À cet instant – cet instant si singulier –, il ne savait plus s'ils étaient dans le passé, le présent ou quelque part entre les deux.

Tout ce dont il était certain, c'était qu'elle était à lui. Pour ce soir, au moins, ils étaient ensemble.

Plus tard, quand elle fut détachée, alors qu'ils paressaient dans les bras l'un de l'autre, il murmura :

— Pourquoi ?

Il ne pouvait pas voir son visage, mais il entendit le sourire dans ses mots lorsqu'elle dit :

— Parce que je savais que ce serait incroyable.

Elle se retourna pour lui faire face.

— Ça l'était.

— Oui, convint-il. Et ?

Elle prit une grande inspiration.

— Et je voulais que tu saches que je te faisais confiance. Complètement. C'est important pour la mission.

— Je le savais.

Elle secoua la tête.

— Tu pensais le savoir. Maintenant, tu le sais vraiment.

Pendant un moment, ils se regardèrent dans les yeux. Enfin, elle reprit :

— Ça ne change rien. Le passé est révolu, Winston. C'était merveilleux, mais pas déterminant.

— Je sais.

C'était un mensonge, cependant. Pour lui, *c'était* important. Et il avait le sentiment que cela changeait tout.

# CHAPITRE DIX-SEPT

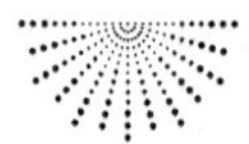

Il nageait nu dans l'étang de la carrière, à la sortie d'Hades, avec Linda à ses côtés. Leurs corps s'entremêlaient, aussi glissants que des anguilles. Le soleil tapait fort et ils riaient en flottant sur l'eau. Elle lui avait tellement manqué. Maintenant qu'il l'avait à nouveau dans ses bras, qu'il se sentait en apesanteur avec elle, c'était comme si on lui avait soudain montré un petit bout de paradis.

— Salut, toi.

Sa voix douce emplit ses sens.

— Salut.

Elle sourit, le visage aussi radieux que le soleil au-dessus de leurs têtes. Il l'attira plus près et ils restèrent allongés à la surface, flottant comme deux planches, leurs doigts joints tandis qu'ils contemplaient les nuages blancs et cotonneux. C'était une journée parfaite. Absolument parfaite.

Rien ne pouvait aller mal. Rien ne pouvait l'éloigner de lui, en tout cas, pas encore. Il l'avait perdue une fois, mais il l'avait retrouvée, et bon Dieu, cette fois, il était déterminé à la garder. Il était prêt à mourir pour elle.

*Il se déplaça et l'eau clapota contre lui alors qu'il tournait la tête pour mieux la regarder.*

*— Tu connais la vérité, n'est-ce pas ?*

*— Je ne sais pas ce que tu veux dire.*

*— Je t'aime.*

*— Tu ne me connais pas. Et je ne te connais pas.*

*— Si. On se connaît, tous les deux.*

*— Tu dois être plus intelligent, Winston. Tu dois vraiment réfléchir à ces choses-là. Tu dois savoir que rien n'est jamais comme on pourrait le croire. Tu ne l'as pas encore appris ?*

*— Pourtant, tu es de retour.*

*— Oui, mais pour combien de temps ?*

*Il eut du mal à entendre sa voix à la fin, car ce fut à ce moment-là que le tintement commença. L'alarme retentit, résonnant dans l'ancienne carrière entre les blocs de pierre.*

*Le bruit se réverbéra sur l'eau, bientôt rejoint par une cacophonie de tirs de mitrailleuses. À côté de lui, Linda cria. Quand il se tourna vers elle, elle n'était plus là, et l'eau était rouge, d'un rouge cramoisi. Il ne pouvait rien faire d'autre que crier, encore et encore...*

— Winston !

Il sentit des mains sur lui, qui le secouaient.

— Winston !

Il se redressa, le cœur comme un marteau-piqueur dans la poitrine, les côtes douloureuses sous l'effet de la panique.

— Tu faisais un cauchemar.

Il expira en se frottant le visage.

— Tu crois ?

— C'est Emma, dit-elle en lui passant son téléphone.

Normalement, je n'aurais pas répondu, mais tu ne te réveillais pas, et j'ai vu qui appelait.

— Aucun souci.

Il approcha le téléphone de son oreille.

— Emma ?

— Bon Dieu, Starr, que se passe-t-il ?

— Laisse-moi juste une seconde.

Il sortit du lit en titubant et se dirigea vers la cafetière. C'était une cafetière à une tasse, et Linda se précipita vers lui tout en enfilant le peignoir de l'hôtel.

— Je vais le faire, chuchota-t-elle. Toi, va répondre.

Il acquiesça, prit son pantalon sur la table de chevet où il l'avait laissé la veille au soir et l'enfila. Quand il fut enfin assis en se sentant un peu plus humain, il se concentra sur Emma.

— Bon, vas-y, dit-il avant d'accepter avec gratitude le café que lui tendait Linda.

— Eh bien, il n'était pas sur le vol qu'il avait réservé. Il ne s'est pas pointé. Et il n'a pas d'autre réservation. Comme je l'ai déjà dit, il pourrait être à l'aéroport en train d'attendre un avion à la dernière minute, mais j'en doute. Il sait que vous le suivez, alors il va essayer de s'éloigner le plus possible. C'est ce qui me fait penser qu'il a filé pendant la nuit.

— Je suis d'accord. Attends, j'aurais dû mettre le haut-parleur.

Il posa le téléphone sur la table et appuya sur le bouton tandis que Linda approchait, son propre gobelet de café à la main.

— Il a dû louer une voiture, non ? Mais il n'y a pas de voiture de location à son nom. Ni à l'aéroport d'Austin, ni ailleurs dans les environs.

— Alors, on n'a pas de piste ? fit Linda.

— Si, figurez-vous. De rien. J'ai toujours dit à Winston que j'étais un génie. Je suis sur le point de le prouver.

Winston sourit.

— Je me ferai un plaisir de le répéter à qui veut l'entendre si tu nous obtiens une piste solide. Que penses-tu avoir ?

— D'après ce que je sais, il n'a pas loué de voiture, mais il y a un certain nombre de locations qui pourraient être sous pseudonyme, en supposant que ce type n'a pas beaucoup d'imagination. Par exemple, un certain Barry Thompson a loué une Buick.

— Barry Thompson, Tommy Bartlett. C'est proche, commenta Emma.

— Mais ça ne prouve rien, objecta Winston. J'aimerais en savoir plus avant de me lancer sur la piste d'un fantôme. Tu as autre chose ?

— Oui.

Il entendait presque le sourire dans la voix d'Emma.

— La voiture que Barry Thompson a louée provenait d'une agence de location qui utilise des traqueurs GPS sur ses véhicules. Comme la plupart, de nos jours, mais tous ne sont pas aussi faciles à pirater dans le système de suivi.

— Celui-là était facile, je présume ?

— Oh, va te faire foutre, lui dit Emma. J'ai été acceptée à l'agence pour mes compétences exceptionnelles, merci beaucoup.

— Où est-il ? demanda Linda.

— Cette Buick est maintenant garée sur un terrain en dehors d'Austin, près d'une toute petite ville du nom de Thrall.

— Et en quoi est-ce pertinent ? insista Winston.

— Eh bien, il se trouve que si vous fouillez dans un million de couches de paperasse, ce que votre serviteur a fait

– encore une fois, ne me remerciez pas –, vous apprenez que la propriété de Thrall appartient à une société appelée CLM Comptabilité.

— Une propriété de Bartlett ?

— Aucun indice, reprit Emma. Je n'ai pas eu le temps de creuser aussi loin. Mais vu que Bartlett est un comptable, je pense au moins que...

— Que ça vaut la peine qu'on aille dans cette direction pour vérifier, conclut Winston à sa place. Tu as raison.

— Dans le pire des cas, nous n'aurons perdu qu'un peu de temps, observa Linda.

— Et en attendant, je vais continuer les recherches, promit Emma. Je vous ferai savoir dès que je pourrai confirmer que la propriété est la sienne, à moins que vous ne passiez des menottes à ce type et que vous obteniez confirmation à votre manière.

Winston jeta un coup d'œil à Linda, qui hocha la tête.

— Très bien, dit-il. Beau travail, je le reconnais.

— C'est pour ça que je suis là. Mais appelle-moi. Je veux savoir si tu vas bien. Au fait, écoutez, je n'ai parlé à personne ici de ce que vous faites. Mais si ça tourne mal, et que vous avez besoin d'aide, vous savez que vous pouvez nous faire confiance.

— Je sais.

Il décocha un coup d'œil à Linda, puis il détourna le regard.

— On y pensera.

Après avoir raccroché, il la regarda à nouveau.

— Je leur fais confiance, lui dit-il. Mais je te faisais confiance aussi. J'ai fait confiance à Seagrave. Et je n'aime pas ce qu'on ressent quand la confiance se dérobe sous nos pieds comme un tapis de dessin animé.

Elle alla s'asseoir sur la table basse, juste en face de lui. Elle lui prit son café, puis referma les mains autour des siennes.

— C'était il y a longtemps, et j'étais sous couverture. Tu avais des secrets, toi aussi. En ce qui concerne Seagrave, peut-être que tu peux encore lui faire confiance. C'est ce que nous essayons de découvrir.

— Ce n'est pas nouveau, reprit Winston en réalisant que c'était la vérité alors même qu'il prononçait ces mots. C'est ce métier. Quand on travaille sous couverture, on retient une partie de soi-même. Toujours. C'est inévitable. Pourtant, je ne me suis jamais retenu avec toi. Rien de ce qui comptait.

— Rien, sauf qui tu étais vraiment, objecta-t-elle avec sérieux, même si son expression était taquine.

— Non, même pas. Tu as toujours eu mon cœur, Linda.

Il sentit une douleur aiguë dans l'organe en question.

— Et moi, est-ce que j'avais le tien ?

— Oui, chuchota-t-elle. Ce que nous avions était réel, du moins aussi réel que ça peut l'être dans une bulle de mensonges.

Il hocha la tête, cherchant à lui opposer que les mensonges ne rendaient pas les émotions moins réelles. Mais il comprenait ce qu'elle voulait dire, et à ce moment-là, ils n'avaient pas le temps.

— Merci pour la nuit dernière, dit-elle.

— Est-ce terrible si je te dis que ça ne me dérange pas qu'il ait fallu attendre le matin pour avoir une piste sur Bartlett ?

Elle répondit avec un sourire sensuel.

— Dans ces circonstances, c'est un homme que nous devons débusquer. Mais non. Je vois exactement ce que tu veux dire.

Il se pencha en avant pour l'embrasser, mais elle appuya le bout de son doigt sur ses lèvres.

— Non. Il faut y aller, et tu le sais.

— Oui.

Elle s'écarta.

— Il est grand temps de s'habiller et d'aller retrouver ce comptable.

⁂

— Par ici, dit Winston en désignant la petite route cachée entre les arbres. Je pense que c'est là.

Linda freina et emprunta le virage serré sur le chemin de terre accidenté. Des arbres bordaient un côté de la route, un champ pour le bétail de l'autre.

Pour autant que Winston puisse en juger, il n'y avait rien d'autre que de la terre devant eux. Il fronça les sourcils, espérant qu'ils n'avaient pas tourné au mauvais endroit sur la toile d'araignée de ces chemins de traverse.

Pendant quelques minutes silencieuses, la voiture continua en cahotant sur la surface irrégulière. Linda fit la grimace.

— C'est encore loin ?

Winston vérifia à nouveau son téléphone.

— Le GPS est merdique ici, mais je pense que c'est encore à quelques kilomètres.

— En tout cas, on dirait que personne ne nous suit, c'est déjà ça. Bien sûr, il se peut aussi qu'on débarque dans une maison qui n'a absolument rien à voir avec Tommy Bartlett. Pour le coup, ce serait une grosse perte de temps.

— J'ai passé beaucoup de temps dans des petites villes, dit

Winston. Dans le pire des cas, peut-être qu'ils auront de bons cookies tout chauds à nous offrir, dans cette maison.

Elle rit.

— Je trouve que tu as une vision à la Norman Rockwell de la vie.

— Ou alors, c'est toi qui es blasée.

— Avec tout ce que j'ai vu, bien sûr que je le suis. Je suis étonnée que ce ne soit pas ton cas.

— Crois-moi, ma chérie, je suis blasé de beaucoup de choses.

Il se pencha pour poser une main délicate sur son épaule.

— Mais je commence à apprendre que, parfois, les choses ne sont pas aussi mauvaises qu'elles le paraissent.

Elle détourna son attention de la route jalonnée de nids-de-poule pour rencontrer son regard. Dans le sien brillait une forme d'espoir.

— Oui. Je sais ce que tu veux dire. Je n'ai jamais pensé... enfin, je ne me suis jamais autorisée à penser que je te reverrais un jour. Et encore moins que tu apprendrais un jour la vérité ou que tu pourrais me pardonner

— Pourtant, c'est le cas, répondit-il sérieusement. J'étais brisé après ta mort. Et puis, tu m'as brisé encore plus quand tu es revenu. Mais maintenant, je pense que j'ai guéri.

Elle ricana.

— Les pouvoirs de guérison du sexe ?

— Le remède miracle universel, plaisanta-t-il.

— C'était il y a seulement cinq minutes. Tu es sûr que tu es vraiment réparé ?

— J'ai encore quelques fissures, admit-il. Mais je sais que tu as cru faire le bon choix. Et je crois que tu l'as fait parce que tu m'aimais.

— Oui.

— Je suis désolé que l'homme pour lequel tu as fait ce sacrifice ne soit pas celui que tu pensais connaître.

Il la vit hocher lentement la tête.

— Eh bien, nous nous devons mutuellement des excuses. Et je pense qu'aucun de nous ne peut juger l'autre pour les secrets de l'époque.

— Je vois qu'on avance bien. On va réussir à tourner le dos au désordre du passé.

— Pas seulement du passé, lui dit-elle. Regarde autour de toi. On est en plein sac de nœuds et tout est lié à Billy Hawthorne. Billy qui essaie de fonder un réseau en utilisant les restes éparpillés du Consortium.

— Je sais. C'est pour ça que nous sommes ici, au milieu de nulle part, à essayer de retrouver son comptable. Et surtout, on essaie de trouver qui, à l'intérieur, échange des secrets avec des ordures comme Billy Hawthorne.

Elle acquiesça et ils roulèrent en silence pendant un moment, pensant tous deux à leurs patrons respectifs et à la possibilité que l'un ou l'autre puisse être véreux.

Du moins, Winston supposait qu'elle pensait à cela. Dieu sait que dans sa tête, Seagrave était au premier plan. Il le connaissait depuis plus de dix ans maintenant, et il avait du mal à croire que cet homme ait pu voler une agrafeuse dans la salle des fournitures du SOC, encore moins des secrets nationaux.

— C'est Collins qui m'a tirée de là, dit-elle soudain.

Si cette déclaration semblait un hasard, Winston savait qu'elle confirmait que ses pensées allaient dans le même sens que les siennes.

— Tirée de là ?

— Oui. Je t'ai dit que j'ai été recrutée lors d'un de ces salons de l'emploi, et c'est vrai. Mais ce que je ne t'ai pas dit, c'est que j'avais des difficultés avant. J'étais fauchée et j'envisageais sérieusement d'abandonner mes études.

Elle lui lança un regard en coin.

— Mon enfance a été un cauchemar, alors j'étais habituée à ce que tout soit difficile. J'étais aussi habituée à faire mon possible pour m'en sortir. Mais je ne m'en sortais toujours pas. J'ai fait des boulots de merde au salaire minimum pour obtenir mon équivalence, et ensuite, j'ai galéré pour couvrir les frais de scolarité. J'ai reçu quelques aides, mais pas beaucoup, et juste avant le salon de l'emploi, j'étais au bout du rouleau. L'argent, reprit-elle en se tournant vers lui. Ça pousse les gens à faire des choses qu'ils ne feraient pas autrement.

— Si Seagrave ou Collins sont mouillés, c'est évidemment pour cette raison.

Elle hocha la tête, puis se racla la gorge.

— Bref, j'avais trois emplois, j'étais épuisée et j'étais sur le point d'échouer à tous mes cours. Je savais comment survivre dans la rue, parce que c'est ce que j'avais fait après ma fugue. J'ai commencé à penser que je ferais peut-être mieux de quitter mon job de serveuse merdique pour faire des passes.

Il se crispa, répugnant à cette idée.

— C'est ce que tu as fait quand tu t'es enfuie ?

Il réussissait à parler sur un ton mesuré, même s'il redoutait la réponse.

— Non. Mais j'avais des copines qui le faisaient. Alors, je me suis dit que c'était une option. C'était ça ou dealer de la drogue, et ça ne me convenait pas du tout. Je peux vendre mon corps, mais de la drogue ?

Elle secoua la tête.

— Non. J'avais vu les effets dans la rue. Pas question de jouer sur ce terrain-là.

— Tant mieux. Et tu n'as pas eu à te vendre non plus, j'en déduis. Grâce à Collins ?

— Oui.

Elle sourit à ce souvenir.

— Je parlais avec cette fille que je connaissais, au sujet de cette histoire d'escorte. C'est mieux qu'une prostituée, non ? Au moins, la clientèle est bien sapée. On discutait dans la cour et ce type m'a suivie après mon départ au travail. Il m'a dit d'arrêter, qu'il voulait me parler. J'ai failli l'envoyer se faire foutre, mais j'ai réalisé que je l'avais déjà vu avant.

— Au salon de l'emploi.

Elle hocha la tête.

— Ce n'était pas lui qui tenait le stand, mais il était dans le coin. Il m'a demandé si je le reconnaissais et j'ai dit que oui. C'est alors qu'il a souri et qu'il m'a dit : « Je pense que vous avez ce qu'il faut. »

Elle haussa les épaules.

— Il voulait dire que je pourrais faire une bonne espionne. Apparemment, je prête attention aux détails.

Winston ricana.

— C'est la meilleure histoire de recrutement que j'ai entendue.

— Pas vrai ? Enfin, bref, il a fini par être mon mentor. J'étais si jeune qu'il a été comme un père de substitution. Alors, le résultat, c'est que je n'aime pas ce qu'on fait. Je n'aime pas envisager que c'est possible. Mais voilà, ajouta-t-elle en quittant la route des yeux pour le regarder vraiment. Je sais que *c'est* possible. Parce que j'ai vu la face cachée des choses. Et c'est encore plus moche que ce que les gens de l'extérieur peuvent imaginer.

— Tu as raison. On ne peut jamais ignorer la possibilité qu'un homme qu'on respecte puisse être mauvais.

— Non, en effet.

Elle détacha une main du volant et se rapprocha de lui. Il lui prit la main et la serra, follement heureux du lien qu'elle avait cherché à créer.

— C'est sûrement bizarre, et j'aurais préféré qu'on ne traverse pas cette épreuve, mais puisque c'est le cas, je suis heureuse qu'on la traverse ensemble.

Il ressentit une chaude bouffée de plaisir à ces paroles.

— Oui, répondit-il à mi-voix. Moi aussi.

Pendant quelques minutes, ils continuèrent sur la route en silence. La voiture bringuebalait de plus en plus à mesure que le chemin se dégradait. Enfin, Winston aperçut une petite boîte aux lettres en bois qui avait grand besoin d'être repeinte. Et si le GPS avait raison...

— Là, dit-il en tendant le doigt. Tourne à droite ici.

Elle s'exécuta, mais dut s'arrêter à une dizaine de mètres du chemin en terre battue. Le passage était bloqué par une barrière en bois et des fils de fer barbelé.

— Attends.

Il sortit de la voiture, espérant que cette barrière servait surtout à retenir le bétail plutôt qu'à protéger les gens qui habitaient là. Bien sûr, elle fut facile à détacher et à pousser sur le côté. Linda s'y engagea et il choisit de laisser le portail ouvert, juste au cas où ils auraient besoin de battre précipitamment en retraite, puis remonta en voiture.

— Où est la maison ? demanda-t-elle en regardant le chemin.

— Après cette côte, j'imagine, dit-il avec un geste de la main. En avant.

Elle remit la voiture en marche et ils progressèrent lentement sur la route, la poussière tourbillonnant autour de la voiture. Alors qu'ils atteignaient la crête d'une légère montée, ils aperçurent une petite maison en briques, guère plus grande qu'une cabane. Elle était en forme de boîte, minuscule et apparemment vide.

*Ou peut-être pas*, pensa Winston en découvrant la Buick vert sapin garée derrière un amoncellement de bûches.

Le sourire de Linda était immense lorsqu'elle dit :

— Ça y est.

— Recule un peu pour que la voiture soit cachée par la butte. Avec un peu de chance, il ne nous a pas entendus.

Elle fit ce qu'il demandait et ils opérèrent un détour à pied pour contourner la maison, scrutant les environs à mesure qu'ils avançaient, leurs armes dégainées. Mais il n'y avait aucun mouvement à l'intérieur ni à l'extérieur du bâtiment.

D'un geste, il lui fit signe qu'il s'approchait et elle bougea pour le couvrir. Il se faufila alors jusqu'à la porte arrière en se demandant si Bartlett dormait à l'intérieur. À moins qu'il soit sorti en promenade. Ou peut-être que quelqu'un l'avait rencontré ici et qu'il était parti dans un tout autre véhicule. Il espérait que ce n'était pas le cas, sinon, ils pouvaient lui dire adieu. Du moins à court terme. Pour le retrouver, il faudrait vraiment faire appel à une équipe complète de Stark Sécurité.

Il atteignit la porte de derrière sans incident. Déver-rouillée. Il fit signe à Linda, qui le rejoignit discrètement. À trois, il tourna la serrure et ils firent irruption à l'intérieur, son arme tendue et celle de Linda au ras du sol.

*Silence.*

La cuisine était vide, mais il saisit le bras de Linda alors qu'elle s'éloignait vers la pièce voisine.

— Tu sens ? chuchota-t-il.

Elle renifla, puis hocha la tête.

— La mort.

L'estomac de Winston se retourna. Elle avait raison. C'était l'odeur du sang coagulé par la chaleur.

Toutes armes dehors, ils traversèrent le petit salon, puis débouchèrent dans la chambre encore plus petite.

Comme ils pouvaient s'y attendre, Tommy Bartlett était étendu sur le sol, face contre terre, dans une mare de son propre sang.

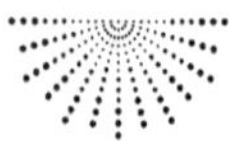

# CHAPITRE DIX-HUIT

— Ses mains, chuchoté-je. Oh, mon Dieu. Tu as vu ses mains ?

Winston acquiesce, visiblement aussi mal à l'aise que moi. Elles ont été mutilées, les doigts et les pouces enlevés. Et dans cette chaleur, l'odeur est pestilentielle.

— L'ordinateur.

Je ravale la bile qui monte dans ma gorge.

— Celui qui l'a tué voulait s'assurer que même mort, il ne puisse pas déverrouiller le portable.

— Tu as raison.

Il se tourne pour me regarder directement.

— On peut y accéder par un scan rétinien, aussi.

*Oh, mon Dieu, c'est vrai.* Avec réticence, je fais un pas de plus vers le corps, près de sa tête. Je m'agenouille et empoigne ses cheveux pour le soulever.

Immédiatement, je recule. Ses orbites sont vides là où se trouvaient ses yeux.

— Ils pourraient encore être à proximité.

La voix de Winston est pressante, mais posée, alors qu'il

m'aide à me relever. Mes jambes tremblent et je me rappelle que je côtoie la mort tout le temps. D'ailleurs, si les choses ne s'étaient pas autant emballées, j'aurais certainement tué cet homme moi-même.

Je grimace. Cette pensée ne me remonte pas le moral. Et Dieu sait que je ne l'aurais pas torturé ni mutilé.

— Nous devons regarder autour de nous. Les yeux. Ils peuvent encore être utiles.

J'acquiesce à contrecœur.

— J'ai vu beaucoup de choses, dis-je. Mais ça, je ne sais pas si… merde !

Je pousse un cri lorsqu'une balle brise la fenêtre et me frôle la tête pour aller se loger dans le mur en bois derrière nous. Au même moment, Winston m'attrape le bras et me tire au sol.

— Allons-y !

Il a sorti son arme et se redresse juste assez pour jeter un coup d'œil par-dessus le rebord de la fenêtre, avant de se laisser retomber au sol.

— Le tireur doit être caché par les arbres. Je ne vois personne.

— Dirige-toi vers l'arrière. Il faut rejoindre la voiture.

Il approuve, puis m'entraîne avec lui.

J'hésite lorsqu'une idée me vient.

— Vas-y, lui dis-je avant de ramper jusqu'au cadavre pour lui retirer soigneusement son portefeuille, le pinçant entre deux doigts.

J'attrape un sac en papier de Whataburger et j'y glisse le portefeuille, puis j'y fourre un magazine et une canette de soda, tous deux posés sur la table basse la plus proche du corps.

Depuis l'entrée de la cuisine, Winston m'appelle. Je le

rejoins, au ras du sol. Il a raison, bien sûr. Celui qui nous a tiré dessus était sur le côté de la maison à ce moment-là, mais s'il fait le tour par l'arrière avant que nous arrivions à la voiture...

— Plusieurs ? demandé-je alors que nous marquons une pause dans la cuisine.

— J'espère que non.

Je grimace. Au moins, il est honnête.

— Donne-moi la clé, dis-je. Tu me couvres. Je viendrai te chercher.

Je vois bien qu'il veut protester.

— Fais ce que je dis. Je suis une conductrice hors pair. Et on n'a pas le temps de se disputer.

Il me donne la clé.

— Vas-y.

Je m'exécute et sors en courant. Mes jambes répondent au quart de tour tandis que mon pouce appuie déjà sur le bouton de la télécommande pour déverrouiller la voiture. Je m'attends à recevoir une balle dans le dos, mais il n'y a rien et j'arrive sans encombre, me glissant derrière le volant saine et sauve.

Peut-être qu'il n'y a vraiment qu'un seul tireur, et qu'il se trouve de l'autre côté de la maison en ce moment.

Je remercie l'univers en silence, puis je démarre. Je me dépêche d'avancer, manœuvrant jusqu'à me retrouver parallèle à l'arrière de la maison afin que Winston n'ait pas à courir sur une longue distance. C'est très court, et comme personne ne m'a tiré dessus, j'espère qu'il en sera de même pour lui.

Malheureusement, ce n'est pas le cas. J'ai à peine avancé qu'une gerbe de balles s'abat sur la carrosserie, faisant voler en éclats la vitre du côté conducteur. Les balles sifflent à mes oreilles.

— *Merde.*

J'accélère, la tête aussi basse que possible, puis je me retourne devant la porte alors que Winston fonce vers moi. Un moment plus tard, la portière arrière s'ouvre et Winston plonge à l'intérieur.

— *Démarre !* crie-t-il. Va-t'en !

C'est ce que je fais, pied au plancher.

Nous dérapons sur la terre inégale, mais nous retrouvons rapidement de l'adhérence et filons en rebondissant vers la route principale. La portière de derrière reste ouverte, laissant s'engouffrer la poussière du Texas.

— Ils étaient au moins deux, dit-il en se déplaçant sur la banquette pour refermer la portière.

Puis il se glisse à l'avant et s'attache à côté de moi.

— On doit quitter cet endroit.

— C'est le plan. Nous devons les semer, mais ce n'est pas exactement le véhicule idéal. Notre meilleur espoir, c'est qu'il leur faille du temps pour rejoindre leur voiture.

Il se retourne et regarde derrière nous.

— Pas de chance.

Je jette un œil dans le rétroviseur pour voir une BMW qui gagne dangereusement du terrain.

*Merde.*

Non seulement j'espérais avoir plus de temps, mais j'aurais préféré que notre ennemi ne soit pas dans un véhicule bien plus rapide.

— On doit rejoindre la route, dis-je. Je saurai leur fausser compagnie.

Comment réussir cet exploit sur des routes de campagne

étroites et sans accotement, c'est une question que je me poserai plus tard. L'éternelle optimiste, c'est moi.

— Vraiment ? fait-il d'une voix tendue. Eh bien, en attendant, nous avons un problème.

Je suis concentrée sur le chemin de terre droit devant, mais il regarde déjà plus loin. Je suis sa ligne de mire pour constater que le portail que nous avions laissé ouvert est maintenant fermé. Sans compter qu'il est verrouillé par une chaîne.

— Oh, putain de merde.

Je regrette amèrement de ne pas avoir une boîte de transmission manuelle, et au lieu de ça, j'écrase désespérément l'accélérateur.

— Accroche-toi, dis-je avant de manœuvrer la voiture de sorte que le point d'impact se retrouve juste à l'endroit où la barrière rejoint le cadre.

Nous entrons en collision à pleine vitesse et, même si la chaîne ne se brise pas, le poteau est arraché du sol et nous passons en trombe au-dessus de la barrière de barbelés. Je grimace, m'attendant à ce que les pneus explosent, mais rien ne se produit. Peut-être que notre poursuivant n'aura pas cette chance.

Cette théorie est démentie quelques secondes plus tard lorsque la BMW passe par-dessus les barbelés, effectue un virage serré sur la route et fonce droit vers nous. Pour aggraver les choses, quelqu'un se penche du côté passager et tire, brisant notre vitre arrière.

Winston et moi nous baissons en même temps.

— Des idées brillantes ? demandé-je.

— Il faut les semer.

— Super. Contente que tu aies pensé à ça.

Je ne quitte pas la route des yeux pour le regarder, mais je suis sûre qu'il m'envoie un regard sarcastique.

— Je pense juste à voix haute, c'est tout.

— Non. J'apprécie. Tout ce que tu peux imaginer pour nous sortir d'ici me convient.

— Et toi ? Des idées ?

— À part conduire comme une forcenée ? Pas vraiment.

Au moment même où je prononce ces mots, je vois un camion chargé de balles de foin arriver en sens inverse.

— Ça va marcher.

— Oh là, fait Winston. À quoi tu penses, bon sang ?

— Silence. J'ai besoin de me concentrer.

Il émet un faible grognement, mais à son crédit, il ne dit rien. Il crispe les doigts sur le tableau de bord et autour de la poignée, au-dessus de la portière. *Bon réflexe.*

— Préviens-moi quand tu...

Ses paroles sont coupées net lorsque j'exécute un brusque demi-tour devant le camion, si près que le conducteur doit freiner pile. Nous le rasons de près alors que je dérape hors de la route, essayant frénétiquement d'accélérer sur la bande d'arrêt d'urgence pour devancer le camion à présent ralenti.

Par miracle, j'y parviens, et maintenant, la Toyota reprend la route. Nous croisons la BMW, toujours lancée à plein régime vers l'ouest tandis que nous nous dirigeons vers l'est.

Comme je l'espérais, le conducteur n'a pas tiré... pas en présence de témoins. Et il ne peut pas non plus faire demi-tour pour nous suivre, car il est maintenant à la hauteur du camion, incapable de faire demi-tour avant d'avoir terminé son dépassement.

Ça ne laisse pas beaucoup de temps, mais nous pouvons y arriver. Une fois de plus, je mets la Toyota à l'épreuve, pied au plancher. J'emprunte le premier virage que je vois, puis un autre et encore un autre jusqu'à ce que nous soyons perdus dans un réseau de chemins de ferme, entre ranchs et routes privées.

Finalement, je me gare derrière une église baptiste blanchie à la chaux. Le parking est vide, et dès que le moteur s'éteint, je me laisse aller contre mon siège, le souffle court.

Mon cœur bat encore la chamade quand je sens sa main sur la mienne. Je le découvre, tout sourire à côté de moi.

— Quoi ?

— C'était sacrément impressionnant. J'ai cru qu'on allait y passer devant ce camion.

— Ça faisait très longtemps que je n'avais pas fait un truc aussi dingue.

Nous nous sourions encore en haletant. En cet instant, tout ce que je veux, c'est l'embrasser. Je ne le fais pas, bien sûr. Des tueurs fous dans une BMW peuvent surgir à tout moment. Mais je considère cette idée comme un plan d'avenir.

Je redémarre la voiture, passe une vitesse et m'engage sur la route.

— Où va-t-on ?

— De retour à Austin pour le moment, dit-il. On doit trouver un endroit où se terrer, et ensuite voir s'il y a un moyen de pénétrer dans ce foutu ordinateur sans l'aide de la biométrie.

— En fait, nous devons mettre nos ressources en commun et voir si l'un de nous a un contact capable de reproduire une empreinte digitale.

Pendant un moment, il me regarde fixement.

— Portefeuille, canette, magazine. Tu as recueilli des empreintes.

J'acquiesce, fière d'y avoir pensé, et contente qu'il ait

compris si vite.

— Excellent. Toi, conduis. Je vais appeler Noah.

— Noah ?

— Un génie des technologies. C'est grâce à lui que j'ai pu écouter ta conversation avec Bartlett.

— Tu lui fais confiance ?

— Oui, mais pour tout te dire, il a coopéré avec le SOC.

J'inspire, consciente qu'il serait plus intelligent de refuser. Parce qu'il n'y a aucun moyen de garantir que ce type soit sans danger. Peut-être que je ne suis pas aussi intelligente qu'avant, à l'évidence, parce que je hoche la tête et dis à Winston que s'il fait confiance à Noah, alors je suis d'accord pour qu'il appelle.

De toute façon, ce n'est pas comme si nous avions d'autres options.

— Un fast-food, déclaré-je.

— Quoi ?

— Nous le rencontrerons dans un parking. Celui qui nous recherche ne s'attendra pas à nous trouver là, et s'il nous débusque, nous serons assez près d'une autoroute ou au moins d'une route principale pour le semer. En plus, j'ai faim.

— Bon plan.

— Et je pense que tu devrais demander à Noah de nous apporter une voiture. Il peut appeler un Uber pour rentrer ou bien récupérer celle-là. Cela dit, je le lui déconseille.

— Je vois.

Bientôt, Winston nous indique le chemin vers un McDonald's voisin et nous nous y rendons. Il envoie également un message à Noah, qui répond qu'il nous rejoindra là-bas. Comme nous sommes à la campagne et qu'il est toujours en ville, nous arrivons avant lui. Nous commandons au drive, puis nous rejoignons le fond du parking où nous attendons. Je commence à m'agiter sur mon siège.

— Tu as remarqué que ni Seagrave ni Collins n'ont appelé pour prendre de nos nouvelles ? demandé-je.

— Comment ça ?

Je hausse les épaules.

— Je ne sais pas trop, mais nous n'avons donné de nouvelles à aucun d'eux après avoir soi-disant constaté l'absence de Bartlett. Est-ce qu'ils ne devraient pas s'inquiéter d'avoir perdu un agent ?

Il me dévisage, puis il pique l'une de mes frites – il a déjà terminé sa commande. Après un moment, il acquiesce.

— Ils nous font tous les deux confiance, alors il se pourrait qu'ils nous lâchent la bride. Il se peut aussi qu'ils sachent que nous sommes après eux. Peu importe lequel des deux est corrompu.

Il rencontre mon regard.

— À moins que ce soient les deux, qui travaillent ensemble.

— C'est une pensée terrible.

À côté de moi, il hoche la tête. Puis il se penche dans l'habitacle et me prend la main. Ce simple contact envoie des décharges électriques dans tout mon corps et je regrette que nous ne soyons pas seuls dans une pièce, nus et débridés, capables de brûler une partie de cette peur et de cette énergie survoltée.

— Tu n'es pas seule, me dit Winston.

Pendant un moment, je pense qu'il parle de mes fantasmes sexuels.

— Nous sommes là-dedans ensemble.

— D'accord.

J'espère que je ne rougis pas. Je me demande si ce serait

pertinent de l'embrasser quand son téléphone sonne, signalant que Noah est entré dans le parking.

Au hochement de tête de Winston, j'allume les feux. Il est venu en Land Rover. Il se gare à côté de nous, puis s'installe sur la banquette arrière de la Toyota, fronçant les sourcils devant les éclats de verre.

— Notre quotidien, commente platement Winston, déclenchant l'hilarité générale.

Après les présentations et le résumé de notre problème, Noah acquiesce de manière rassurante.

— À supposer que je puisse obtenir de bonnes empreintes digitales, je devrais pouvoir accéder au contenu. Sinon, je peux essayer de pirater l'ordinateur.

— Non, déclaré-je résolument.

Je rencontre le regard de Winston et il se racle la gorge.

— Désolé. Nous n'avons pas été clairs. Vous n'aurez pas l'ordinateur.

— Ce n'est pas que nous n'avons pas confiance en vous, dis-je. Même si, pour être honnête, je ne vous connais même pas. Seulement, s'il arrive quoi que ce soit aux informations contenues dans cet ordinateur portable, nous sommes vraiment foutus. Alors, il reste avec nous.

Winston hésite, puis confirme :

— S'il s'avère que vous avez besoin de fouiller l'ordinateur pour trouver une empreinte propre, nous prendrons d'autres dispositions. Mais voyez si vous pouvez vous débrouiller avec ce que nous vous avons donné.

Noah acquiesce en regardant dans le sac de Whataburger.

— Je devrais être capable de dire si je peux tirer une empreinte acceptable dans les prochaines heures. Si vous n'avez pas de nouvelles de moi, alors c'est que tout est bon.

— Et ensuite, combien de temps vous faudra-t-il pour

fabriquer un doigt que nous pourrons utiliser ?

— Au moins deux jours.

— Aussi longtemps ?

Il ricane.

— Ce n'est pas un épisode de la dernière série d'espionnage. Je ne peux pas scanner une empreinte dans l'ordinateur et lui faire cracher un pouce en latex qui vous donnera accès. Je peux le faire, peut-être, mais ça va prendre du temps.

Je hoche la tête.

— Et sans l'ordinateur, je ne pourrai même pas le tester, alors nous devrons peut-être recommencer le processus en cas d'échec.

Winston me regarde, mais je secoue encore la tête. Je veux en finir, savoir si l'homme à qui j'ai fait confiance pendant toute ma vie d'adulte est corrompu. Et pour en avoir le cœur net, je ne peux pas risquer les informations contenues sur ce disque. Alors, il reste avec nous.

— Bon, d'accord, nous devrons recommencer si on en arrive là, dit Winston.

Noah hoche la tête.

— C'est d'accord. Voici les clés de la Land Rover, dit-il en les passant à Winston. Où puis-je vous joindre ? À ce numéro ?

Winston secoue la tête.

— Non. On va se débarrasser de ces téléphones portables et en prendre de nouveaux. Des jetables.

Je le regarde, intriguée. Ce n'est pas quelque chose dont nous avons déjà discuté, mais je suis d'accord et j'acquiesce.

— Très bien, vous me contacterez. Avez-vous un endroit sûr où attendre jusqu'à ce que l'empreinte soit prête ?

— Non... commencé-je, mais Winston m'interrompt :

— Oui, nous avons un endroit où aller.

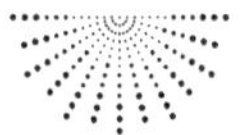

# CHAPITRE DIX-NEUF

— Attends, dis-je tandis qu'il manœuvre la Land Rover dans le centre-ville de Llano, petite ville du Texas.

Ce n'est qu'un palais de justice sur une place et quelques magasins et restaurants alentour. Et, bien sûr, *Le Marquis*, le cinéma que dirigent ses parents.

— Que j'attende ? Pourquoi ?

C'est une bonne question. La circulation cet après-midi se résume à cinq voitures. C'est une ville charmante, mais endormie.

— Gare-toi juste une seconde, dis-je lorsqu'il me jette un œil interrogateur.

Il a le mérite de ne pas discuter et de se garer sur une place de parking devant un glacier.

— J'adore tes parents, vraiment. Et j'ai envie de les revoir, même si ça promet d'être très bizarre. Mais tu es sûre que c'est une bonne idée ? Je veux dire, est-ce qu'on ne les met pas en danger ? Seagrave va sûrement te chercher là-bas.

— C'est pertinent, mais non. Précisément parce qu'il me connaît bien.

Je lève les mains, un peu perdue.

— Il sait que je ne mettrais jamais, au grand jamais, mes parents en danger. Ce qui veut dire qu'il sait que je ne me cacherai jamais là-bas.

Je fronce les sourcils, retournant cette notion dans ma tête. Je dois admettre que c'est sournoisement intelligent.

— Et tu en es certain.

— Bien sûr. Tu crois que je viendrais ici si je ne l'étais pas ?

— Non, en effet. Admettons que Seagrave ne te cherche pas ici. Mais qu'en est-il de quelqu'un d'autre ? Et si c'était Collins ? Lui ou Hawthorne chercheraient Winston Starr, retrouveraient ta famille, et voilà.

Il se racle la gorge et le bout de ses oreilles vire au rouge.

J'arque un sourcil.

— Winston ?

— Écoute, il y a autre chose que je dois te dire.

Je me tourne sur le siège pour le regarder plus directement.

— Très bien. Tu as toute mon attention.

— Mon nom de famille n'est pas vraiment Starr.

— Oh.

Je ne m'y attendais pas. D'autant que j'ai un certificat de mariage avec ce nom dessus.

— Qu'est-ce que c'est ?

— C'est compliqué.

— Je sais écouter et je suis assez intelligente. Essaie toujours.

Il grimace, mais s'exécute.

— J'ai postulé pour être un agent du FBI dès la sortie de la fac. En fait, j'étais à Quantico quand j'ai été recruté dans le SOC. Et, je ne sais pas... Peut-être que j'avais vu trop de films, mais quand ils ont décrit le genre de missions auxquelles je pouvais m'attendre, j'ai commencé à m'inquiéter. Pas pour moi, mais pour ma famille.

— Bon Dieu ! Quel genre de films de recrutement débiles est-ce qu'ils vous passent, au SOC ?

— Ce n'était que mon imagination, mais c'était très vivace. J'avais des visions où j'étais suspendu par les ongles de mes orteils et où je parvenais enfin à me libérer pour découvrir que mes parents étaient dans une cage au sous-sol, et que le seul moyen de les sauver, c'était de partager des secrets d'État.

Je souris, sincèrement amusée. Mais je comprends aussi.

— Alors, tu as changé de nom ?

— C'était l'une de mes conditions préalables pour accepter de signer avec le SOC. J'ai dit à l'agent de recrutement que je voulais m'assurer que mes parents ne seraient pas entraînés si j'étais torturé. Il a été assez compréhensif pour accepter ma requête.

Je hoche la tête, fascinée.

— Il m'a aidé à mettre sur pied un pseudonyme presque imparable. Mon frère me taquinait toujours, se moquant de mes grands airs. Il me trouvait trop supérieur, trop « noble ». Alors, j'ai décidé de me faire appeler par ce nom de famille, Noble.

— Je croyais que Noble, c'était ton deuxième prénom.

Il hausse les épaules.

— J'ai pris Starr pour la mission Hades. Quand nous nous sommes mariés, je voulais que tu aies au moins entendu le nom que je m'étais choisi, alors je t'ai dit que c'était mon deuxième prénom. Et maintenant... eh bien, maintenant, je m'appelle encore Starr, dans la vie de tous les jours. Je voulais le garder après... enfin, tu sais.

— Après moi, dis-je à mi-voix.

Il acquiesce et j'éprouve un petit pincement au cœur.

— Sur le papier, je m'appelle Winston Noble. Mais mes amis me connaissent sous le nom de Starr.

— C'est compliqué.

Il sourit.

— Pas vraiment.

— En tout cas, ça explique beaucoup de choses. Après ton départ d'Orange County, je ne pouvais plus te trouver.

— Tu m'as cherché ?

— Oui.

Nos regards se croisent et se soutiennent un instant jusqu'à ce que je détourne les yeux. Je m'éclaircis la voix.

— Mais alors, quel est ton vrai nom de famille ?

— Kellogg.

— J'aime bien. C'est un joli nom, avec une histoire. Mais je préfère Noble et Starr.

Je fronce les sourcils lorsqu'une autre pensée me vient.

— Et tes parents ? Ils sont au courant pour le nom ?

— Je l'ai justifié par la fameuse paranoïa des forces de l'ordre, dit-il sur un ton évasif. Ils regardent beaucoup de films. Ce n'était pas difficile de leur faire croire que le but de mon pseudonyme était de protéger ma famille des malfrats.

Il me regarde.

— Pour être honnête, je pense que mon père soupçonne que ma carrière dans les forces de l'ordre va au-delà du bureau du shérif. Mais il a toujours eu le tact de ne pas m'interroger.

Je hoche la tête pensivement. Je me demande ce que ça

doit être de grandir dans une famille qui vous aime et respecte vos choix.

Il veut remettre la voiture en marche, mais je l'arrête en tendant la main.

— Attends une seconde, lui dis-je. Si ton nom n'est pas Starr, alors avons-nous été réellement mariés ?

— Oui, répond-il avec emphase. C'est la première chose que j'ai vérifiée avant de te faire ma demande. Je voulais être sûr que c'était bien réel. Il s'avère qu'un mariage sous un faux nom est absolument légitime, mais j'aurais sûrement dû faire amende honorable pour avoir menti sur un document de mariage. Apparemment, ça constitue un délit mineur.

J'éclate de rire.

— Je suis contente que ce ne soit pas un crime, ça m'aurait ennuyée de devoir payer ta caution.

Il se penche vers moi et me serre la main.

— Tu considères que c'était du vent, je le sais bien, que nos secrets effacent ce que nous avons ressenti.

Je pince les lèvres, les yeux sur mes genoux, sans rien dire.

— Mais si tu avais pu ressentir la douleur qui m'a envahi quand j'ai vu cette carcasse de voiture calcinée, quand je t'ai crue morte...

Il s'interrompt, la voix éraillée.

— Tu saurais, poursuit-il après un moment, que non seulement je t'aimais vraiment, mais que c'était un mariage tout ce qu'il y a de plus réel.

— Et c'est ce que tu ressens toujours ? Même en sachant la vérité ?

Il croise mon regard.

— Que notre mariage était réel ? Oui. Que ta mort m'a brisé en mille morceaux ? Absolument. Je t'aimais, Linda. Seigneur, je t'aimais tellement.

J'ai la bouche sèche et je déglutis pour réussir à parler en dépit de la boule dans ma gorge.

— Je ne dis pas que nos émotions n'étaient pas vraies. Tout ce que je dis, c'est que rien d'autre ne l'était.

— Eh bien, peut-être que tu as raison... ou pas. Je sais seulement ce que j'ai ressenti.

*Ce que j'ai ressenti.*

Le mot est suspendu là, au passé. Ce n'est pas *ce que je ressens*. Plus maintenant.

Cela ne devrait pas me déranger, d'autant plus que j'ai dit moi-même que notre passé était fondé sur des chimères. Pourtant, c'est le cas. Ça me dérange plus que je ne le voudrais.

Je me redresse, chassant mon émotion.

— On devrait y aller. Tes parents vont penser qu'on s'est perdus.

— Ils vont adorer te revoir.

— À ce propos, le sentiment est complètement mutuel.

---

— Linda !

Miriam Kellogg me prend dans ses bras et m'étreint vigoureusement. Alors que je pense que mes côtes vont se briser, elle me repousse, puis me regarde de haut en bas.

— Tu as l'air en forme. Est-ce que tu as mal ? Tu vas bien ?

—Maman, dit Winston derrière moi. Elle va bien, à moins que tu l'aies abîmée avec ce câlin. C'est sa mémoire qui a été endommagée.

— Mais je l'ai récupérée, dis-je sur un ton jovial pour cacher la culpabilité de notre mensonge. Je vais mieux maintenant.

Elle glousse.

— Je n'arrive pas à y croire. L'amnésie. Je pensais que ce genre de choses n'arrivait que dans les films.

— Tout ce qui arrive dans les films est sûrement arrivé dans la vraie vie quelque part, dit alors une voix grave derrière moi.

Je me retourne pour être happée dans un énorme câlin de Dale, le père de Winston. Comme sa femme, il termine son étreinte en me repoussant, ses mains sur mes épaules. Il me regarde attentivement.

— Seigneur, ma fille, c'est un tel plaisir de te revoir. Tu nous as tant manqué.

— Vous aussi, vous m'avez manqué, dis-je en souriant. Enfin, depuis que je me souviens de vous.

Je lance un regard en coin à Winston, craignant que cette histoire ne soit pas une si bonne idée.

Il me prend la main.

— Nous sommes heureux d'être ici, dit-il. Ça fait trop longtemps que je ne vous ai pas vus, moi aussi.

— N'est-ce pas ? fait Miriam. Je suis désolée que Richie et Nancy ne soient pas là. La sœur de Nancy vient d'avoir son troisième bébé, alors ils sont allés à Tulsa.

— Eh bien, nous les verrons la prochaine fois, dis-je en ajoutant une note de tristesse dans ma voix.

En réalité, j'adore Richie et Nancy, mais la présence de Dale et Miriam pendant les quelques jours que nous passerons ici sera un défi suffisant.

— Viens avec moi, fiston, me dit Dale. Laissons les filles papoter.

Je ressens une vague de panique, mais Winston me lance un sourire tout en suivant son père, et je m'y raccroche comme à une bouée de sauvetage.

— J'ai préparé des cookies, annonce Miriam. J'ai utilisé la recette que tu m'as envoyée. Tu te souviens ? Les cookies extra-chocolat aux pépites ?

Je passe en revue mes souvenirs, essayant de retrouver ces moments familiaux. Ce n'est pas vraiment dans ma nature de parler cuisine et j'ai souvent fait semblant.

Ces cookies, par contre, je m'en souviens. J'avais reçu la recette d'une voisine et je l'avais transmise à Miriam pour gagner des points.

— Même avec l'amnésie, je ne pense pas que je pourrais les oublier.

Elle rit, puis me passe un gant de cuisine. Je sors la grille du four et commence aussitôt à saliver en sentant ces arômes riches et chocolatés.

— Mets-les sur la plaque de refroidissement là-bas, dit-elle. Tu bois toujours ton café noir ?

J'acquiesce, puis m'assieds à l'endroit qu'elle m'indique, à la table de cuisine en bois. Elle apporte deux tasses et prend la chaise à côté de moi.

— Ça doit être si bizarre. Il s'est écoulé un si long moment. Est-ce que tu peux parler de ce qui s'est passé ?

— Eh bien, vous savez que Winston travaillait sur une affaire en tant que shérif.

Lui et moi en avons parlé dans la voiture, le mélange de vérité et de mensonge que nous leur dirions pour justifier ma longue disparition. Ils savent qu'il était shérif, mais ils ignorent son travail pour les renseignements. En ce qui les concerne, j'étais exactement ce que je semblais être pour Winston, une fonctionnaire au bas de l'échelle, qui avait épousé le shérif et fondé un foyer.

— Bien sûr, nous étions au courant. Imagine, toute cette corruption dans une ville comme Hades. Je suis si heureuse qu'il ait quitté cet endroit après que... enfin, après cette voiture piégée.

Je hoche la tête.

— Apparemment, ces gens essayaient de le retirer de l'affaire. Et pour ça, ils ont décidé de cibler ce qui était important pour lui.

— Toi. Tu étais la chose la plus importante au monde à ses yeux.

Elle sourit avec nostalgie.

— Je me souviens de votre mariage. Je n'ai jamais vu ce garçon aussi heureux. Et les lettres qu'il a écrites. Il parlait de toi tout le temps dans ses courriers.

— Des lettres ?

Winston m'écrivait une carte à chaque anniversaire, et cela m'a toujours touchée. J'aimerais les avoir encore, mais bien sûr, quand on est faussement tuée dans une voiture piégée, on ne peut pas préparer ses affaires à l'avance. Laisser ces lettres derrière moi est l'un de mes plus grands regrets.

— Oui. C'est une habitude qui a commencé quand il était jeune. Quelque chose que j'ai exercé mes deux garçons à faire. C'est un triste monde dans lequel nous vivons maintenant, avec tous ces e-mails et ces textos. Qui va retrouver une vieille boîte à chaussures dans le grenier dans cinquante ans, avec une correspondance précieuse ? Personne, voilà.

Je ne peux pas objecter, car je ne suis pas en désaccord.

— Mais on s'est éloignées du sujet, reprend-elle. Que s'est-il passé à Hades ?

— Honnêtement, vous en savez à peu près autant que moi. Ils ont décidé de me cibler, et ils ont bombardé ma voiture. Ils m'ont arraché deux dents. Mais ils ne m'ont pas tuée. Je ne sais pas pourquoi. Et je ne sais pas pourquoi mes souvenirs ont disparu.

— Et vous vous êtes réveillée dans le Montana, toutes ces années plus tard ?

Je pars d'un rire sans joie.

— Je pense que le premier indice que quelque chose clochait, c'était que je ne supportais pas le froid.

C'est une blague stupide et elle ne rit pas. Je ne lui en veux pas.

— Plus sérieusement, je travaillais dans une bibliothèque et j'ai commencé à avoir des flashes. Alors, je suis allée voir un psychiatre et ça a pris quelques années. Mais j'ai retrouvé mes souvenirs. Et ensuite, aussi terrifiant que ce soit, j'ai cherché Winston.

Miriam se penche et me prend les mains.

— Vous aviez une relation spéciale, tous les deux. C'est toujours le cas. Je sais que ça doit être très étrange après tout ce temps, mais ce que vous avez vaut la peine de travailler dessus.

Je déglutis, ma gorge soudain nouée.

— Ça vous dérange si on change de sujet ? C'est juste que...

Elle prend ma main et la serre.

— Ne t'inquiète pas, chérie. Je comprends. De toute façon, il est temps qu'on apporte une assiette de biscuits aux garçons. Tu ne crois pas ?

— Oui. C'est une idée merveilleuse.

Nous nous levons toutes les deux et je me dirige automatiquement vers le meuble, près de la fenêtre, où se trouve le plateau de biscuits. Quand je me retourne, je la surprends qui me regarde avec un sourire larmoyant.

— J'ai rêvé qu'un jour, tu reviendrais. Je ne pensais pas que ça pourrait se réaliser, parce que tu étais morte. C'est bon de savoir que certaines choses se passent pour le mieux.

— Je suis bien de cet avis, Miriam.

Elle me prend le plateau des mains et me fait signe d'approcher.

— J'ai promis à Dale de ne pas te demander ça, mais je vais le faire quand même. Vous commencez tard, mais avant l'*accident*, vous parliez d'une famille. Peut-être qu'il y a encore une chance pour la petite Michelle ?

— *Maman !*

Nous nous tournons tous les deux. Même moi, je me sens coupable en voyant la tempête sur le visage de Winston. Il quitte l'embrasure de la porte et vient à mes côtés, passant son bras autour de ma taille. Je m'appuie contre lui, m'adaptant parfaitement à son corps. Aussitôt, la douleur de ces souvenirs est apaisée par son contact.

— Je suis désolée, dit Miriam, son regard alternant entre nous deux. Je n'aurais pas dû parler de ça. Je sais que c'est trop tôt. Seulement...

— Honnêtement, Miriam, ça ne fait rien.

Je suis sincère, mais je suis reconnaissante à Winston lorsqu'il m'entraîne hors de la cuisine.

— Nous allons déballer nos affaires, lance-t-il à sa mère. Je suis désolé, me dit-il une fois que nous sommes dans son ancienne chambre, la porte refermée derrière nous. Elle est à fond dans l'âge des grands-parents.

— Je sais. Ça ne fait rien, je te jure.

Il acquiesce, mais il paraît toujours frustré. Enfin, il prend une grande inspiration.

— Bon sang, je sais que je devrais laisser tomber. Mais maintenant, il faut que je te demande.

— Quoi donc ?

— Tu as utilisé Michelle comme alias. Michelle Moon.

C'est un nom de famille que je comprends... et même que j'aime bien, malgré le côté « tueuse à gages ».

Je lève les yeux au ciel, mais il continue.

— Tu étais la lune de mon étoile, n'est-ce pas ? Mais que dois-je penser de Michelle ?

Je ferme les yeux, puis je hoche la tête.

— Je sais. Je ne voulais pas que ça te blesse. Bon sang, je ne pensais pas que tu l'entendrais.

Juste avant mon départ, lui et moi avions prévu de fonder une famille. Même si je n'étais pas encore enceinte, nous essayions. Et nous avions décidé que, si nous avions une petite fille, nous l'appellerions Michelle.

— Je ne sais pas pourquoi j'ai décidé de l'utiliser. Sauf peut-être... peut-être que c'était quelque chose que je ne voulais pas abandonner.

Je croise son regard tout en parlant, mais dès que les mots m'échappent, je détourne la tête.

— Bon, d'accord. Euh, je vois, dit-il avant de s'éclaircir la voix. Et je suis désolé si maman t'a mise mal à l'aise.

— Non, vraiment. C'est bon. Elle est heureuse que je sois de retour. Elle veut que la famille guérisse de ses blessures.

Il me regarde.

— La famille.

Quant à moi, je baisse les yeux au sol.

— J'ai dit que c'est ce qu'elle veut.

— Tu as sûrement raison.

Il va s'asseoir au bord du lit.

— Et quelle est la situation de la famille, au juste ?

C'est subtil, mais j'entends une certaine tension dans sa voix.

— Tu me poses de grandes questions.

— Je veux retrouver ce qu'on avait, me dit-il. Voilà. Je le pose sur la table.

— Sauf que tu ne peux pas l'avoir, répliqué-je. Je ne suis pas la femme qui fait des cookies et qui jardine le week-end.

Il éclate de rire et cette réaction me surprend.

— Quoi ?

— Tu avais un jardin. Ça m'a fait de la peine pour ces pauvres légumes.

Malgré moi, je ris à mon tour.

— Bon, d'accord, tu connais cette partie de moi.

Nous partageons un sourire avant que je baisse les yeux.

— Sérieusement, je ne suis pas une femme au foyer. Et tu n'es pas un simple shérif dans une petite ville.

— Je te dis que rien de tout ça n'a d'importance. Ça ne change pas ce que nous sommes à l'intérieur. Beaucoup ne peuvent pas raconter à leur conjoint les détails de leur travail. Certains conjoints ne le veulent même pas. Ils s'aiment quand même.

— Arrête, dis-je. Je t'en prie. Tu ne comprends pas ? J'ai connu le Nirvana avec toi. Et si on réessaie et que tout s'écroule ? Alors, je perdrai ces souvenirs aussi.

— Tu as peur.

— Bien sûr que j'ai peur.

— Je comprends, dit-il en s'approchant, prenant mes mains dans les siennes. Mais tu dois comprendre.

— Comprendre quoi ?

— Que nous sommes des explorateurs, toi et moi.

— Vraiment ?

Je penche la tête sur le côté et le dévisage. Je ne sais pas du tout où il veut en venir.

— Nous sommes en territoire inconnu ici, ma chérie. Nous devons prendre la vie au jour le jour.

— Oui, au jour le jour.

— Petit à petit.

Il relâche une main pour pouvoir passer son doigt le long de mon cou, puis lentement vers le gonflement de ma poitrine.

— Dis-moi au moins ça, murmure-t-il. Es-tu toujours attirée par moi ?

— Ne pose pas de questions stupides.

Ses yeux s'illuminent avec son sourire.

— Alors embrasse-moi, et on pourrait envisager de faire un peu d'exploration tout de suite...

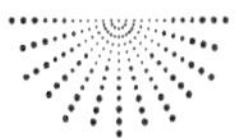

# CHAPITRE VINGT

Je sirote un café sur la balancelle du porche, le lendemain matin, en regardant les passants. Je me remémore les caresses de Winston, la nuit dernière. Douces au début, puis empreintes d'une urgence éperdue, comme s'il devait réclamer chaque partie de mon corps. Comme s'il devait me marquer, me faire sienne.

Est-ce le cas, vraiment ? Suis-je la femme à qui il faisait l'amour autrefois, ou était-il au lit avec un souvenir ?

Je ne connais pas la réponse et je repousse ces pensées, déterminée à profiter de la matinée. Un enfant à vélo jette des journaux dans les jardins qui bordent la rue, et je ne peux m'empêcher d'avoir l'impression d'être transportée dans un autre monde. Hadès n'était pas beaucoup plus grande que cette ville, mais elle ne m'avait jamais semblé paisible et chaleureuse, sans doute parce que je vivais dans un monde sombre, sous le vernis de la ville. Je voyais les engrenages qui faisaient bouger le système et je savais que tout ce qui se trouvait au-dessus n'était qu'une façade.

Ici, cependant, la vie me paraît réelle. Les gens passent, ils saluent et sourient. Ils prennent le journal sur le perron de leur maison et le lisent réellement, passant peut-être toute la matinée sans consulter leur téléphone.

Quelle idée folle.

Je mets ma tasse de côté et pousse légèrement la balançoire avec mes orteils alors qu'un couple de personnes âgées passe sur le trottoir devant la maison, bras dessus bras dessous. L'homme avance lentement en aidant sa femme, et j'ai une boule dans la gorge en les regardant.

— J'ai toujours pensé que ce serait nous.

Je me retourne et un sourire s'épanouit sur mon visage quand je vois Winston dans l'embrasure de la porte.

— Même si je me disais que c'est toi qui m'aiderais.

Je m'écarte pour qu'il puisse me rejoindre sur la balancelle.

— Dans mes rêves, nous n'avons jamais vieilli, avoué-je.

Je me tourne à nouveau vers le couple.

— C'était égoïste de ma part. Je n'ai jamais pensé à ce qui se passerait quand la mission prendrait fin. Je voulais juste être avec toi.

Il prend ma main et nos doigts se croisent.

— Alors, j'ai été égoïste, moi aussi. Je ne t'ai pas dit la vérité non plus.

Je me tourne pour le regarder.

— Tu l'aurais fait ? Si je n'avais pas... enfin, si tout ne s'était pas écroulé si vite ? Est-ce qu'on se serait dit nos secrets ?

— Je pense que oui. Une fois que ce serait fini, pourquoi continuer à les taire ?

— Parce que nous n'étions pas ceux que nous prétendions être. Et je...

— Quoi ?

— J'aurais eu tellement peur de te perdre. Je ne sais pas, Winston. Honnêtement, je ne sais pas. J'aurais peut-être continué à mentir. Et je me déteste pour ça, parce qu'au final, ça aurait tout empoisonné.

— Mais ça ne s'est pas produit.

Je suis forcée de rire.

— Non, et pour cause ! Ce n'est pas vraiment une bonne alternative, que tu découvres que je suis en vie comme ça. Et penser que je suis une tueuse à gages, en plus.

— Oh, je ne sais pas, chérie, dit-il sur un ton délibérément traînant. Nous sommes ici maintenant, n'est-ce pas ?

— Oui.

Je suis un peu étonnée qu'il ne soit plus fâché contre moi. J'ai vu la rage dans ses yeux, dans cette chambre d'hôtel. Et surtout, je savais que je l'avais méritée. Il a menti, lui aussi, c'est vrai. Mais je l'ai laissé anéanti, lui faisant croire que j'étais morte. Je le referais sans hésiter pour le sauver, pourtant je ne peux pas lui reprocher sa fureur. À mes yeux, c'est un miracle qu'il ne me déteste pas en cet instant.

Je me penche et l'embrasse sur la joue, puis je regarde son visage s'illuminer.

— C'était pour quoi, ça ?

Je hausse les épaules.

— Est-ce que ça doit être pour quelque chose ?

Il secoue la tête.

— Un baiser non sollicité et sans raison.

Il ferme les yeux et un sourire espiègle se dessine au coin de ses lèvres.

— Proteste tant que tu veux, chérie, mais ça me semble être le début de quelque chose de bien réel.

— Winston...

Il lève les mains en signe de capitulation, puis pousse la balancelle avec ses pieds.

— J'ai appelé Noah ce matin. Je lui ai donné mon nouveau numéro de portable, ajoute-t-il.

Nous avons acheté des appareils jetables dans un Walmart, sur le chemin de la maison des parents de Winston.

— Il a dit que les choses avançaient bien, mais que ça allait prendre un jour de plus, peut-être deux.

— Oh.

— Je lui ai dit de prendre tout le temps dont il aurait besoin. Je ne peux pas risquer que l'ordinateur se grille tout seul. J'espère que ce n'est pas un problème.

Ses yeux se fixent sur les miens pendant qu'il parle.

— C'est une petite ville, d'accord, mais on peut sûrement trouver un moyen de passer le temps.

— Aucun souci, dis-je en espérant qu'il n'entend pas les cognements sourds de mon cœur au plaisir de savoir que nous avons une journée supplémentaire ensemble.

Avec un sourire, il me répond :

— J'en suis ravi.

Sur ce, il se lève, tire la porte moustiquaire et commence à entrer.

— Au fait, maman fait des pancakes à la banane. C'est bientôt prêt.

— Mes préférés.

— Je sais, dit-il avec un clin d'œil. Pourquoi crois-tu que je le lui ai demandé ?

Il entre, laissant la porte se refermer avant que je puisse répondre. J'envisage de le suivre, mais je décide de rester et me balance tout doucement en finissant mon café refroidi, un sourire satisfait persistant sur mes lèvres alors que j'essaie de toutes mes forces à ne pas penser à ce qui pourrait arriver.

Il y a quelque chose de merveilleusement apaisant à passer un après-midi à ne rien faire, aidant Miriam au jardin et regardant Dale et Winston changer la batterie du vieux pick-up Chevy de Dale. Sans compter que je suis complètement fascinée par les catalogues de vieux films que Dale a éparpillés dans le salon.

Il ouvre un catalogue pour me le montrer.

— Tu vois ? Je m'en sers pour décider de ce que je vais commander pour le cinéma. Chaque page contient les informations de base sur le film, ainsi que la marche à suivre si je veux le diffuser dans mon cinéma. Mais c'est celle-là que j'aime le plus.

Il tapote la page.

— Ces petits détails sur les films qu'ils ajoutent. Des bribes d'histoire pour attiser la curiosité.

Il tourne le catalogue pour mieux me le montrer.

— Qui ne voudrait pas connaître Humphrey Bogart ? Ou Cary Grant ?

— C'est impensable, dis-je en toute honnêteté.

Il ricane.

— C'est pour ça qu'on t'aime.

C'est une déclaration désinvolte de sa part, mais elle fait écho en moi, et je dois produire un effort pour garder mon sourire léger et mes yeux secs.

— Alors, qu'allez-vous diffuser ensuite ?

— Tu es dans le pétrin maintenant, lance Winston en sortant de la cuisine pour nous rejoindre.

Il glisse négligemment son bras autour de ma taille et je me penche contre lui sans même y penser.

— Il va t'aspirer dans tout le processus de décision.

— Que crois-tu que j'espérais ?

— Voilà qui est bien parlé, répond Dale.

Je dois ravaler la boule dans ma gorge. Parce que je n'ai jamais eu cela, cette famille soudée, ces discussions folles autour de la table du dîner, ces après-midi de farniente dans le salon avec des êtres chers à mon cœur.

Quand j'étais jeune, je n'avais pas de famille avec qui passer du temps. Et même quand Winston et moi étions à Hades, nous n'étions que tous les deux. Nous avions fantasmé sur une famille, sur notre Michelle et son petit frère encore plus imaginaire, mais les rêves, ce n'est pas la même chose. Et même si nous venions ici de temps en temps en visite, Hades est très loin de Llano.

Du moins, c'est ce que Winston disait toujours quand ses parents ou Richie appelaient pour nous inviter. Maintenant je réalise qu'une partie de sa réticence correspondait au besoin de garder ses secrets. Sans compter sa mission à Hades, qui allait bien au-delà de son travail officiel, tout comme moi.

Ce ne sont pas des vacances, je le sais bien. Mais je ne peux pas nier que j'aime ce petit moment en famille. Et je suis secrètement heureuse que le travail de Noah sur les biométriques prenne plus de temps que prévu.

Le temps que Miriam et Winston mettent le dîner de ce soir sur la table, Dale et moi avons choisi les films des prochains mois pour son petit cinéma.

— On n'a pas vraiment le choix pour Noël, me dit-il.

Il brandit le catalogue, montrant une page avec un signet sur *La Vie est belle*, une autre sur *Joyeux Noël dans le Connecticut* et une troisième sur *Piège de Cristal*.

— J'adore votre façon de penser, monsieur ! dis-je en riant.

— Combien de fois faut-il que je te le dise ? Appelle-moi beau-papa.

— Merci, beau-papa.

Je lui fais un sourire et un rapide baiser sur la joue. Quand je me retourne, je vois Winston appuyé contre l'encadrement de la porte avec un drôle d'air.

Je le rejoins et passe mes bras autour de sa taille.

— Quoi ?

Il secoue la tête, puis se penche pour m'embrasser. J'éprouve un élan de culpabilité, car je sais à quel point ses parents seront déçus, plus tard, lorsqu'ils apprendront que nous ne sommes plus ensemble, d'autant que nous ne pouvons pas leur dire la raison de notre mise en scène depuis des années.

Mais en attendant...

En attendant, je me fiche de ce qui arrivera plus tard. Ce soir, au moins, je veux juste ce moment, cet homme et cette famille.

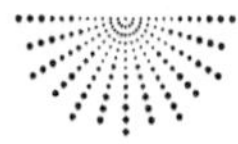

# CHAPITRE VINGT-ET-UN

Winston s'éveilla lentement, son corps blotti contre celui de Linda et son visage enfoui dans ses cheveux. Ils sentaient la fraise, grâce au shampoing que sa mère gardait dans la salle de bain des invités. Il les huma avec gourmandise, savourant l'intimité de ce moment.

Lentement, il passa le bout de son doigt sur son épaule nue et le long de son bras. D'un côté, il avait envie de la réveiller, et de l'autre, il voulait simplement la regarder dormir. La lumière du petit matin traversait les rideaux. Il y avait quelque chose de très doux et familier dans ce moment, comme si toute l'horreur des dernières années s'était envolée au large, dispersée et oubliée.

Plutôt ironique, puisqu'il y avait quelques jours à peine, il s'était emporté contre elle, furieux de l'imposture qu'il croyait qu'elle lui avait fait subir. Mais maintenant, il connaissait la vérité. Elle avait été piégée dans une situation atroce, peut-être même plus encore que ce qu'il avait enduré. Au moins, il avait eu le droit de faire son deuil. Elle avait dû vivre avec la vérité chaque jour. En sachant qu'il était là, mais qu'ils ne pouvaient pas être ensemble.

Tant de jours s'étaient écoulés depuis Hades. Mais d'une certaine manière, maintenant qu'ils étaient de nouveau ensemble, c'était comme s'ils n'avaient jamais été séparés. Elle lui répétait qu'ils étaient différents, qu'ils ne s'étaient jamais vraiment connus, mais il ne le croyait pas. Il connaissait son cœur et elle avait connu le sien.

Maintenant, il voulait que ça marche.

Délicatement, il écarta une mèche de cheveux de son visage, en prenant soin de ne pas la réveiller. Elle soupira, puis se retourna dans son sommeil, les lèvres entrouvertes, son expression pure et innocente.

Il sourit à cette idée, parce qu'il n'y avait rien d'innocent dans ce qu'elle avait fait avec cette bouche la veille au soir, la façon dont elle avait déposé des baisers sur son torse et ses abdominaux pour prendre son membre entre ses lèvres, avec une telle dévotion qu'il avait gémi à haute voix, puis ramené un oreiller sur son visage en constatant qu'elle ne ralentissait pas, craignant à tout moment de lâcher un cri de plaisir, ébranlant les murs et réveillant ses parents.

Quand elle eut terminé, il était resté étendu, comblé, et elle avait remonté le long de son corps pour s'allonger sur lui, chaude, nue et tellement tentante. Il l'avait embrassée et caressé son dos, ses mains atterrissant sur ses fesses alors qu'elle se trémoussait.

— C'était juste pour toi, avait-elle protesté quand il avait essayé de la retourner. Juste parce que j'en avais envie.

Son cœur avait basculé devant le mélange de sensualité et de douceur dans sa voix, et il avait fermé les yeux. Il voulait lui demander ce que cela signifiait pour eux, en espérant qu'il y avait là plus que le simple plaisir du moment.

Mais avant qu'il puisse aborder la question, elle avait glissé le long de son corps et relevé les yeux vers lui avec un sourire malicieux. Puis elle l'avait pris dans sa bouche une fois de plus, et toute pensée cohérente l'avait quitté, à l'exception d'un espoir persistant, l'espoir qu'ils étaient de retour là où ils étaient censés être. Et la crainte que, pour elle, ce soit une simple incursion dans leur passé et non un pont vers leur avenir.

À présent, il était tenté de la réveiller et de lui dire que c'était son tour de s'allonger, de le laisser apprécier le goût et la sensation de son corps, de se laisser flotter. Mais il ne pouvait pas se résoudre à la réveiller, pas encore.

Au lieu de ça, il posa ses lèvres sur son épaule, puis il se redressa, remarquant pour la première fois les arômes de café qui se dégageaient de la cuisine. L'odeur emplit la pièce et il sourit au souvenir de s'être réveillé avec du café tous les matins, autrefois, dans la maison qu'ils partageaient à Hades. Linda avait l'habitude de régler la cafetière chaque soir avec un minuteur, de sorte qu'elle soit pleine et chaude avant que le réveil sonne. La plupart du temps, elle se réveillait avant lui, puis l'accueillait par un baiser et une tasse fumante.

Aujourd'hui, il pourrait faire la même chose.

Il enfila un bas de pyjama et la robe de chambre en flanelle encore suspendue à un crochet dans ce qui était le placard de son enfance. Puis il se dirigea tranquillement vers la porte. Le parquet était frais sous ses pieds nus.

Il ouvrit lentement la porte en essayant de l'empêcher de grincer, puis il la referma derrière lui avant d'aller à la cuisine. Comme il s'y attendait, sa mère avait déjà préparé une nouvelle cafetière et il y avait des petits pains à la cannelle sur la table de la cuisine. Il jeta un œil alentour à la recherche de ses parents, mais il n'y avait personne. Ils avaient tendance à sortir se promener le matin, sans doute étaient-ils au square en ce moment même.

Il se servit une tasse et commença à en préparer une autre pour Linda quand il leva les yeux par la fenêtre. Son père était debout avec une femme près de la clôture. Ce n'était pas sa mère. *Emma.*

La peur le saisit à la nuque. Si elle était ici, alors quelque chose clochait.

Sa tasse toujours à la main, il se précipita dans le jardin pour rejoindre son père.

— Ah, tu tombes bien. J'allais te réveiller. Emily est ici.

— Je vois ça, dit Winston, crispé. Elle a dit pourquoi ?

— Elle est en vacances. Elle fait de la randonnée. Elle a dit que tu lui avais envoyé un message pour lui dire que tu allais nous rendre visite et que tu serais content si elle passait te voir. Alors, la voilà. Je l'ai invitée à passer la journée ici. Je me suis dit que Linda voudrait la voir aussi. Vous vous êtes tous connus à Hades, n'est-ce pas ?

— Oui, c'est bien ça.

Ses parents n'étaient pas au courant des vrais détails de sa vie à Hades, mais ils connaissaient l'histoire de couverture qui expliquait sa vie et son travail. Emma, ou plutôt Emily, était une amie qui travaillait au bureau du maire. Elle avait aussi assisté à leur mariage.

Son père poursuivit son chemin vers la maison et Winston se précipita vers la clôture, où Emma l'attendait.

— Mais qu'est-ce que tu fais ici ?

— Allô ? Tu pars au Texas pour une mystérieuse mission, et tout à coup, tu m'appelles pour retrouver des voitures de location avec ta femme décédée – qui, au passage, juge bon de m'assurer qu'elle ne te tient pas en joue, comme si c'était normal.

Elle s'arrêta juste le temps de reprendre son souffle, puis continua :

— Et puis, j'essaie de te rappeler et ton téléphone est coupé. Je le sais, parce que j'ai essayé de te retrouver. Et ce nom, Tommy Bartlett, avec sa voiture de location ? Les renseignements disent qu'il est en relation avec Billy Hawthorne, et ça ne peut pas être bon. En plus, tu m'as dit de ne pas appeler Seagrave et...

— S'il te plaît, dis-moi que tu ne l'as pas fait.

— Non, tu m'as dit de ne pas le faire. Mais c'est une demande assez énorme. Alors, sérieusement, tu as le culot de me demander ce que je fais ici ? Je voulais des putains de preuves que tu étais encore en vie !

Il passa les doigts dans ses cheveux.

— J'ai dit hot-dog. Pourquoi tu ne m'as pas cru ?

Elle pencha la tête.

— Dans ces circonstances, tu m'aurais crue, toi ?

— Sans doute pas.

— Voilà.

— Mais pourquoi ici ?

— Tu es au Texas. Tes parents sont au Texas. C'était le meilleur point de départ auquel j'ai pu penser. En plus, j'ai appelé ta mère pour lui demander hier soir. Je lui ai demandé de ne rien dire, que j'étais dans le coin et que je voulais te faire une surprise.

Il secoua la tête avec un soupir.

— Bon, d'accord. Alors, je dois te remercier d'avoir pensé à moi.

Elle rit et se pencha en avant pour l'embrasser sur la joue.

— De rien.

— Attention. Que va penser Antonio ?

— Il pensera que j'avais peur de te retrouver mort et que

je suis délirante de soulagement. Et puis, tu oublies que nous nous sommes retrouvés sur une île libertine, lui et moi. Il y a eu un plan à trois, ajouta-t-elle en baissant la voix, sur un ton sulfureux.

— Tu réalises que je ne peux pas faire comme si je n'avais pas entendu ça.

Elle s'esclaffa.

— Je pense qu'Antonio est d'accord pour un baiser sur la joue. Nous sommes très ouverts d'esprit.

Elle remua les sourcils d'un air suggestif et il dut se retenir de rire.

— Très bien. Tu as gagné. Je suis content que tu sois venue.

— Bon. Maintenant, dis-moi ce qui se passe.

— Selon Seagrave, c'est une mission hautement confidentielle. Honnêtement, c'est en partie la raison pour laquelle je t'en parle.

Elle fit un pas en arrière, puis s'appuya contre la barrière.

— C'est énigmatique.

— Et confidentiel. Tu sais. Je sais. Linda le sait.

— Compris.

— Même pas Antonio.

— J'ai compris. Allez, parle.

Aussitôt, il se lança dans le récit. Quand il eut terminé, elle resta debout un moment, bouche bée devant lui.

— Waouh.

— Je sais.

— Qu'est-ce que je peux faire ?

— Rien pour le moment. Nous attendons juste Noah. Il semblait que ce soit le meilleur endroit pour se cacher.

— Et le reste ?

Il se pencha et cueillit un brin d'herbe, puis le fit tourner entre son pouce et son index.

— Le reste ?

— Tu es avec ta femme ressuscitée. Vous êtes de nouveau ensemble ? Ou tes parents vont être cruellement déçus ?

Il prit une inspiration, puis la libéra.

— C'est compliqué.

— Comme toujours. Dis-moi.

— On devrait y retourner.

— Certainement pas. Dis-moi tout.

Il lui lança un regard noir et elle lui rendit la pareille. Honnêtement, parfois, c'était l'enfer d'avoir des amis qui vous connaissaient si bien.

— Bon, dit-elle alors qu'il gardait le silence. Je vais commencer. Est-ce qu'il y a encore de l'alchimie ?

— Oh, oui, répondit sans hésiter.

— Des deux côtés ?

— Clairement.

— Mais...

— Mais elle hésite parce qu'on vivait tous les deux dans le mensonge.

— Et toi ?

Il haussa les épaules. Il avait dit à Linda qu'il voulait un nouveau départ, et c'était la vérité. En même temps...

Emma inclina la tête, les yeux plissés.

— Alors, comment se fait-il que tu ne m'aies pas dit de faire demi-tour et de partir ? Que je m'étais immiscée dans une mission confidentielle et que je devrais éviter ça. Tu penses que Seagrave est peut-être corrompu, n'est-ce pas ? Je le pense aussi.

— J'ai pris une décision. Je te fais confiance.

— Mais tu ne fais pas confiance à Linda.

Il grimaça en réalisant que c'était la première fois que cette peur persistante était pleinement formulée. Elle craignait que leur connexion ne soit pas réelle, parce que tout avait été basé sur un mensonge. Mais ce n'était pas ce qui inquiétait Winston. Il savait pertinemment que ce qu'il ressentait pour elle était profond et il croyait de tout son cœur que c'était le cas pour elle aussi.

Et pourtant...

— Elle a simulé sa mort. Elle est partie. Et elle n'est jamais revenue.

— Scoop, mon vieux : si je pensais pouvoir sauver Tony, je ferais la même chose. Ça me tuerait, ça anéantirait toute ma joie de vivre, mais je le ferais sans hésiter. Et tu sais quoi d'autre ? Toi aussi, tu le ferais pour elle si tu le devais.

Il resta là, frappé par la vérité brutale de ses paroles.

Son sourire était vaguement triste lorsqu'elle ajouta :

— Tu n'as pas fait d'erreur en me faisant confiance aujourd'hui. Et je ne pense pas que tu fasses erreur avec elle, non plus.

— Merci, dit-il en la serrant dans ses bras et en l'embrassant sur le front.

— Maintenant, tu te décoinces, le taquina-t-elle.

— Dis à Tony qu'il a beaucoup de chance. Au fait, Emma ? Merci d'être venue.

Linda enfilait un vieux pantalon de survêtement de Winston quand il revint dans la chambre. Cette tenue à la pointe de la mode était complétée par un t-shirt de l'Université du Texas.

— Jolie, dit-il avec un sourire, lui tendant une tasse de café. J'avais prévu de laisser la caféine te ramener à la vie, mais c'est bien aussi. Que tu portes mes vêtements, je veux dire.

Il s'attendait à ce qu'elle lui réponde en riant, mais elle lui lança un regard de travers pendant une seconde avant de baisser les yeux, comme si faire un nœud au cordon du pantalon de jogging était la tâche la plus difficile au monde.

— Ta mère lave mes affaires, dit-elle d'une voix nette et sèche.

— Très bien, dit-il en s'approchant d'un pas hésitant. Je t'arrête tout de suite. Qu'est-ce qui ne va pas ?

Elle leva la tête, ses yeux brûlants.

— On se cache, et toi, tu décides de discuter avec une ex petite amie ?

Elle souligna le mot « discuter » avec des guillemets en l'air.

Il recula d'un pas involontaire, d'abord surpris par le vitriol dans sa voix, puis amusé. Au fond, il se sentit même un peu fier. Réprimant un sourire victorieux, il s'exclama :

— Tu es jalouse.

Elle fronça les sourcils, et même si elle mesurait dix centimètres de moins que lui, elle réussit à le regarder de haut.

— Va te faire foutre.

— C'est ce qu'on va voir.

Il avança et lui attrapa le poignet avant qu'elle puisse reculer, l'attirant à lui.

— N'y pense même pas.

— Oh, mais si, j'y pense, répondit-il d'une voix basse et rauque. Je me dis que j'ai envie de défaire ce nœud et de regarder ce pantalon retomber autour de tes chevilles, d'arracher ce t-shirt et de te jeter sur le lit. J'ai envie de te lécher les tétons, puis de t'embrasser jusqu'à ce que tu sois si mouillée que tu me supplies de te prendre.

Il regardait son visage, la chaleur qui montait dans ses yeux, le pouls qui s'était accéléré dans son cou et ses lèvres entrouvertes, prêtes à être embrassées.

— Je pense à tout ça et plus encore.

— Tu penses à elle.

Ces paroles étaient chuchotées avec accusation. C'était un aveu, bien plus qu'il ne l'aurait attendu de sa part.

— Non, dit-il doucement. Pas du tout.

— Qui est-ce ?

— Oh, trésor, tu m'as vu parler à Emma. Emily.

Elle redressa le menton, mais détourna le regard.

— Tu l'as embrassée.

— Oui, je crois.

Elle pinça les lèvres et se dégagea, puis elle s'essuya les paumes sur la polaire du pantalon.

— Qu'est-ce qu'elle fait ici ?

Il haussa une épaule.

— Elle s'est inquiétée quand on a disparu des radars, alors elle a décidé de mener sa propre enquête. Je lui ai dit de se calmer avant de gâcher quoi que ce soit.

Elle hocha lentement la tête.

— Vous vous connaissiez tous les deux avant Hades.

— Un peu. Nous nous sommes rapprochés au Texas.

Se dérobant toujours à son regard, elle demanda :

— Vous avez couché ensemble ?

— Quoi ?

Il fit un pas en arrière, réalisant sur le moment qu'il aurait dû le voir venir.

— Oh, chérie, non. Je n'ai jamais été proche d'elle à ce point.

Elle croisa les bras et pencha la tête.

— Vraiment ? Alors, il n'y avait rien entre vous deux à l'époque, ni maintenant ?

— Rien, répondit-il. C'est une amie. Une ancienne partenaire. Et nous travaillons ensemble. Je l'aime, mais comme une sœur.

Passant un doigt sous son menton, il releva sa tête.

— D'accord ?

Pendant un moment, il crut voir du soulagement dans ses yeux. Puis elle se secoua pour s'éloigner de lui.

— D'accord, dit-elle avec un haussement d'épaules. Ça n'a pas d'importance, de toute façon. Ce n'est pas comme si j'avais le droit d'être jalouse.

— Bien sûr que si.

Il se rapprocha, posant les mains sur ses épaules.

— Tu es ma femme, tu te souviens ?

— Winston, enfin...

— *Non*. Tu dis que notre mariage a été fondé sur un mensonge, mais tu n'as qu'à moitié raison. Les fondations étaient fausses, mais l'émotion était réelle.

— Ça ne marche pas comme ça, protesta-t-elle. La vérité, c'est primordial.

— Merde, Linda.

Bon sang, cette femme était exaspérante. Ils avaient vécu quelque chose de merveilleux et les vestiges de ce moment crépitaient encore entre eux.

— Pourquoi est-ce que tu luttes si fort contre ça ? Je sais ce que je ressens. Et, honnêtement, je sais ce que tu ressens.

— Tu crois ? Parce que je ressens surtout de la culpabilité.

Il pouvait entendre la colère dans sa voix, et la douleur aussi.

— Je t'ai fait du mal, et je suis là, à attendre que tout se casse à nouveau la figure.

— De quoi tu parles ?

— Tu crois que je pourrais supporter d'être avec toi au risque de te perdre à nouveau ? J'ai déjà souffert une fois, et c'était suffisant.

— Pourquoi me perdrais-tu ?

— Enfin, Winston. Tu me regardes comme si tu étais amoureux. Tu as pété un câble, à l'hôtel, pas parce que j'étais un agent chargé d'éliminer quelqu'un. C'était contre moi, personnellement, que tu étais furieux, pas dans le cadre de la mission. Parce que quelqu'un que tu aimais t'avait trahi.

Elle avait raison. Et cette trahison était au cœur de cette peur persistante qu'il venait d'avouer à Emma. Mais Emma aussi avait raison. Il serait parti pour la protéger, elle aussi. Son départ n'avait pas été une trahison. C'était le sacrifice ultime, par amour.

Ce qui soulevait la question suivante : si elle l'aimait si profondément à l'époque, pourquoi avait-elle si peur maintenant ?

Il prit une grande inspiration.

— Linda, s'il te plaît.

Mais elle se contenta de secouer la tête.

— Tu ne m'as jamais aimée, Winston. Ce n'est pas une question de calcul. C'est une vérité simple et fondamentale.

— Bien sûr que non ! s'écria-t-il. Et n'essaie pas de dire que tu ne m'aimais pas, toi non plus.

— Comment aurais-tu pu ? Tu ne connaissais même pas la Linda de l'époque.

Elle leva une main pour couper court à sa protestation et il ferma docilement la bouche en dépit de son envie de protester.

— Tu ne m'aimais pas, répéta-t-elle. Pas vraiment. Et un jour, tu t'en rendras compte. Peut-être que ce ne sera pas tout de suite, mais ça arrivera, et alors, tout se dérobera à nouveau sous nos pieds.

Une larme roula sur sa joue et elle l'essuya rageusement, comme si elle était en colère contre ses propres émotions traîtresses.

— Tu te trompes, dit-il. Je t'aimais, toi. Pas une ombre.

Il tendit la main pour prendre sa joue.

— Je t'aime toujours.

Elle secoua la tête, en proie à un intense chagrin.

— Ce n'est pas de l'amour. C'est de la sensiblerie et du regret. Tu ne me connais pas, Winston. Tu ne m'as jamais connue. Tu as connu une femme qui se faisait passer pour une criminelle qui se faisait passer pour une fille bien... Bon sang, tu vois, je ne me connaissais même pas moi-même.

— Linda...

— Tu sais que c'est vrai. Et je ne te connaissais pas non plus. Le shérif d'une petite ville tranquille ? C'étaient des conneries, tout ça.

Il voulait lui répondre qu'elle avait tort, mais ce n'était pas le cas. Chacun de ces faits énumérés était la pure vérité. C'étaient seulement les conclusions qu'elle en tirait qui ne correspondaient pas à sa réalité.

— Nous ne sommes pas...

Elle l'interrompit en levant la main.

— Non. Attends. Laisse-moi finir. On a reçu ce cadeau incroyable, l'occasion de se réconcilier, de guérir les blessures que je t'ai infligées. C'est formidable. Et... et je pense que c'est peut-être suffisant.

— Non, insista-t-il.

Elle laissa ses épaules se soulever et retomber.

— Eh bien, pas le choix.

Avec une inspiration, elle se redressa, retrouvant un air soudain parfaitement professionnel.

— Mais nous sommes ensemble jusqu'à ce que l'affaire Collins-Seagrave soit bouclée. Et nous savons tous les deux que l'attirance est réelle. Tout ce que tu voudras, Winston. Tout et n'importe quoi.

Un frisson le traversa, et pendant un moment, il resta là, à la dévisager, l'esprit tourbillonnant. Puis il fit un pas de plus, laissant son regard l'envelopper.

— Tout ce que je veux. N'importe quel désir. N'importe quelle exigence. Tout ce que je demande, tu seras d'accord ?

Elle hocha la tête et il remarqua ses tétons qui pointaient effrontément sous le vieux t-shirt élimé.

— Oui, dit-elle avant de s'humecter les lèvres. L'alchimie est réelle, je n'en doute pas. Et je pense que je te dois bien ça. Pas d'attaches, Winston. Pas de projets pour un avenir dont nous savons tous les deux qu'il ne peut pas exister.

Il s'avança en inspirant. Posant ses mains de part et d'autre de sa taille, il les fit glisser sous le t-shirt, les refermant sur ses seins lourds avant de pincer ses mamelons entre ses pouces et ses index.

Elle haleta, dans un mélange de surprise et de plaisir. Ses yeux se fermèrent et sa tête bascula en arrière. Lorsqu'il passa une main sur son ventre, puis sous sa ceinture, et encore plus bas jusqu'à caresser son sexe, elle se mordit les lèvres.

— N'importe quoi ? susurra-t-il. Tout ce que je veux ?

— Oui. Oh, s'il te plaît, oui.

Il retira sa main, libérant son mamelon du même coup.

Elle rouvrit les yeux.

— J'apprécie cette proposition, chérie, lui dit-il. Mais tu ne me dois rien du tout.

# CHAPITRE VINGT-DEUX

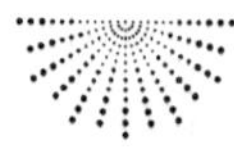

J e suis d'une humeur massacrante quand je quitte la chambre, et ça ne fait qu'empirer quand je vois Emily – ou plutôt Emma – rire avec Miriam et Dale dans la cuisine.

Elle se tourne vers moi, le visage irradiant de joie, et je vois son sourire s'éteindre à ma vue. Elle joue bien le jeu, cependant, c'est tout à son honneur.

— Salut ! lance-t-elle. J'allais dire à Dale et Miriam qu'on devrait aller à la boulangerie, toutes les deux. Rapporter des kolaches pour le petit déjeuner.

— Bonne idée.

Je leur adresse un grand sourire avant qu'Emma et moi nous dirigions vers la porte.

— Alors, ce n'est pas la réunion chaleureuse entre vieilles copines que j'espérais, dit-elle lorsque nous nous sommes éloignées sur le trottoir. C'est parce que j'ai fait un bisou à ton mari dans le jardin ?

Je m'arrête net et regarde son visage, puis j'éclate de rire, toute la tension quittant mon corps tandis que mes épaules s'affaissent. Je me sens pitoyable.

— Excuse-moi, lui dis-je. Je... Nous... Il y a eu un petit truc avec Winston.

Elle hausse les sourcils.

— Un petit truc ? répète-t-elle sur un ton suggestif. Je vois.

— En fait, non.

Je prends une inspiration et j'essaie de me remettre les idées en place.

— Tu m'as manqué. Vraiment. Winston t'a dit ce qui s'est passé ? Pourquoi je ne suis pas morte, je veux dire ?

Elle acquiesce. Les Kellogg vivent à un pâté de maisons de la place et nous sommes arrivées à l'intersection. Emma indique la boulangerie, une rue plus loin.

— Café et discussion, tout de suite, ordonne-t-elle. Avec des kolaches à emporter.

J'accepte, et quand nous arrivons, je m'assieds à l'une des petites tables sur le trottoir pendant qu'elle va chercher le café. Elle revient presque immédiatement, visiblement surprise.

— J'ai vécu trop longtemps dans les grandes villes, dit-elle. Le café est gratuit si on achète des pâtisseries, et ils m'ont crue sur parole quand j'ai dit que je reviendrais pour en acheter à emporter.

— Ça ne m'étonne pas. J'ai toujours aimé vivre à Hades, aussi, même avec les horreurs qui se tramaient.

— En plus, tu étais avec Winston.

Je soupire en me demandant à quel point j'ai merdé, tout à l'heure.

— Oui. Enfin, une illusion de Winston.

— Tu veux en parler ?

— Non, dis-je avant d'ajouter précipitamment : Il t'a embrassée, tout à l'heure.

— Oui. Une de ces bises sur le front qui cachent un abandon sauvage et passionné.

Je manque recracher le café que je viens d'avaler.

— J'avais oublié à quel point je t'apprécie.

Son sourire s'agrandit.

— C'est réciproque. Et peut-être que je l'ai embrassé pour te faire réagir. Je suis du genre culottée, tu sais.

Je me redresse, surprise.

— C'est ce que tu as fait ?

— Non. Honnêtement, je n'ai même pas pensé que tu pourrais regarder. Mais j'ai parlé avec Winston. Un peu de jalousie ne peut pas faire de mal.

— Excuse-moi ?

— Oh, allez, Lin. Je vous ai connus ensemble, à Hades, tu te souviens ? Et j'ai bien remarqué la façon dont il parlait de toi, ce matin. Même là, je vois la jalousie sur ton visage en ce moment.

Je m'assieds bien droit.

— Alors ?

— Tu l'aimes. Il t'aime. En quoi est-ce si difficile ?

— Ce n'est pas de l'amour, dis-je. C'est de l'attirance.

— Peut-être. Peut-être pas. Mais à l'époque, c'était de l'amour.

— Non. Ce n'était que l'illusion de l'amour. Nous vivions un mensonge.

— Pas un mensonge. Des bases un peu branlantes, c'est tout.

— Non, ce n'est pas...

— Écoute, m'interrompt-elle. J'ai vécu beaucoup de rôles.

Je pense que toi aussi. Mais quelque part, dans chacun d'eux, c'est toujours nous, pas vrai ?

J'aimerais objecter, mais je ne peux pas.

— Oui. Enfin, ça ne veut pas dire que…

— Tu me laisses finir ? C'est comme si tu allais voir un film. Et qu'à la fin, tu pleures. Je ne sais pas, *Elle et lui*. Ou la scène de la conférence de presse dans *Coup de foudre à Notting Hill*. Tu es toute retournée à l'intérieur, non ?

— Ma vie n'est pas un film.

— Je ne dis pas ça. Je dis que ces émotions que tu as ressenties sont réelles, n'est-ce pas ?

— Ce n'est pas la même chose, protesté-je.

— Peut-être pas, mais j'ai toujours raison.

Je me penche en arrière, les sourcils interrogateurs, mais elle hausse les épaules.

— Je suis du genre plutôt confiant, me dit-elle.

Je ne peux pas m'empêcher de rire.

— Oui, j'imagine.

— Honnêtement, si nous avions eu cette conversation il y a quelques mois, j'aurais été plus du côté de Linda que de Winston.

— Alors, qu'est-ce qui a changé ?

— J'ai rencontré un homme. On devait s'infiltrer quelque part, faire semblant d'être en couple. Il s'avère que c'est l'amour de ma vie.

Je prends conscience que je souris.

— C'est merveilleux.

— Oui, dit-elle. Vraiment.

Elle se penche par-dessus la table et effleure ma main.

— Fais-moi confiance. Arrête de lutter contre ça. Et arrête de penser au passé. Hades, c'est fini, mais Winston est toujours là, et je te promets qu'il fait partie des bons. Ne fiche pas tout en l'air, d'accord ?

J'acquiesce, émue par ses paroles.

Mais je ne peux pas faire une promesse que je ne suis peut-être pas en mesure de tenir.

---

Il y a une voiture dans l'allée quand nous rentrons, et je croise le regard d'Emma. Nous nous demandons toutes les deux qui ça peut être.

— Allez porter ces kolaches à la cuisine, nous dit Miriam en nous rejoignant sous le porche. Un vieil ami de travail de Winston est passé. Noah, je crois. Alors, on a dit à Winston qu'on allait leur laisser de la place. Il nous a demandé, si on vous croisait en chemin, de vous dire de les rejoindre.

Avec un immense sourire, elle ajoute :

— Alors, voilà, je vous le dis.

Je regarde vers la cuisine.

— Désolée de vous mettre à la porte de chez vous. Nous n'avons pas...

Dale m'interrompt d'un geste de la main.

— Mais non, c'est une excuse pour sortir prendre le petit déjeuner, et c'est toujours un plaisir. Allez-y, maintenant. Je suis sûr qu'ils vont apprécier les pâtisseries.

Quelques minutes plus tard, cette prédiction se vérifie, car les hommes attaquent le sac dès que nous nous asseyons.

— Tu veux que je parte ? me demande Emma.

Je secoue la tête en regardant Winston.

— Non.

Je devine un sourire dans ses yeux. Il se tourne vers Noah.

— Et vous ? Vous êtes d'accord pour qu'Emma reste ?

— Virer la petite amie de Tony ? Il aurait ma tête.

Le sourire d'Emma illumine son visage.

— Je vous ai reconnu dès le début. Tony a une photo de tous les gars de Délivrance sur sa commode, ajoute-t-elle en faisant référence à l'ancienne milice dont Noah a fait partie, selon Winston, avant de signer avec Damien Stark. Mais vous, comment m'avez-vous reconnue ?

— Vous plaisantez ? Il parle tellement de vous que j'ai demandé une photo. Je suis censé vous rencontrer officielle-ment quand je serai à Los Angeles, le mois prochain. Je suis content qu'on ait pu le faire plus tôt.

— Comme c'est adorable, dis-je en plaisantant.

Les yeux de Winston rencontrent les miens.

— Oui, en effet.

Je penche la tête, sachant que je devrais encore être énervée de notre dispute de ce matin, dans la chambre. J'y reviendrai tôt ou tard. Mais pour l'instant, il s'agit de notre mission.

Je me tourne vers Noah.

— Vous êtes ici. Ça veut dire que vous avez quelque chose ?

Noah ouvre sa mallette et en sort ce qui semble être un doigt en latex.

— C'est un peu plus sophistiqué que ça en a l'air.

— Je l'espère, parce que ça ressemble à quelque chose qu'on achèterait dans un magasin d'Halloween pour le mettre sur un paillasson et faire croire aux gens que des doigts démembrés traînent partout.

— Je vais voir si je peux en faire une activité secon-daire, plaisanta Noah. C'est un nouveau type de substance, en fait. Et elle peut être chauffée, par exemple réglée à 37 degrés.

— Vous pensez que l'ordinateur portable est sensible à la température ? demande Winston.

— Je ne sais pas. Mais j'ai mis en place les empreintes et la température, et j'ai un petit circuit électrique à l'intérieur du doigt pour simuler une impulsion. Vous avez dit que c'était important. Je ne veux pas prendre de risques avec ce que vous essayez de récupérer.

— J'apprécie, lui dis-je. Je n'ai aucun moyen d'évaluer la véracité de mes informations, mais on m'a dit qu'au moindre faux pas, les données s'autodétruiront. Et nous avons vraiment besoin de savoir ce qu'il y a sur cet ordinateur.

— Vous voulez que j'essaie de déverrouiller la machine moi-même ?

Je jette un coup d'œil à Winston. Je ne veux pas que les choses tournent mal, mais je crains aussi que quelqu'un d'autre que nous deux découvre ce qui pourrait s'afficher sur cet écran. Comme je l'avais prévu, Winston semble lire dans mes pensées.

Il secoue la tête.

— Merci quand même. Nous vous avons assez sollicité. Si ça foire maintenant, il n'y a rien que vous puissiez faire pour l'empêcher, n'est-ce pas ?

— Non, admit Noah, rien du tout. Alors, je peux aussi bien vous laisser me détester de loin.

Il repousse sa chaise de la table et Emma en fait de même.

— Vous rentrez à Austin ? lui demande-t-elle. J'ai loué une voiture à l'aéroport, alors j'aurais bien besoin d'un chauffeur.

Je jette un œil entre eux, puis vers Winston.

— Je ne voulais pas vous faire fuir si vite, lui dis-je.

— Mais si, c'est normal, répond Noah. Vous avez des choses à régler.

Je hausse les épaules.

— Coupable, je l'avoue. Allez-vous-en.

Ils rient tous les deux, puis Winston et moi les raccompagnons à la voiture de Noah. Je serre Emma dans mes bras, puis je salue Noah.

— Merci d'avoir fait tout ça sans poser de questions. Enfin, pas plus que le strict nécessaire.

Il resserre son étreinte et se penche près de mon oreille.

— Je ne sais pas ce qui se passe entre vous deux, mais je sais que cet homme est fou de vous. Je le sais, parce que je vois sur son visage la même chose que dans le miroir quand je pense à ma femme.

Je recule, les yeux baissés. Je ne sais pas si je dois être troublée ou insultée par sa remarque. La vérité, c'est que les paroles de Noah me rendent heureuse. Je relève enfin la tête et lui offre un petit sourire en haussant les épaules.

Winston serre la main de Noah, puis embrasse Emma sur la joue.

Nous les regardons reculer dans l'allée, puis nous retournons à l'intérieur. Au même moment, Winston tend la main vers la mienne, puis s'arrête et la laisse lentement retomber.

— Tu es toujours en colère ? demande-t-il.

Je secoue la tête.

— Non, tu as eu raison de refuser ma proposition. Nous avons besoin... enfin, en tout cas, moi j'ai besoin de temps pour y réfléchir. À nous deux, je veux dire. Et je ne pense pas que nous ayons l'espace nécessaire pour ça en ce moment.

C'est sûrement une piètre échappatoire, mais je ne suis pas prête à penser à ce qu'Emma ou Winston m'ont dit sur le lien entre le passé et le présent, sur les vérités émotionnelles et les mensonges purs et durs.

J'en ai envie, c'est indéniable, mais au-delà de ça, je suis toujours aux prises avec notre réalité.

— Alors, c'est non, clarifie-t-il. Mais ce n'est pas définitif.

— Je dis non pour le moment, lui confirmé-je. Ensuite, nous verrons bien.

Je lui adresse un sourire coquin pour détendre l'atmosphère.

— À moins que tu veuilles juste la partie sexuelle maintenant. Ça me convient.

— Laisse tomber, dit-il.

Mais il sourit quand il me tend la main.

— Non, pour l'instant. Marché conclu.

Le soulagement envahit mon corps lorsque je l'accepte, satisfaite par cette trêve tacite alors que nous retournons à l'intérieur.

L'ordinateur portable est toujours dans mon sac à dos, qu'il n'a pas quitté depuis le Stark Century Hotel. Maintenant, je le sors et le pose sur le lit de notre chambre. Je ne veux pas retourner à la table de la cuisine, au cas où les parents de Winston rentreraient.

— Je viens de penser que nous n'avons pas de chargeur pour la machine. Et si la batterie était à plat ?

Winston secoue la tête.

— Il n'y a pas de port de chargement. Ce truc fonctionne avec de bonnes vieilles piles. Crois-moi, ma mère en a plein qui traînent dans la maison.

— Ça ne m'étonne pas, dis-je en riant. Il ne voulait pas qu'un outil électronique entre dans cette machine. Il a préféré éviter tous les moyens de piratage. On peut pirater quelque chose à travers une ligne électrique ?

Winston hausse les épaules.

— Peut-être, mais ça dépasse mes compétences.

— Assez tergiversé. Tu es prêt ?

J'acquiesce, puis ouvre l'ordinateur et appuie sur le bouton d'alimentation. L'écran s'allume. Comme nous nous y attendions, il y a un message demandant que l'accès par empreinte digitale soit obtenu dans les soixante prochaines secondes, sinon l'ordinateur s'éteindra. Après trois tentatives sans succès, les informations du disque dur seront effacées.

— En avant, les jeux sont faits.

Winston prend le doigt en plastique et le presse délicatement sur le clavier. Je me penche vers lui, assis à côté de moi sur le lit, et lui serre la jambe. Nous retenons tous les deux notre souffle. Enfin, un déclic se produit, puis un vrombissement, et pendant un moment, je pense que l'écran va nous présenter du bruit blanc sous forme de neige. Mais ensuite, comme par magie, on aperçoit soudain un dossier, seul sur le fond d'écran. Il s'intitule *Hawthorne.*

— Je n'en reviens pas que ça ait marché.

Je réalise que je suis en train de chuchoter et je prends une inspiration.

— Clique dessus.

— Tu es sûre ?

— Nous avons fait tout ce chemin.

Il hoche la tête, puis utilise le pavé tactile pour cliquer sur le dossier. Il s'ouvre et nous le regardons tous les deux.

— C'est quoi, ce bordel ? souffle Winston.

Je fixe l'écran, mes pensées faisant écho à sa question.

C'est un fichier texte, avec deux lignes seulement :

*Bigelow-247*

*11-11-11*

— Qu'est-ce que ça veut dire ? demande Winston.

Je prends sa main et entrelace mes doigts avec les siens.

— Aucune idée.

Pourtant, ce message me paraît familier, mais je n'arrive pas à savoir pourquoi.

Après avoir réfléchi longuement, j'annonce à Winston que cela devrait me dire quelque chose.

— Quoi donc ?

— Je ne sais pas, avoué-je. Mais il y a quelque chose.

J'expire avec frustration.

— Peut-être que je pense à la 247. C'est familier, non ? Ou alors, les magasins sont ouverts 24 heures sur 24 et 7 jours sur 7. Quoi d'autre ?

— Les stations-service, dit-il. Certains restaurants, hôtels, aéroports, distributeurs automatiques de billets. La liste est assez longue. Ça pourrait être...

— Non. Non, c'est ça, dis-je, comme si je devais crier *Eureka !*

— Les distributeurs de billets ?

— L'hôtel Bigelow.

Je me tourne vers lui, fébrile.

— C'est là que Billy Hawthorne séjourne quand il va à Los Angeles. À l'hôtel Bigelow sur Sunset.

— Alors 247, c'est quoi ?

— Je ne sais pas, une chambre ?

Je fronce les sourcils.

— Enfin, ça n'a rien de sécurisé, avec tous ces gens qui vont et viennent.

— Une chambre forte, dit Winston. Ça doit être ça.

— Une chambre forte ?

Il acquiesce.

— Je m'en suis déjà servi pour diverses missions. C'est plus facile d'y accéder qu'à un coffre de banque, et ces hôtels ont des services à long terme. Il a stocké quelque chose dans la chambre forte 247. Je parierais de l'argent dessus.

— Tu es peut-être en train de parier sur nos vies, commenté-je. Si nous avons tort...

— Nous n'avons pas d'autre option. Et si nous vérifions et échouons, ni Hawthorne ni Bartlett ne le sauront, encore moins Seagrave ou Collins.

— Tu as raison, dis-je en fronçant les sourcils. Nous ne sommes pas en danger si nous avons tort, mais nous allons attirer beaucoup d'attention si nous avons raison.

— Ordinateur impénétrable, renchérit-il avec plus d'assurance que moi. Ils ne nous verront même pas arriver.

— Alors, la série de 1 est probablement le code de la chambre forte.

Winston opine.

— Tu sais ce que ça veut dire ? continué-je.

— Nous allons à Los Angeles ?

— Pas seulement LA. On va à la fête la plus en vue de l'année.

Il secoue la tête, visiblement perplexe.

— L'hôtel Bigelow accueille une énorme fête tous les ans. L'hôtel entier est pris d'assaut par le gratin, tous ceux qui veulent voir et être vus. Bartlett y est allé ces deux dernières années.

— Et tu le sais parce que... ?

— J'ai lu son dossier avant que Hawthorne ne m'envoie à sa recherche. Il fait de la comptabilité pour des célébrités, des gens richissimes, ce genre de gros bonnets. D'après ce que j'ai entendu, c'est une énorme fiesta complètement débridée. Alcool, drogues, tout est permis. Personne ne fera attention à nous si on essaie de consulter les coffres.

— Excellent.

— Sauf que nous avons deux problèmes. Primo, la fête est ce soir, ce qui veut dire que nous sommes dans le mauvais

État. Et secundo, c'est atrocement exclusif. Je ne sais pas comment on peut y entrer dans un délai aussi court.

Winston fronça les sourcils, essayant manifestement de trouver une solution à ce petit problème. Puis, comme s'il avait avalé un rayon de soleil, son visage s'illumina d'un sourire.

— Trésor, dit-il. Je pense savoir comment y arriver.

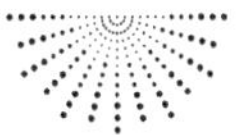

# CHAPITRE VINGT-TROIS

Ryan Hunter ouvrit sa porte d'entrée et arqua les sourcils, curieux, lorsque Winston lui tendit une boîte blanche.

— Je viens avec des cadeaux, déclara-t-il.

— C'est un pot-de-vin ?

Winston haussa les épaules.

— Appelle ça comme tu veux. J'ai besoin d'un service. Je reviens du Texas avec les cupcakes de ma mère. Linda m'a aidé à en faire, ajouta-t-il en guettant la réaction sur le visage de son patron.

Il ne fallut pas longtemps. Les yeux bleus de Ryan s'agrandirent, et pendant un moment, il resta sans voix. Pour Winston, c'était une première.

Il fit un pas en arrière en tenant la porte ouverte pour que Winston puisse entrer.

— Que se passe-t-il ?

— On peut parler ici ? En toute confidentialité, je veux dire ?

Ryan leva un doigt et fit signe à Winston de le suivre dans la cuisine.

La femme de Ryan, Jamie Archer Hunter, se tenait près d'une cafetière, attendant apparemment qu'elle finisse de chauffer. Elle leva les yeux, son sourire digne des appareils photo.

— Winston. Je pensais que vous n'étiez pas en ville.

— Maintenant, si. De retour pour un moment, mais pas encore au bureau. J'ai une faveur à demander à votre mari.

— Je pense que c'est mon signal pour partir.

— Désolé, chaton, lui dit Ryan en effleurant le bout de ses doigts dans un geste qui fit naître la mélancolie chez Winston.

Il avait connu cette familiarité facile avec Linda, autrefois. Il voulait la retrouver.

— Pas de problème, dit Jamie. J'ai juste besoin d'une tasse à emporter, puis je dois me rendre sur le plateau. Un tournage de nuit.

D'après ce que savait Winston, Jamie travaillait comme présentatrice télévisée, mais plus récemment, elle avait accepté quelques cachets d'actrice. Elle était assez talentueuse et assez jolie pour avoir de bonnes chances de succès.

Elle posa un couvercle sur son café, puis sourit de nouveau à Winston.

— J'espère que Ryan pourra vous aider.

Elle attira son mari et lui déposa un rapide baiser sur les lèvres.

— On se voit quand je rentre, lui dit-elle avant de le quitter.

— Je suis désolé de te déranger chez toi le soir, mais j'ai besoin d'un service et c'est urgent.

— En rapport avec la mission ? demanda Ryan. Ce n'est pas le SOC qui dirige les opérations ?

— Si, mais ce n'est pas quelque chose dont je peux parler à Seagrave.

Les sourcils de Ryan se levèrent et il fit signe à Winston de prendre place à la table de la cuisine.

— Bon, tu as toute mon attention.

Winston se racla la gorge. Il ne voulait pas suggérer que Seagrave puisse tremper dans des affaires louches. Il ne voulait pas ternir l'image que Ryan avait de cet homme avant d'en être absolument certain.

— Disons simplement que je fais des économies sur cette mission et je préfère qu'il ne le sache pas.

— Très bien, on va dire ça. Plus tard, tu pourras me dire la vraie vérité. Marché conclu ?

Winston dut réprimer un sourire.

— Marché conclu.

Ryan s'adossa dans sa chaise, les jambes allongées.

— Je plaisante, tu sais. Je te fais confiance. Si tu as besoin de quelque chose, je t'aiderai à l'obtenir. Sans condition.

— J'apprécie. Mais je finirai par te le dire. Si tout se passe bien, tu le sauras parce que je te le raconterai. Et si ça rate, tu en entendras parler de toute façon, et pas seulement par moi.

Ryan hocha lentement la tête.

— Bon, d'accord. De quoi as-tu besoin exactement ?

— Leah a dit que vous aviez intégré un gars d'Hollywood à l'équipe ? C'est vrai ?

— Renly Cooper. Je ne sais pas s'il apprécierait qu'on le qualifie de gars d'Hollywood. C'est un ancien Navy Seal. Il travaille comme consultant maintenant, surtout sur les films d'action.

— Oui, c'est ce qu'elle m'a dit.

L'idée était si intrigante pour Winston qu'il s'en était servi comme couverture avec Linda lorsqu'il l'avait surprise dans la chambre d'hôtel. Cela remontait-il à quelques jours seulement ? On aurait dit que c'était il y a une éternité.

— Ce qui m'intéresse vraiment, ce sont les gens qu'il connaît. Apparemment, il est sorti avec des célébrités.

— On s'intéresse aux potins people ? Ça m'étonne de toi.

— Très drôle, dit Winston sèchement. Non, j'ai besoin d'accéder à une fête. Apparemment, c'est un haut lieu très sélect, sur invitations seulement.

Il fronça les sourcils.

— En fait, j'aurais sûrement pu demander à Jamie. Ou Damien.

— Damien et Nikki ne rentrent que très tard ce soir, et même si Jamie est capable de tirer quelques ficelles, elle n'est pas encore au sommet de l'échelle d'Hollywood. Renly est un meilleur choix. Comme ça, il aura l'impression de faire déjà partie de l'équipe. As-tu besoin de lui sur place avec toi ? J'imagine que tu n'y vas pas seulement pour étendre ton réseau.

— Honnêtement ? Je vais m'introduire dans une chambre forte.

Ryan éclata de rire.

— Eh bien, maintenant je veux absolument entendre cette histoire une fois que tu pourras me la raconter. Je ne peux pas te faire de promesses, mais je peux te mettre en contact avec Renly. Tu es prêt à lui dire ce que tu as l'intention de faire ? Je ne pense pas qu'il voudra aller là-bas sans savoir ce qui est en jeu.

C'était cohérent. En toute franchise, Winston n'y avait pas réfléchi.

— Je lui dirai tout ce que je peux et je lui ferai connaître les risques.

— Dans ce cas, je vais organiser une rencontre. Quand a lieu cette fête ?

— Elle commence à vingt-deux heures.

Les yeux de Ryan s'agrandirent.

— Ce soir.

Winston haussa les épaules.

— Je ne fais pas les choses à moitié.

Ryan expira, puis se leva.

— Dans ce cas, je vais organiser une réunion tout de suite.

---

Renly Cooper appuya sur l'interphone de la limousine et demanda au chauffeur de faire le tour du quartier une fois de plus.

— Joli moyen de transport, commenta Winston.

Renly sourit, ses yeux dorés dansant avec humour dans la faible lumière de la limousine.

— Ce n'est pas une habitude.

Il était assis en face de Winston et Linda, et les ampoules du plafonnier faisaient briller les cheveux cuivrés qu'il se permettait de porter plus long, à présent qu'il n'était plus dans l'armée. Il avait la carrure d'un Navy SEAL, certes, mais le physique d'une star de cinéma. Winston se demandait si c'était son ambition. Et, si oui, pourquoi diable il avait signé avec Stark Sécurité.

En l'espèce, il appréciait ce type, mais il ne savait pas trop quoi penser de lui. Cependant, il les faisait entrer à la fête sans poser de questions, et Winston ne pouvait pas s'en plaindre.

— Je vous imagine dans une Porsche, dit Linda, faisant rire Renly.

— On me le dit souvent. En fait, j'ai une moto, pas une voiture. Une Ducati. Mais je me disais que votre robe ne ferait pas l'affaire, dit-il avec un sourire charmeur. Pas sur une moto, en tout cas.

Linda se mit à rire et Winston réprima l'envie de lancer à Renly un regard sévère, sans parler d'un coup de poing sur la lèvre. Il savait que Renly ne faisait que plaisanter, mais Linda était à lui, bon sang. Quant à cette robe, avec sa fente jusqu'à la hanche et son corsage qui semblait vouloir tomber de ses épaules au moindre souffle de vent, eh bien... il regrettait déjà leur décision de ne pas s'engager.

Bien sûr, pour le moment, c'était sans importance. Ils étaient ici pour accomplir une mission. Après un autre tour de pâté de maisons, il serait temps d'entrer au Bigelow et de faire un pas de géant dans cette opération.

— ... avantage du métier, disait Renly.

Winston se rendit compte qu'il n'avait pas écouté la conversation.

— Pardon ?

— Je disais à Linda que la limousine était une faveur d'un producteur avec qui je travaillais. Une équipe d'anciens militaires en tout genre se bat contre un calamar géant. Et j'ai vu le premier montage. Étonnamment, c'est très bon.

Winston s'esclaffa.

— Et vous avez été consulté pour votre grande expérience en matière d'extraterrestres ?

Renly sourit.

— Eh bien, je pourrais vous le dire, mais ensuite, je devrai vous tuer.

— C'est juste.

Winston réussit à garder un visage impassible. Il décida qu'il aimait bien ce gars.

— Je disais aussi qu'il faut se présenter à une fête comme celle-ci avec du style. Croyez-moi, j'ai été traîné de force à plusieurs de ces événements.

Linda se pencha en avant.

— Vous avez dit que le personnel restait habituellement jusqu'à minuit environ, puis l'hôte les incite à partir ?

— Le personnel sera incité à rentrer chez lui ou à regarder ailleurs. Puisque vous avez besoin d'accéder aux arrière-salles, ce sera le moment. Vous ne serez pas les seuls, cependant. Tout le monde n'a pas forcément envie de trouver un coin tranquille lors d'une fête comme celle-ci, mais certains préfèrent avoir leur intimité.

— Comme celle-ci ? répéta-t-elle avant de regarder Winston. Comment ça ?

Ce dernier leva les mains.

— Moi, c'est la première fois que j'en entends parler.

— Oui, c'est ce genre de fêtes-là. J'imagine que vous êtes au moins très bons amis.

Linda le regarda et il crut remarquer un léger amusement sur ses traits. Et lui qui essayait de rester maître de ses émotions.

— Oui, répondit-elle lentement. Nous sommes bons amis.

— Bon à savoir. Voilà, on y est presque. Je viendrai avec vous s'il le faut, mais je vous ai mis sur une liste. Alors, je ne reste pas, sauf si vous avez besoin de moi pour votre opération.

— Merci, mais nous avons tout sous contrôle.

Renly paraissait satisfait.

— Pourquoi ne pas rester ? insista Linda. Une fête à Hollywood, et vous êtes dans le milieu...

Il secoua la tête.

— Non.

Winston attendit qu'il développe, mais Renly garda le silence.

— Eh bien, dit-il lorsque le voiturier vint ouvrir la portière de la limousine. C'est parti.

Alors que l'homme en uniforme aidait Linda à sortir de la limousine, Renly baissa la voix.

— L'alarme est désactivée pendant ces fêtes, mais elle se remet en marche à quatre heures. Et il y a un garde qui patrouille dans la zone arrière. Principalement dans les bureaux derrière la chambre forte. Il ne devrait pas se retrouver dans vos pattes, mais il fait quelques passages dans ce couloir. Évitez-le. Je ne connais pas son emploi du temps, je sais seulement que son service se termine à six heures.

— On va s'en sortir.

Renly hocha la tête.

— Rappelez-vous, allez dans la pièce du fond quand le personnel s'en ira. Vous sortirez par le côté opposé et suivrez le couloir jusqu'à la salle des coffres. Ne fermez pas la porte de la chambre forte. Ma source ignore s'il existe des contre-mesures en cas d'accès après les heures d'ouverture. Vous pourriez être bloqués à l'intérieur.

— Mais le code d'entrée ? fit Winston. Est-ce qu'il déclenche une alarme silencieuse ?

— 90 % de chances que non, mais vous devrez faire avec ces 10 % d'incertitude.

Cela ne l'enchantait pas, mais il acquiesça.

— Comment avez-vous obtenu le code, au fait ?

Renly haussa les épaules.

— J'ai mes entrées. Et j'ai appris que, même si je n'ai aucun pouvoir réel dans cette industrie, je suis revêtu de l'illusion du pouvoir. Ça me sera utile dans mon travail pour l'agence, je pense. Je me suis dit que j'allais faire un essai.

— Il y a une femme qui travaille là-dedans et qui vous a révélé quelques secrets, n'est-ce pas ?

Renly se contenta de sourire d'un air évasif.

— Bonne chance.

— Je vous en dois une, lui dit Winston avant de sortir de la limousine pour prendre le bras de Linda.

Elle se tourna pour rencontrer son regard, les yeux brillants.

— Je ne suis jamais allée à une fête comme celle-ci. On y va ?

Il passa son bras sous le sien.

— En avant.

La limousine s'était arrêtée à une entrée privée, dans les collines derrière l'hôtel, et non à l'entrée publique plus visible sur Sunset.

Deux portiers prirent leurs noms – des faux, évidemment –, puis ouvrirent les doubles portes en verre et les firent entrer dans l'hôtel sombre. L'éclairage tamisé était parfait pour empêcher les gens de trébucher dans le noir tout en mettant en valeur les robes décolletées, la peau et les regards sensuels. Au bout de deux pas, ils eurent la certitude que cette fête ne ressemblerait à aucune autre.

— Tu vois quelqu'un de familier ?

Winston regarda autour de lui, remarquant au moins une dizaine de vedettes de série B d'Hollywood et quelques stars de premier plan.

— C'est clairement l'endroit le plus en vue de la ville, commenta-t-il en énumérant les noms.

Elle sourit sans répondre.

— Quoi ?

— Je sais que c'est en partie parce que tu as été élevé chez ton père, mais j'ai toujours aimé tes impressionnantes connaissances cinématographiques. Classiques, films actuels, et même la télé. Et en plus de ça, tu sauves le monde sur tes heures perdues.

— J'essaie, en tout cas. Au moins un peu.

Il désigna de la tête le vaste hall où ils se trouvaient.

— C'est la réception, non ?

Elle suivit sa ligne de mire jusqu'à l'espace situé de l'autre côté de la pièce de type atrium.

— On dirait bien. Alors, on passe derrière le comptoir, puis il devrait y avoir une zone ouverte, c'est ça ?

Il hocha la tête, suivant mentalement la carte dans son esprit.

— Ça mène à la pièce du fond, et de là, à la chambre forte.

— Et nous verrons si le code que Renly a obtenu pour la salle des coffres fonctionne.

— Sinon, on peut essayer de le pirater.

Son téléphone avait un logiciel intéressant installé par l'agence.

— Mais espérons que nous n'en arriverons pas là. D'autant que je ne suis pas sûr de savoir comment gérer ça discrètement.

— Nous devons espérer que les personnes à proximité sont occupées.

Elle jeta un coup d'œil dans la pièce, puis se tourna vers lui avec un sourire séduisant.

— C'est visiblement le cas.

C'était vrai. Alors qu'il s'attendait à ce que les participants se mêlent aux autres et que les discussions aillent bon train, cette fête ne semblait pas aussi tapageuse. Les gens se mettaient par deux, et pas seulement. Si l'endroit avait été rempli de caisses enregistreuses, ils auraient pu les vider sans que personne ne le remarque.

— Bonjour, vous.

Winston se tourna vers la voix derrière lui. Une blonde effrontée aux cheveux courts et bouclés se tenait aux côtés d'un homme grand, large d'épaules et au regard imposant, qui aurait toute sa place dans une salle de réunion. Winston le reconnut, c'était Matthew Holt, l'un des acteurs les plus puissants d'Hollywood, un homme à la réputation douteuse et redoutable.

Il prit la main de Linda et salua le couple d'un signe de tête.

— Nous allons par là-bas, dit la blonde, indiquant un coin sombre à l'autre bout du hall. Vous êtes les bienvenus si vous voulez nous rejoindre.

— Oh, fit Winston, bredouillant presque.

*Merde. Il aurait dû être préparé à cela...*

— C'est très tentant, dit Linda en se blottissant contre lui. Mais il vient de me faire les promesses les plus décadentes et je ne suis pas une fille qui aime partager.

— Oh, mais...

— Viens, Carrie, dit Holt. Nous allons te trouver une autre tentation.

Il toisa Linda du regard avec approbation et adressa un hochement de tête à Winston, puis il prit le coude de Carrie et l'emmena plus loin.

— Est-ce qu'elle demande ce que je pense...

— Oui, répondit Linda en l'entraînant dans la direction opposée, vers le comptoir de la réception. Et tu pourras me remercier plus tard d'avoir sauvé ton cul. Et d'autres parties de ta personne.

Elle le tira par le bras pour qu'il s'arrête, puis se plaqua contre lui, ses bras autour de son cou.

— Ou peut-être que tu aimerais ? C'est vrai, tu m'as dit non, à moi, mais ça n'incluait pas toutes les femmes.

Elle se hissa sur ses orteils et passa ses lèvres sur son oreille.

— À moins que si ?

— Arrête ça.

Il regrettait que son corps réagisse, mais c'était peine perdue.

Elle émit le genre de geignement guttural spécialement conçu pour l'exciter.

— Eh bien, tu es intéressé, au moins.

Elle se trémoussa contre lui, éveillant son membre encore plus.

— Beaucoup, apparemment.

— La mission, dit-il résolument en essayant de rester impassible. Le personnel est sur le point de partir. Allons dans l'arrière-salle.

— Oui, monsieur.

Elle s'écarta d'un mouvement joueur, puis elle lui prit la main.

— Attends, dit-il en la faisant s'arrêter Prends ça.

Il fouilla dans la poche de sa veste et en sortit la bague qu'il lui avait confisquée le premier soir.

— Que...

— Au cas où nous en aurions besoin, précisa-t-il en la glissant à son doigt.

Aucun d'eux n'était armé. Renly leur avait parlé des détecteurs de métaux. Si la situation se dégradait, cette bague pourrait bien être leur arme la plus puissante.

Elle leva la main et l'admira un moment. Puis elle inclina

la tête en arrière et rencontra ses yeux. Peut-être était-ce la lumière, mais il y avait quelque chose sur son visage. Il semblait ouvert et heureux, pourtant dans ses yeux brillait un soupçon de larmes.

— Linda ? Qu'est-ce qu'il y a ?

— Je viens de réaliser que je n'étais pas vraiment sûre. Pas depuis que nous sommes sortis de cette chambre d'hôtel à Austin.

— Sûre de quoi ?

Ses épaules nues montèrent et descendirent, rendant cette robe légère encore plus séduisante.

— Si tu me croyais. Si tu me faisais vraiment confiance.

Elle désigna la bague.

— Mais je comprends que si.

Il lui prit le menton et se pencha pour déposer un doux baiser sur ses lèvres.

— Je t'aime, lui dit-il. Je ne te faisais pas confiance quand je t'ai revue pour la première fois. Pas plus quand je t'ai attachée. Je n'aurais certainement pas dû, quand tu as approché ce verre brisé de ma gorge, mais je t'ai fait confiance à ce moment-là. Et maintenant, je te fais entièrement confiance. Peut-être que j'aurais dû te le dire.

— Tu viens de le faire, répondit-elle en agitant la bague. Viens.

Elle le conduisit à travers la foule, au-delà du comptoir d'accueil, en direction de la fameuse arrière-salle. Il poussa la porte et ils entrèrent. Plus sombre que la première, celle-ci était éclairée à la bougie. C'était une sorte de salon pour le personnel, avec des bancs rembourrés, des canapés et des chaises éparpillés partout.

Linda l'entraîna après le seuil.

— La porte du couloir dont nous avons besoin se trouve

là-bas, dit-elle en désignant de la tête le coin que Renly avait décrit. Nous aurions dû arriver ici plus tôt.

Il fronça les sourcils en remarquant le couple en pleine étreinte intime juste à côté de cette porte.

— Eh bien, nous avons encore du temps avant que le personnel ne s'en aille. Ils ne peuvent pas rester là toute la nuit.

La main de Linda était toujours dans la sienne, et maintenant, elle la serrait avant de la tirer.

— J'ai une meilleure idée.

Elle commença à ouvrir la voie vers la porte et le couple.

— Qu'est-ce que tu fais ?

— Soit ils seront gênés et partiront si on s'en approche, soit ils nous demanderont de les rejoindre, auquel cas on pourra proposer un endroit un peu plus isolé. Quoi qu'il en soit, ils s'en iront.

Ce n'était pas un bon plan, mais c'était mieux que rien. Il la suivit jusqu'à se retrouver à un mètre environ de l'autre couple. À moitié habillés, ils leur prêtèrent à peine attention.

Linda s'adossa contre le mur et il se pencha en avant.

— Ils ne sont même pas intéressés, chuchota-t-il.

— Non.

Puis, avant qu'il puisse protester, elle lui prit la main et la pressa contre sa poitrine. Il commença à reculer, mais elle le maintint fermement en place, d'une main, tandis que l'autre lui caressait les fesses.

— Linda, non. Nous avions un accord.

— Non, tu avais un ultimatum.

Elle retira sa main assez longtemps pour faire glisser la fermeture de sa robe sur le côté, libérant sa poitrine.

— Seigneur, Linda.

Sans le quitter du regard, elle desserra l'autre lanière, de telle sorte que le tissu ne soit plus retenu que par sa main sur sa poitrine.

— On s'en fiche des règles, murmura-t-elle. Nous sommes ici, nous avons le temps et j'ai envie de toi. J'ai envie de *ça*, ajouta-t-elle. Tu dis qu'on ne se connaissait pas à l'époque ? Et alors ? On n'a jamais rien fait de tel à Hades, mais je le veux maintenant. Je *te* veux maintenant.

Elle respirait péniblement, son expression exsudant la passion farouche.

— Alors dis-moi, Winston, continua-t-elle alors que son cœur battait dans sa poitrine et que son membre prenait le contrôle de ses pensées rationnelles. Est-ce que tu me veux comme ça ? Ou est-ce que tu veux juste t'en aller ?

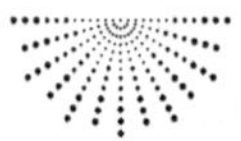

# CHAPITRE VINGT-QUATRE

Je m'attends à ce qu'il me repousse – gentiment, peut-être –, mais je m'attends tout de même à un refus. Il a fixé des limites, après tout, et je suis manifestement en train de les dépasser.

Voilà pourquoi je sursaute lorsqu'il déplace ses mains pour me plaquer contre le mur, refermant brutalement sa bouche sur la mienne. C'est un baiser violent et revendicateur. La passion ardente qui s'en dégage me touche au plus profond de mon être. *C'est ce que je veux.* Je veux son corps. Je veux tout.

Et je le veux même ici. C'est peut-être dingue, mais je veux lui prouver, à lui et au monde entier, que j'appartiens à cet homme. Qu'il y a une chaleur brute, primale et invincible qui crépite entre nous, sauvage et intense.

— Je pensais que tu ne voulais pas, lui dis-je.

— C'est toi que je veux.

Ces paroles sont catégoriques et je voudrais m'y raccrocher, me cacher derrière et les utiliser comme refuge. Est-ce vraiment moi qu'il veut, ou la femme d'autrefois ? À moins qu'il cherche simplement une femme à caresser ?

Comme s'il lisait dans mes pensées, il détache l'autre lanière, exposant mes deux seins à la lueur de la pièce.

— Tu es à moi, dit-il. Avant, maintenant, pour toujours. Je le sais. Et je me donne pour mission de m'assurer que tu le saches aussi.

— Je...

Il me fait taire par un baiser, une main caressant mon sein tandis que l'autre s'aventure vers le bas pour trouver la fente de ma robe.

— Est-ce vraiment une conversation que tu veux avoir ? murmura-t-il, sa bouche à mon oreille alors que sa main trouve ma minuscule culotte.

Il l'écarte et ses doigts s'enfoncent profondément en moi.

— Oh, trésor, tu aimes ça.

— Oui, chuchoté-je.

Je suis désespérément mouillée, ma peau est en feu et mes tétons si tendus que c'est douloureux. Je peux difficilement dire non.

— Dis-moi que tu es à moi, demande-t-il en pinçant mon clitoris, me faisant haleter.

Nous n'avions jamais joué à ce genre de jeux avant. M'attacher à l'hôtel, c'était une première. Et là, c'en est une autre. Oui, j'aime ça.

— Dis-le, exige-t-il.

— Je suis à toi. Tu le sais bien.

Le mot est à peine sorti de ma bouche que je halète, car il m'a arraché le petit string.

Je remarque à peine qu'il le fourre dans sa poche, puis soulève ma jambe, l'accrochant à sa hanche. J'écarquille les yeux lorsqu'il ouvre sa braguette.

— Tu es sûr ? chuchoté-je

Mais au moment même où je le demande, je saisis son membre et le caresse lentement. Il gémit à mon oreille. Mon corps tout entier est tendu par le besoin, mon sexe palpite à l'idée de ce jeu délicieusement coquin.

— Il faut se fondre dans l'ambiance, dit-il avant de m'embrasser, longuement et passionnément. Mets tes bras autour de mon cou, ordonne-t-il.

Je m'exécute. Ma cuisse est toujours sur sa hanche et il utilise une main pour soutenir mes fesses, une autre pour se guider vers mon entrejambe. Un observateur extérieur saurait exactement ce que nous faisons, mais je doute que quelqu'un nous épie. Après tout, il y a un couple, à quelques mètres de là, et je ne leur prête pas la moindre attention.

— S'il te plaît, supplié-je alors que son gland me taquine.

Il vient saisir mes hanches et les siennes s'avancent. Puis il m'embrasse fort pour étouffer mon cri de douleur mêlé d'extase lorsqu'il me remplit par une poussée forte et profonde.

Il me tient d'une main et je m'accroche à lui, le dos contre le mur, me laissant baiser vigoureusement. Ses doigts attisent mon clitoris et mon esprit s'attarde sur l'endroit où nous sommes et ce que nous faisons. J'avais perdu cet homme, il y a des années, et maintenant je suis dans ses bras, à la fête la plus torride et la plus sexy d'Hollywood. Il me fait perdre la tête.

Le monde est vraiment un drôle d'endroit, parfois.

— Jouis pour moi, bébé, souffle-t-il.

Ces mots sensuels résonnent dans ma tête. Je ne veux pas le faire. Je veux que ça dure. Mais sa queue et ses mains mènent le bal. Il joue de moi comme d'un instrument, et quand il murmure : « Maintenant », mon corps tout entier se contracte et tremble. Je dois mordre son épaule pour me retenir de crier alors que l'orgasme me traverse par vagues jusqu'à ce qu'enfin, la réalité revienne et que Winston me dépose sur mes pieds avant de sortir un mouchoir de sa poche pour me nettoyer délicatement.

Il jette un coup d'œil vers la porte, où l'autre couple s'embrassait encore quelques instants auparavant.

— Ils sont partis, dit-il. Mais si c'était une compétition, je pense que nous avons gagné.

Je ris contre son épaule tout en remettant ma robe en place, le visage brûlant, tout comme le reste de mon corps.

— Je n'en reviens pas qu'on ait fait ça.

Je lève la tête pour le regarder, me sentant soudainement timide.

— Mais ça m'a plu.

Il y a encore de la chaleur dans ses yeux et le coin de ses lèvres se recourbe.

— Moi aussi, ma chérie.

Il se penche et m'embrasse si tendrement que j'ai envie de fondre dans ses bras. J'ai l'impression que quelque chose a changé entre nous, mais je ne sais pas quoi et nous n'avons pas le temps de l'analyser.

— La porte, dis-je. On devrait y aller avant que quelqu'un d'autre ne vienne profiter de l'obscurité.

Il acquiesce et nous franchissons la courte distance qui nous sépare de la porte. Le clavier est exactement comme Renly l'avait décrit et nous saisissons le code qu'il nous a donné en espérant que sa source était exacte. Un bip se fait entendre, puis un déclic quand la serrure se libère. Nous l'ouvrons juste assez pour nous faufiler et la refermons derrière nous.

— Je vais nous porter la poisse si je dis que c'était facile ?

Je distingue à peine le sourire de Winston dans le noir.

— Ne le dis pas. Juste au cas où.

Il me prend la main.

— Viens, ajoute-t-il alors que nous nous empressons de descendre le couloir sombre jusqu'à la porte de la chambre forte.

— C'est maintenant que nous allons découvrir à quel point Renly est spectaculaire au lit, dis-je.

— Comment ça ? répond Winston en riant.

Je hausse les épaules, bien qu'il ne puisse pas me voir.

— Cette femme a renoncé à beaucoup en lui donnant ce code et celui de cette salle. Tout ce que je dis, c'est que j'espère que ce qu'elle a obtenu ou ce qu'il a promis en valait la peine.

— Oui, nous allons le découvrir.

Il tape le code d'entrée que Renly nous a donné, chaque pression émettant un petit tintement aigu. Je lui tiens l'autre main, la serrant à chaque note. De temps à autre, je jette un œil dans le couloir à la recherche de quelqu'un susceptible de nous arrêter, mais si nous sommes observés, personne ne se montre.

— Et voilà, dit-il.

Nous nous glissons dans la chambre forte, la laissant entrouverte, bloquée par ma chaussure en guise de défense contre la sécurité de verrouillage que Renly a mentionnée.

— Bon, dis-je en utilisant mon téléphone comme lampe, maintenant que nous sommes à l'écart des regards potentiellement indiscrets. Coffre 247.

Il hoche la tête, visiblement crispé.

— Essaie la combinaison. 11-11-11, me rappelle-t-il.

Je m'exécute, saisissant la série de 1, ou du moins j'essaie. Mais rien ne se passe. Après avoir appuyé sur la touche *entrée*, je perçois un faible bourdonnement, comme le son qu'entendent les perdants dans un jeu télévisé.

— Ces six chiffres ne lui conviennent pas, dis-je. Peut-être que ce ne sont pas des 1.

J'essaie d'utiliser l'alphabet, mais quand je regarde mon téléphone, je me rends compte qu'aucune lettre n'est associée au chiffre 1. Pas plus que 11, d'ailleurs.

— *Merde*. On a le mauvais code.

— Non, dit-il d'une voix sèche, urgente. Non, je refuse de le croire. Nous sommes ici dans un hôtel qu'il fréquentait, avec un numéro de coffre qu'il a référencé. Nous avons entré le code qu'il s'est noté lui-même.

— Sauf qu'il y a une faille dans ta logique, observé-je. Parce que le code d'accès ne fonctionne pas... Oh *!*

Il se tourne vers moi, la lumière de son téléphone m'éclairant comme un projecteur.

— Quoi ?

— C'était pour lui-même. Comme tu l'as dit. Ce n'est pas le code. C'est un indice pour le code.

— Super, dit Winston. Génial. S'il était vivant et à nos côtés, ce ne serait pas un problème du tout.

— Du binaire. Ce gars était manifestement un technicien. Des 1 et des 0, ça fonctionne comme ça, non ? La combinaison est en binaire.

— Et c'est quoi, un 11 binaire converti en décimal ? demande-t-il.

Je tends les mains.

— Comment veux-tu que je le sache ?

Il secoue la tête, prouvant ainsi que ce n'est pas sans raison que nous sommes tous deux agents de terrain et non pirates informatiques.

— Attends, dit-il en effectuant une recherche sur son téléphone, qui, par miracle, a du réseau. C'est 3, dit-il. Essaie 3-3-3.

Je le fais.

*Rien.*

— J'ai raison, insisté-je. C'est le mot que Bartlett s'est laissé à lui-même. Comme quand j'écris C&T sur ma liste de courses quand j'ai besoin de café et de thé. C'est binaire, dis-je en triturant le convertisseur binaire que j'ai trouvé sur mon téléphone. Mais il nous manque quelque chose.

— Peut-être. Seulement, je ne sais pas quoi.

Moi non plus. Ou peut-être que je m'en approche. Mais cela n'a pas d'importance, parce qu'au même moment, le garde dont Renly nous a parlé fait sa ronde dans le couloir.

Winston l'a entendu, lui aussi. Il éteint la lumière de son téléphone. Il y a une petite lueur provenant des lumières LED sur les différentes combinaisons de boîtes, juste assez pour que je puisse voir son visage.

Je désigne la porte de la chambre forte et ma chaussure. *Faut-il prendre le risque de la retirer ?*

Les bruits de pas se rapprochent.

Il secoue la tête et je comprends. Si la porte se ferme, nous serons probablement coincés jusqu'au matin, et ce sera encore plus compliqué de sortir quand quelqu'un voudra accéder à la chambre forte.

Je cherche mon étui de cuisse pour me rendre compte que je ne le porte pas. Tout ce que j'ai, c'est ma bague, ce qui nécessite une proximité toute particulière.

Les pas se rapprochent et je vois la porte bouger légèrement. Sans réfléchir, je déchire le corsage de ma robe et me jette dans les bras surpris de Winston.

Je l'embrasse, le cœur battant, en espérant avoir raison,

que ce ne soit qu'un garde et pas celui qui nous poursuivait aux abords de Thrall, au Texas.

— Eh ! Vous ne pouvez pas...

Je me retourne, les seins entièrement nus. Comme je l'espérais, ce pauvre garde titube.

Au même moment, je me précipite en avant et lui atteins le cou avec l'anneau. Il a deux aiguilles. L'une, un puissant sédatif. L'autre, un poison. Je fais tourner la bague pour tendre l'aiguille du sédatif, et dès que la dose complète se vide sous la peau tendre de sa nuque, le garde s'effondre dans mes bras.

— Sympa, dit Winston en me regardant avec une expression que je ne reconnais pas vraiment.

— Quoi ?

J'essaie vainement de rajuster ma robe et il me passe sa veste. Je la prends avec gratitude et l'enfile quand il me dit :

— Toi, en pleine action. C'est impressionnant.

— Tu m'as déjà vue en action.

— Oui. C'était impressionnant aussi. Mais mon jugement était teinté par l'émotion. Aujourd'hui, tout est clair comme de l'eau de roche.

Je souris.

— Pas d'émotions, ce soir ?

— Pas de mauvaises, dit-il. Enfin, pas envers toi. Mais j'avoue que je suis un peu frustré.

— 63, dis-je avant d'ajouter : Essaie 63. C'est notre nombre sous forme décimale, sans les traits d'union.

Il essaie. Échec.

— *Merde.*

— Non, dit Winston. Je pense que tu tenais quelque chose. Les traits d'union. Ils ont divisé le nombre en trois sections. Trois chiffres.

— Une combinaison à trois chiffres, dis-je. Mais...

— 063, dit-il. Ça doit être ça.

Je retiens mon souffle pendant qu'il le saisit, étouffant un cri lorsque le coffre émet un déclic et que la petite porte s'ouvre.

— Beau travail, m'exclamé-je.

— C'est toi qui as bien joué. Binaire. Je ne crois pas que j'y aurais pensé.

— Tu pourras flatter mon intelligence autant que tu veux plus tard. Pour l'instant, voyons ce qu'il y a là-dedans.

C'est une unique enveloppe, de la taille d'une lettre. Même si j'ai envie de la regarder maintenant, le garde commence à s'agiter. Winston me la tend pour que je la range dans la poche intérieure de la veste et il éloigne le garde de la porte tandis que je referme le coffre de Bartlett avant d'aller récupérer ma chaussure.

Le garde a une carte magnétique accrochée à un cordon extensible à sa ceinture. Nous nous en emparons, puis nous rejoignons le hall dans la direction opposée à la fête. Nous laissons le garde enfermé dans la chambre forte, sachant qu'il sera découvert à six heures lors du changement d'équipe. Je doute qu'il se réveille avant huit heures, cependant. De toute façon, dans l'ensemble, nous n'avons pas beaucoup de temps avant que quelqu'un se rende compte que nous sommes passés par là.

Il y a une sortie pour les employés au bout du couloir et nous nous empressons de la prendre. La carte du gardien nous permet de sortir sans déclencher d'alarme et nous poussons tous deux un soupir de soulagement en émergeant dans l'air frais de la nuit.

Nous sommes sur le côté du bâtiment, à présent, et j'entends la circulation sur Sunset. Nous descendons la pente en essayant d'avoir l'air décontractés jusqu'à ce que nous ayons franchi l'entrée arrière de l'hôtel. Puis Winston réserve un VTC avec son téléphone, et assez rapidement, nous retournons chez Ryan, où nous avons rencontré Renly plus tôt dans la soirée, afin d'y récupérer la voiture de location. Enfin, nous nous rendons chez Winston, à Pacific Palisades.

— Je devrais l'ouvrir ? demandé-je une fois que nous sommes en route.

Je ne prends pas la peine de lui préciser que je parle de l'enveloppe. Il le sait.

Winston secoue la tête.

— Quoi qu'il arrive, ce sera une mauvaise nouvelle pour l'un de nous. J'aimerais être à la maison avec Tiny et une bouteille de whisky. Et toi, ajoute-t-il avec un sourire.

J'acquiesce. Il a raison. Une voiture, ce n'est pas un endroit pour des nouvelles comme celles-ci.

— Qui est Tiny ? demandé-je.

— Un labrador chocolat. Dix ans, presque aveugle, un peu boiteux, et gentil comme tout.

Je souris.

— L'un de tes rescapés.

Il acquiesce.

— J'ai fini au refuge grâce à toi.

— Winston…

— Non, dit-il, ce n'est pas comme ça. Je dis seulement que cette époque a compté. Tiny a été une partie importante de ma vie, et aussi étrange et bizarre que ce soit, je peux te remercier pour ça.

— Oh, soufflé-je faiblement.

Il se tourne, le temps de m'adresser un sourire rapide, et nous effectuons le reste du trajet en silence.

Comme nous avons loué cette voiture à l'aéroport pour

nous rendre chez Ryan, c'est la première fois que je vois la charmante maison blanche. Elle est située sur une colline, et même si l'on ne voit pas l'océan de la rue, j'ai le sentiment que la vue de l'intérieur est spectaculaire.

— Je dois te remercier pour ça aussi, dit-il alors que nous marquons une pause sur le porche.

Pendant un moment, je ne comprends pas, puis je réalise.

— L'assurance-vie.

— Hmm. Même si, maintenant, je vais sûrement devoir tout rembourser.

Je grimace.

— Aïe. Désolée.

Il s'en défend.

— Non, je m'en suis servi pour investir dans l'immobilier, ici et dans le comté d'Orange. En plus, j'ai de bons revenus chez Stark Sécurité. Le remboursement ne me posera pas de problème. De toute façon, je préfère que tu sois en vie plutôt que mon compte en banque soit plein.

Je me penche et lui prends la main, trop émue par ses mots pour dire quoi que ce soit. Pendant un moment, j'ai l'impression que le temps s'arrête. Puis je m'éclaircis la gorge.

— Bon, alors, rentrons et vérifions tout ça.

— Oui, en avant.

Comme je l'avais imaginé, l'intérieur de sa maison est adorable. Aucun désordre, un mobilier simple et une vue imprenable.

— J'aimerais qu'il fasse jour pour mieux voir l'océan.

— Il faudra attendre demain, dit-il.

Je comprends la supposition sous-jacente. Quoi qu'il arrive ensuite, je vais au moins rester ici le reste de la nuit. Je le regarde en me demandant où il a la tête. Il a renoncé à sa politique de chasteté à la fête, mais à la rigueur, c'était presque dans le cadre de la mission. Alors, avons-nous franchi cette barrière ? Ou cette expérience incroyable était-elle unique ?

Bref, la question ne se pose pas dans l'immédiat. Nous avons une enveloppe à ouvrir.

Il fait un signe de tête vers le canapé.

— Un café ?

— Avec joie.

Pour être honnête, je préférerais le whisky qu'il a mentionné plus tôt, mais la journée a été très longue, et selon ce qu'il y a dans cette enveloppe, elle va devenir plus difficile encore pour l'un de nous.

J'ignore le canapé et choisis de le rejoindre dans la cuisine. Elle est spacieuse et je m'accoude au plan de travail, observant le décor de ce point de vue.

— J'adore ta maison.

Il sourit.

— Où est Tiny ? demandé-je.

— À une soirée pyjama, répond-il en me montrant son téléphone. Leah a envoyé un texto pour me dire qu'elle n'a pas eu le temps de le ramener aujourd'hui.

— Leah ?

— Ma partenaire. Chez Stark Sécurité. Elle s'est portée volontaire pour le garder chez elle pendant que j'étais au Texas. Il est copain avec son teckel.

— Sérieusement ?

— Ils forment un joli couple, dit-il en me tendant un café. Tu réalises ce qu'on est en train de faire, n'est-ce pas ?

Je hoche la tête.

— Bon, assez tourné autour du pot.

Je plonge la main dans la poche intérieure de sa veste et en retire l'enveloppe. Puis je rencontre son regard.

— À toi l'honneur ?

— Non, vas-y.

Après un signe de tête rapide, je glisse mon doigt sous le rabat. Il y a deux photos et une feuille de papier pliée, noircie d'une écriture en pattes de mouche. Mais je n'ai qu'à voir la première photo : Billy Hawthorne debout sur le pont d'un bateau que je reconnais. Un yacht sur lequel je suis montée au moins une dizaine de fois pour des après-midi de farniente sur le lac.

Le yacht que mon patron garde amarré dans une marina sur le lac Érié.

Et il est juste là, sur la photo, aux côtés de Billy Hawthorne comme deux vieux copains. *Dustin Collins.*

L'homme que je considérais comme un père.

Maintenant, je sais qu'il est aussi sale que le péché.

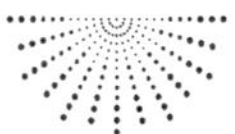

# CHAPITRE VINGT-CINQ

— Je suis tellement désolé, dit Winston.

Je lève vers lui mes yeux embués. J'ai horreur de cette faiblesse qui m'empêche d'être stoïque.

— Tu as regardé le reste ? demandé-je.

— Une autre photo de Hawthorne avec Collins, et quelques notes de Bartlett. Des détails sur lesquels il allait témoigner. C'est énorme. Il dit clairement qu'il a travaillé avec Seagrave pour faire tomber Collins.

Je referme les bras autour de mon buste.

— Quelle poire, dis-je avec une inspiration. Bon, je vais aller me changer. Toi, appelle Seagrave. Il va vouloir déployer une équipe tout de suite.

— Je sais. Je m'en occupe.

Il hésite.

— Je vais mettre tes vêtements à la machine pour que tu les aies demain matin. Pour l'instant, tu devrais te mettre à l'aise. J'ai un peignoir derrière la porte de la chambre. À moins que tu préfères un bas de pyjama et un t-shirt ?

— Le peignoir, ça me va, dis-je avec reconnaissance.

Sur ce, je vais me changer, la tête pleine de regrets, de trahison et de dégoût, car je n'ai jamais eu le moindre soupçon de traîtrise envers l'homme qui a été comme un père pour moi.

J'enlève la bague et la mets dans la poche intérieure de la veste avant de poser le costume sur le lit. Puis je retire la robe de soirée en lambeaux que Ryan m'a prêtée, en espérant que Jamie ne sera pas trop fâchée. J'envisage de la jeter, mais un tailleur pourrait encore opérer sa magie.

Après quoi, je reste nue pendant un moment, les bras ballants. C'est *terminé*. Notre mission est terminée. Quand je retournerai dans le salon, une équipe du SOC de Chicago se préparera à faire une descente chez Dustin Collin ainsi que chez Billy Hawthorne.

*Comment ai-je pu me tromper autant sur Collins ?*

On tape à la porte et j'entends :

— Je peux entrer ?

— Bien sûr. Oui. Entre.

Ma voix est faible, contrairement à mon envie de le prendre dans mes bras.

Il entre et je vais m'asseoir au bout du lit.

— Je suis tellement désolé, me dit-il encore.

— Je sais. Moi aussi.

— J'ai appelé Seagrave. Il a proposé de nous retrouver demain matin à l'agence pour nous raconter comment s'est déroulé le raid. Emma et Renly se joindront à nous, puisqu'ils nous ont aidés. Et, bien sûr, Ryan sera là. Damien Stark aussi, très probablement.

— Vraiment ? Bon, d'accord. Génial.

Ça devrait l'être, mais je me sens toujours engourdie.

Winston s'assied sur le lit à côté de moi et me prend la main.

— La douleur va s'atténuer, mais elle ne disparaîtra pas.

Ma gorge est épaisse quand j'avale.

— Je sais, soupiré-je. Seulement, je ne sais pas quoi faire. Pour l'instant, je veux dire.

— Tu vas faire comme toujours. Survivre, t'en sortir, faire ton chemin. Je ne l'ai pas fait après t'avoir perdue, et j'aurais dû. Mon travail à l'agence a été la meilleure décision que j'ai prise. J'aime savoir que je fais une différence.

— Moi aussi. C'est juste que...

Je m'interromps et ferme les yeux pour me recueillir.

— Ça me hante, tu sais.

— Collins ? Bien sûr, je comprends.

— Oui, mais ce n'est pas seulement que j'ai cru à son mensonge. C'est que... Mon Dieu, Winston, tu ne comprends pas ? Il a autorisé les frappes que Hawthorne a commanditées. Il m'a dit que la cible était un ennemi de l'État, sur une liste de cibles autorisées, mais maintenant...

— Maintenant, tu te demandes combien de personnes qui auraient dû rester en vie tu as éliminées.

— Si Collins est vraiment mouillé, alors c'est inévitable, tu ne crois pas ?

Il acquiesce et me serre la main en silence. Que pourrait-il dire ?

— Mon seul réconfort, c'est que je n'ai pas exécuté tant de gens que ça au fil des ans. C'étaient surtout des relocalisations, dans le cadre de la protection des témoins. Bien sûr, Collins pouvait les détourner ailleurs pour les exécuter lui-même, mais au moins, je n'en ai rien su. C'est horrible à dire, mais ça rend ma conscience plus tranquille.

— Je comprends. Ta conscience devrait être en paix, quoi qu'il arrive. Nous exécutons les ordres et ce n'est pas notre job de regarder notre commandement en essayant de décider s'il est pourri ou non. Nous ne sommes pas censés affronter ce genre de choses.

— Si, apparemment.

— Je sais.

Il me prend le visage.

— Bébé, je suis tellement désolé.

Avant même de réaliser ce que je fais, je me suis approchée pour un baiser. Un baiser long et langoureux, qui me fait penser que tant que je suis avec cet homme, je suis capable de surmonter la culpabilité que je ressens en sachant que j'ai peut-être tué des innocents.

Tout doucement, il me repousse et je ferme les yeux, en proie à une profonde tristesse.

— Ma chérie, si c'est ce que tu veux, je serai avec toi maintenant parce que tu en as besoin. Mais après ça...

Il s'interrompt en secouant la tête.

— Linda, bébé, je veux ce que nous avions, pas un coup d'un soir ou deux pour nous sentir mieux. Je te l'ai dit à Llano, et je ne regrette pas d'avoir enfreint cette règle hier soir. Je vais le faire maintenant, parce que je pense que tu as besoin de moi. Mais c'est la dernière fois. Nous le savons tous les deux. Je suis un homme fort, mais au bout du compte, mon cœur est plutôt fragile. Je veux ce que nous avions avant, répète-t-il. Ou rien du tout.

Je cligne des paupières, libérant les larmes qui se sont accumulées dans mes yeux.

— Nous ne pouvons pas récupérer ce que nous avions, lui dis-je, tressaillant devant la douleur que je vois sur son visage, même si je sens mon propre cœur se gonfler. Je te l'ai déjà dit, ce n'était pas réel.

— Lin...

Je presse le bout de mes doigts sur ses lèvres.

— Mais voilà, je m'en fiche.

Il plisse les yeux, perplexe, mais ne dit rien, alors je continue :

— Je m'en fiche si ce n'était pas réel dans le passé. Tu ne comprends pas ? C'est réel maintenant.

Il me dévisage, complètement inexpressif.

— Qu'est-ce que tu dis ?

Contrairement à son visage, il y a de l'émotion dans sa voix. Une certaine tension. Comme s'il attendait que je le pousse d'une falaise.

Je n'avais pas prévu de dire tout cela, mais les mots sont là, ils sortent de moi. Je crois que j'ai commencé à réaliser la vérité à Llano, et la nuit dernière, ce besoin primitif et éperdu que j'ai éprouvé pour lui l'a scellée.

— Je dis que le passé était merveilleux. Au moins jusqu'à la partie où je suis morte. Mais ce n'est pas quelque chose sur lequel on peut construire.

— Linda, s'il te plaît, ne...

— Non. Écoute-moi. On ne peut *pas* construire là-dessus, mais au fond, c'est sans importance.

Je fais une pause pour rassembler mes pensées. Je réalise de plus en plus combien il m'a manqué, combien il comptait pour moi et combien je le veux toujours dans ma vie.

— Il ne s'agit pas de ce qui *a existé* entre nous. Il s'agit de ce qui *existe* entre nous, maintenant. C'était différent avant, parce que nos conversations ne touchaient jamais à nos vraies vies. La vérité profonde, je veux dire. Mais je t'aimais déjà, même si ce n'était qu'une illusion. Maintenant, par contre...

Je décèle une pointe d'inquiétude dans ses yeux et je me dépêche de terminer.

— Maintenant, je te connais véritablement. Et je suis tombée amoureuse de toi, une fois de plus.

Il penche la tête de côté, avec une intensité qui m'est devenue familière depuis de longues années.

— Bébé... Qu'est-ce que tu dis exactement ?

— Que je t'aime. Ce n'est pas évident ?

— Oh, bon sang, ma chérie, je t'aime aussi.

— Je sais, commencé-je.

Mais il m'interrompt par un baiser, sa bouche prenant possession de la mienne alors qu'il me repousse tout douce- ment sur le lit, puis tire sur la ceinture du peignoir.

— J'ai envie de toi, murmure-t-il.

— Je suis toute à toi.

Nous partageons un sourire avant qu'il ne m'embrasse, en commençant par mes lèvres et descendant tout le long de mon corps. Nous faisons l'amour lentement et tendrement. Rien de commun avec la veille au soir. C'est absolument merveilleux et parfait.

Par-dessus tout, j'ai l'impression d'être enfin de retour à la maison.

# CHAPITRE VINGT-SIX

Malgré les circonstances chaotiques dans lesquelles je rencontre l'équipe de Stark Sécurité, je ne parviens pas à me débarrasser du sourire qui ne cesse de me monter aux lèvres. Un sourire résolument sensuel, qui a menacé d'illuminer mon corps entier pendant toute la matinée.

— Tu es rayonnante, murmure Winston alors que nous entrons à l'agence.

— Si je ne fais pas très professionnelle, ce sera ta faute.

— J'assume.

Il m'arrête, passe un bras autour de ma taille et m'embrasse alors que Damien Stark apparaît, aussi magnifique en personne que dans la presse et sur les réseaux sociaux. Il est accompagné de sa femme, une ancienne reine de beauté époustouflante qui dirige maintenant une entreprise en technologies, et d'une autre blonde que je ne reconnais pas.

— Winston ! Pas devant tout le monde, soufflé-je.

Je ne sais pas si je dois rire ou le gifler. Tout ce que je sais, c'est que sans lui, je n'aurais pas pu survivre à l'horreur de la vérité sur Collins. Honnêtement, je ne suis même plus sûre de pouvoir vivre sans lui tout court.

— Ce n'est rien, répond-il, amusé. Je leur ai dit que nous sommes mariés. D'ailleurs, il n'y a presque personne ici.

Il a raison sur ce point. Je jette un coup d'œil dans les bureaux contemporains du Domino, un complexe de bureaux à Santa Monica conçu par Jackson Steele, le demi-frère de Damien Stark. À l'exception des Stark, de l'amie de Nikki et des personnes déjà réunies dans la salle de confé-rence vitrée, les bureaux sont vides. Winston m'a expliqué la politique de Ryan : à moins qu'il soit essentiel d'être dans le bureau, tout travail du week-end à l'agence doit s'effectuer à distance.

— Eh bien, dans ce cas...

Je me dresse sur mes orteils pour l'embrasser sur la joue.

— Assez batifolé.

J'inspire et me laisse aller à penser à la raison de notre présence ici.

— Nous avons une réunion.

Je vois sa compassion quand il croise mon regard.

— Oui.

— Ça va aller, lui dis-je. J'étais dans un sale état hier soir, mais tu as tout arrangé.

Il ne répond pas, mais il me prend la main et nous entrons dans la salle de conférence. Emma est en pleine conversation avec Anderson Seagrave, qui me regarde et me sourit. Je lui renvoie son sourire, puis je m'approche d'eux.

— Oncle Andy, dis-je en riant, me penchant pour le serrer dans mes bras.

— C'est bon de te voir, dit-il, même si les circonstances ne sont pas idéales.

— Salut, dis-je en adressant un sourire rapide à Emma.

Ryan est assis et discute avec Renly alors que je retourne de mon côté de la table, auprès de Winston.

Nikki et la blonde ont disparu. Je jette un coup d'œil autour de moi et les repère, devant l'un des ordinateurs, dans le bureau principal. Nikki est derrière l'autre femme et désigne quelque chose sur l'écran.

— Installation de logiciel.

Je me tourne pour voir Damien Stark debout derrière moi. Il ne fait rien de spécial, et pourtant il dégage une autorité absolue. Lorsqu'il tend la main et sourit pour me saluer, je ne peux m'empêcher de me dire que j'ai réussi une sorte de test.

— Euh, une installation ?

— Mon épouse, Nikki, et la femme aux cheveux plus bouclés est Abby Jones, sa partenaire.

— Vous avez dit Abby Jones ? fait Renly en se levant, la tête penchée pour regarder autour de nous, puis dans la pièce au-delà de la vitre. Elle est du coin ?

Damien fronce les sourcils.

— Oui, je pense… Attendez, c'est bien ça. Elle a grandi à Santa Clarita.

Renly se penche en arrière, un sourire étrange aux lèvres.

— Tiens, tiens, qui aurait cru…

Ma curiosité piquée au vif, j'aimerais lui demander ce qu'il veut dire, mais c'est alors que Seagrave déclare :

— J'ai du nouveau.

Il se rapproche de la table de conférence, posant son téléphone. Je jette un œil à Winston et nous prenons place sur nos chaises.

Immédiatement, Seagrave se tourne pour me regarder. Ses yeux bruns mouchetés d'or et ses tempes grisonnantes qui lui donnent un certain ascendant.

— Linda, dit-il. Je suis désolé pour Collins, mais profondément soulagé que vous ne soyez pas ce que nous croyions.

Je hoche la tête, réprimant l'envie de saisir la main de Winston. C'est un débriefing professionnel, pas une soirée en amoureux.

— Vous tous autour de cette table savez de quoi il retourne, que ce soit par expérience personnelle ou parce que vous avez été informés de la situation. Cela ne me fait pas plaisir, mais je suis au regret de vous annoncer que nous avons la confirmation, au-delà du matériel contenu dans ce coffre, que Dustin Collins était intimement impliqué dans un certain nombre d'opérations criminelles à l'étranger et sur notre sol. Il est en détention, maintenant, et nous nous attendons à découvrir plus de preuves dans les jours à venir, en plus de ce que l'équipe a déjà récupéré à son domicile.

J'ai la bouche sèche, et malgré mes efforts de professionnalisme, je m'affaisse avec soulagement lorsque Winston tend la main vers la mienne.

— Et Hawthorne ? demandé-je.

Le visage de Seagrave se durcit, perdant toute compassion.

— Nous n'avons aucun signe de lui. Il est possible que Collins lui ait envoyé une sorte de signal de dernière minute, l'avertissant de rester loin de sa maison et de son bateau.

— Alors, il est dans la nature, commente Ryan.

— Nos meilleurs agents de la région de Chicago sont sur le coup. Nous le trouverons.

Il tend les mains et conclut :

— C'est tout ce que nous avons pour le moment. Linda, étant donné votre connaissance des deux hommes, j'aimerais que vous veniez au SOC demain pour un entretien.

— Bien sûr.

— Vous êtes consciente que le SOC vous observe depuis un certain temps. Peut-être à travers un mauvais prisme, mais nous ne pouvons pas nier l'étendue de vos compétences. Je sais que vous devez vous sentir déboussolée, et j'espère que cela vous soulagera un peu de savoir que vous avez une offre pour intégrer le SOC, si et quand vous le souhaitez.

— Oh.

Je regarde Winston, qui s'est tourné vers Ryan.

Seagrave rit et j'ai l'impression d'être hors du coup lorsqu'il ajoute :

— Naturellement, il se pourrait que vous receviez des propositions concurrentes.

Je regarde Ryan, puis Damien. Les deux hommes sourient. À côté de moi, Winston me serre la main.

— Merci. Ça me donne matière à réfléchir.

Je me tourne pour sourire à Winston.

— Mais je vais étudier ça.

La réunion se termine rapidement après cela, et Winston et moi demandons à Renly et Emma s'ils veulent passer prendre un verre et récapituler toute l'histoire dans laquelle ils ont tous deux joué un rôle déterminant.

Renly semble sur le point de refuser, mais il finit par hausser les épaules et accepte. Je me retourne et souris en prenant conscience qu'Abby est partie. Je n'éprouve aucune culpabilité, toutefois. Je suis certaine qu'ils referont connaissance plus tard. Quant à Emma, il s'avère que Tony est chez des amis jusqu'à ce soir, et elle est partante.

Nous sommes venus avec Old Blue, le pick-up cabossé de Winston que j'aime tant parce qu'il me rappelle le Texas. Nous passons en premier et Winston se gare dans l'allée, délaissant le garage afin que les autres le repèrent et sachent devant quelle maison s'arrêter.

Nous commandons de quoi manger, et bientôt, nous rions ensemble devant des quiches, des salades de fruits et des mimosas préparés avec le jus de fruits et le champagne que contenait le réfrigérateur de Winston.

— Je suis impressionnée que tu aies tout ça au frais, lui dis-je.

— Le champagne est un reste de Noël. Il n'est pas tout récent. Quant au jus d'orange, je venais de faire les courses avant d'être expédié au Texas pour retrouver ma femme.

— Retrouver, dit Emma. Ça me plaît. C'est bien mieux que *la traquer*.

Je fais la grimace.

— Tu veux un mimosa ?

— Oui, s'il te plaît. Je serai sage, répond-elle.

Je le lui verse.

— Pourquoi est-ce que j'en doute ?

Elle croise le regard de Winston.

— C'est comme si elle me connaissait...

Nous rions tous et Emma reporte son attention vers Renly.

— Alors ?

Il écarquille les yeux sans comprendre.

— Il va m'en falloir un peu plus pour continuer.

— Abby, précise Emma. C'est quoi, l'histoire ?

Ses yeux se plissent et je crois apercevoir l'ombre d'un sourire sur ses lèvres.

— Il n'y a pas d'histoire. C'était juste une copine au collège.

Je regarde Winston pour voir s'il gobe cette version, mais contrairement à Emma et moi, il ne semble pas intéressé.

Je hausse les épaules avant de conduire tout le monde dans le salon.

Nous passons trois bonnes heures ensemble, à rire et à parler. Même si je n'y ai pas réfléchi consciemment, je sais maintenant que je ne rejoindrai pas le SOC. J'aime bien Seagrave, mais je préfère travailler avec mes nouveaux amis. Et, bien sûr, avec Winston.

— C'était sympa, dit-il alors que nous sommes debout dans l'allée, une demi-heure plus tard.

Avec la brise, il fait frais et comme je n'ai pas de manteau, j'ai enfilé la veste de costume de Winston, plutôt bien assortie à mon jean. Demain, je prévois de me faire une journée shopping.

Emma est partie depuis longtemps. Elle s'est empressée de filer dès que Tony lui a envoyé un message pour l'informer qu'il était à la maison. Renly vient de partir à son tour, et je peux encore entendre le rugissement de sa Ducati au loin.

— Je vais descendre au coin de la rue et acheter un peu plus de jus de fruits, dit Winston. Tu m'accompagnes ?

Je secoue la tête.

— Non. Je vais faire un tour au bout du pâté de maisons pour admirer la vue. Ensuite, je rentrerai, je me déshabillerai et je t'attendrai au lit avec une coupe de champagne à moitié pleine... à laquelle tu pourras ajouter du jus en rentrant.

Son front se plisse.

— Ajouter du jus, répète-t-il. C'est un code ?

— Tu as l'esprit mal placé, dis-je d'un ton faussement outré alors qu'il se glisse dans le siège du conducteur. C'est ce que j'aime chez toi.

Je me penche pour lui donner un rapide baiser, puis je descends l'allée jusqu'à la rue. Je lui fais un dernier signe de la main et je mets mes écouteurs avec de la musique. Ça fait longtemps que je n'ai pas marché en écoutant...

*Boum !*

Je sursaute et me retourne, mon cri coincé dans ma gorge. Old Blue est en flammes. *Voiture piégée.*

*Winston était dans la voiture.*

*Oh, mon Dieu, non ! Pitié, je vous en supplie, pas ça !*

J'essaie de courir, mais c'est comme si mes jambes étaient en gélatine, comme si je m'enfonçais dans l'asphalte. Un fourgon s'arrête derrière moi et je me retourne avec l'intention de les supplier de m'aider.

Au lieu de ça, je pousse un hurlement.

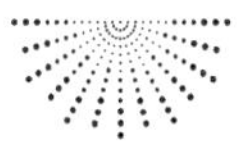

# CHAPITRE VINGT-SEPT

Winston était assis à bord de Old Blue. Il regardait Linda s'éloigner sur la route, sexy en diable avec sa veste. Il sourit à part lui, tant il avait du mal à réaliser qu'elle était vraiment de retour dans sa vie. Il commença à fermer la portière de la voiture avec l'intention de lui acheter des fleurs en même temps que le jus d'orange, lorsqu'il se rappela qu'il avait laissé son fichu portefeuille sur la table, près de la porte d'entrée.

*Oh, fait chier.*

Il donna un léger coup de pied à la portière du côté conducteur, puis descendit. Ses yeux étaient toujours fixés sur Linda. Ce fut une erreur, car il perdit alors l'équilibre et finit par agiter les bras comme un idiot tout en s'éloignant du pick-up, essayant maladroitement de se redresser.

Sans succès.

Au lieu de quoi, il se retrouva étrangement projeté dans les airs et atterrit brutalement sur l'herbe. Le monde avait explosé autour de lui. Son corps était endolori par l'impact de sa chute et ses oreilles bourdonnaient. Une odeur de carburant et de métal brûlé envahit ses sens.

*C'était plus qu'une chute.*

Son esprit était lent, groggy. Rien autour de lui ne semblait être de la bonne couleur. Tout était gris et... oh, merde, le bourdonnement dans ses oreilles. C'était...

*Une explosion !*

Bon Dieu, c'était vraiment une explosion.

Enfin, dans un élan, sa pensée rationnelle lui revint et il se mit à genoux, regardant frénétiquement autour de lui. Elle était là, dans la rue, hurlant son nom alors que deux hommes l'attrapaient par les coudes et la remettaient debout avant de la jeter à l'arrière d'un fourgon noir qui redémarra en trombe.

*Non. Non, putain, non !*

Il ne se souvenait pas de s'être élancé, mais il était dans la rue, à présent. Le hurlement des sirènes s'élevait tout autour de lui. *Mais pas pour elle... on venait éteindre le feu. Il devait la rejoindre. Il était sa seule chance.*

Old Blue n'était plus qu'une carcasse calcinée.

*Réfléchis, bon sang, réfléchis.*

— Monte !

C'était la voix de Renly, qui lui montrait l'arrière de la Ducati. Winston n'hésita pas. Il monta et se retint au pilote, priant pour que ce soit le miracle dont il avait besoin tandis que l'autre homme se précipitait comme une fusée à la poursuite du fourgon.

Ils ne parlaient pas – c'était impossible – et Winston s'accrochait comme si sa vie en dépendait. Renly décrivait de folles embardées dans la circulation, essayant de ne pas perdre le fourgon sans s'approcher trop près de peur d'attirer l'attention.

L'air cinglant eut tôt fait de ramener Winston à lui. Sa peau était à vif et il savait qu'il avait été brûlé dans l'explosion. Cela aurait pu être pire, cependant. Il aurait pu être mort.

C'était ce que croyait Linda, songea-t-il tout à coup.

*Linda. Sa Linda.*

C'était Hawthorne. Forcément. Winston allait tuer cette ordure de ses propres mains et regarder la vie lui échapper lentement.

Enfin, le fourgon s'arrêta dans l'allée d'une petite maison quelconque. Il ne savait même pas où ils étaient. Dans une rue bordée de maisons tout aussi délabrées. Le genre de quartier où chacun s'occupait de ses affaires, avec la rue comme principale source de revenus.

— Continuons à pied, dit Renly en coupant le moteur alors que trois personnes sortaient du véhicule.

Winston reconnut Hawthorne, avec deux autres hommes.

— Installez-la, puis faites-vous discrets, lança Hawthorne. Avec ma vieille amie, Linda, je dois avoir une petite conversation.

— Aucune chance que tu aies une arme sur toi ? fit Renly.

— Ruger LCP, admit Winston.

Il était petit, un .380. Mais il était fiable et pouvait fonctionner en cas de besoin. Il avait un chargeur et se glissait dans la ceinture de son jean. C'était son arme de prédilection quand il n'était pas au travail.

— Et toi ?

— Un Glock 19. Je le garde caché dans le compartiment sous le siège.

Il l'ouvrit en guise de démonstration, révélant le pistolet qui rentrait à peine dans l'espace réduit.

— Bien, dit Winston. Appelle des renforts, puis occupe-toi des deux qui se dirigent vers la maison. Attention, ils pourraient ne pas être seuls.

— Ce n'est pas mon premier rodéo.

— Parfait.

— Tu y vas tout seul ? Laisse-moi te couvrir.

Winston secoua la tête.

— Ils ont peut-être un équipement de surveillance. S'ils nous voient avant que nous ayons Linda, nous sommes morts, et elle aussi. Tu veux m'aider ? Débarrasse-moi d'eux. D'accord ?

— Affirmatif.

Ils attendirent près des buissons pendant que les deux voyous entraient dans la maison et que Hawthorne se rendait dans le garage. Pendant un bref instant, Winston l'aperçut, attachée à une chaise. Son visage baigné de larmes lui brisa le cœur. Il savait ce qu'elle ressentait – non seulement la peur pour elle-même, mais aussi la conviction qu'il était mort dans l'explosion. Il était hors de question qu'elle reste en proie aux tourments plus longtemps.

Lentement, il fit le tour de la maison. Il devait trouver un moyen de se faufiler dans le garage sans éveiller l'attention de Hawthorne. Mais il devait aussi faire vite. Hawthorne était du genre à prendre tout son temps, mais au bout du compte, il tuait toujours.

En résumé, Winston devait agir rapidement et sans bavures. Il aurait une seule chance. S'il ratait sa cible, Hawthorne s'assurerait que Linda soit morte en un clin d'œil.

*Un seul coup.*

Il se baissa pour parcourir les lieux, attentif à ses environs. Il lui fallait un moyen d'entrer, d'obtenir une visée directe sur Hawthorne.

Un tir parfait pour une mort garantie.

Mais il n'y avait rien. Ni sur la façade du garage, ni sur le mur du côté ouest, ni à l'arrière.

Enfin, il atteignit le bord du garage qui donnait sur le jardin de derrière. Et voilà !

Autrefois, le résident de cette maison avait possédé un chien. Un gros chien qui utilisait le garage comme niche.

Ce n'était pas idéal, loin de là, mais Linda avait besoin de lui.

Il esquissa un sourire froid et dangereux.

Oui. Il devait faire en sorte que ça marche.

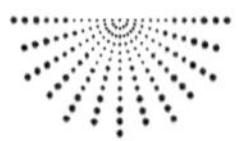

# CHAPITRE VINGT-HUIT

— Espèce de petite salope. Sale pute.

Billy Hawthorne fait les cent pas devant moi, ses cheveux blancs et blonds étincelant dans la lumière tamisée du garage.

Je reste là, les bras et les jambes attachés à la vieille chaise de cuisine bancale. Ses mots rebondissent sur moi comme du caoutchouc sur un mur. Je suis trop engourdie pour ressentir. *Il est mort.* Oh, mon Dieu, Winston est mort.

C'est comme si l'univers me punissait, me giflant avec une ironie aussi sinistre que douloureuse. Il veut me faire comprendre que c'est fini, que le combat est terminé et qu'au moins, je serai bientôt avec Winston.

Sauf que ça ne me ressemble pas. Je ne vais pas me soumettre. Je vais me battre. Pour moi, pour Winston, et pour chaque personne que Hawthorne a blessée au fil des ans. Surtout celles que Collins et lui ont manipulées pour *me* faire du mal.

Alors, non. Ce n'est pas l'univers qui me punit, c'est Hawthorne qui se fiche de moi.

Et même si je n'ai pas la moindre idée de ce que je vais faire, j'ai bien l'intention d'en finir avec ce type. Ou de mourir en essayant, du moins.

— J'avais confiance en toi, salope, grogne-t-il en allant et venant devant moi. J'étais ton ami. Je t'ai donné du travail. Je t'ai laissé entrer dans mon cercle. Et maintenant, j'apprends ça ? Laisse-moi te dire, ma belle, que tu me déçois beaucoup. Beaucoup !

J'aimerais lui dire d'aller se faire foutre. Au lieu de quoi, je garde les yeux rivés droit devant. Je connais Hawthorne. Il cherche une réaction. C'est la peur qui le fait avancer, la haine qui le fait bander.

Je ne lui donnerai rien de tout cela.

Il ricane, moqueur, puis s'approche.

— Dommage pour ton beau héros. Il est bien moins grand et fort, tout à coup, n'est-ce pas ? Maintenant, il n'est plus qu'un tas de morceaux gluants éparpillés sur la pelouse. Bien fait pour cet enfoiré. C'est dommage pour le pick-up, cela dit. Mais le connard au volant ? Je n'ai pas le moindre remords.

Cette fois, c'est plus fort que moi. Je lève les yeux pour le regarder. Mais je ne dis rien. Je lui refuse toujours ce plaisir.

Son visage vire à l'écarlate et il se précipite en avant, se campant juste devant moi, les mains sur les accoudoirs de la chaise. Il est si proche que je peux sentir son haleine. De l'oignon et autre chose de plus putride encore. J'ai envie de vomir.

— Dis quelque chose, salope.

Je croise son regard, mais reste silencieuse.

Il sort alors un couteau de sa poche arrière et ouvre la lame. Je me raidis, la peur me glaçant le sang. Si je dois mourir, je préfère que ce soit rapide. Hawthorne, j'en suis sûr, s'assurera du contraire.

Je m'attends à sentir l'acier de la lame sur ma peau. Au lieu de quoi, il commence à couper lentement et méthodiquement mes vêtements.

— Pas de mort rapide pour toi, dit-il en déchirant les coutures de la veste. Non, on va faire ça couche par couche.

Il détache les manches, puis s'avance, ouvrant les épaules pour pouvoir retirer l'essentiel du vêtement. Il le jette sur le sol et j'entends un léger tintement lorsque la bague tombe de la poche sur le sol en béton.

Il ne s'en rend pas compte et je résiste à l'envie de baisser les yeux. Je continue à regarder droit devant moi tandis qu'il utilise le couteau pour commencer à lacérer mon chemisier, le retirant par bandes jusqu'à ce qu'il soit également en tas sur le sol. Je reste en soutien-gorge, avec les manches détachées du chemisier sur les bras, m'efforçant de rester immobile. Pas de réaction.

— Il ne me reste que ta peau, dit-il. Alors, est-ce que je te déshabille entièrement ? Ou est-ce que je commence à écorcher la peau de ces jolis seins ?

Il s'interrompt et je fronce les sourcils, mais je retiens un juron en voyant ce qui a attiré son attention. *La bague.*

— Tiens, tiens, c'est intéressant.

Il se penche pour la ramasser.

— Collins a toujours donné à son personnel de formidables gadgets. Celui-ci a deux aiguilles, c'est bien ça ? Un sédatif pour la plupart des missions et un poison pour les circonstances plus dangereuses.

Je ne dis rien. Il a raison, bien sûr. J'avais l'intention d'utiliser le poison contre Bartlett. C'est commodément intraçable. Plus tard, j'ai essayé de manipuler la bague afin d'utiliser le sédatif avec Winston.

Ça ne s'est pas très bien passé.

Et maintenant, à cause du garde dans la chambre forte, il ne reste que du poison dans la bague.

— Je comptais prendre tout mon temps, dit Hawthorne en faisant un pas vers moi. Mais maintenant, je pense qu'une mort rapide pourrait être amusante. Je peux voir la peur dans tes yeux, alors que je me rapproche de plus en plus, parce que tu sais exactement ce qui va se passer.

Il fait un autre pas.

— Et toi ? Tu choisirais le poison ou le sédatif ? poursuit-il sans se rendre compte qu'une aiguille a déjà été vidée. Qu'est-ce qui t'effraie le plus ? La mort ? Ou le sommeil, savoir que je peux te faire n'importe quoi, te toucher comme je veux, et que tu te réveilleras abîmée et en sang ?

Un affreux rictus se dessine sur sa bouche.

— Tu es vraiment une très jolie créature et j'ai toujours voulu t'avoir dans mon lit. Comment se fait-il que tu ne m'aies jamais baisé ? Pourquoi on ne s'est jamais envoyés en l'air, tous les deux ?

Je résiste à l'envie de cracher tandis que mon esprit s'emballe pour trouver une solution. Mais je suis bien attachée, et même si je pouvais repousser la chaise vers l'arrière quand il s'approche, cela ne me ferait gagner que quelques secondes.

Cependant, les secondes, c'est déjà ça...

— Poison ou sommeil ? poursuit-il. C'est comme tirer à pile ou face. Une sorte de loto.

Il est juste là, maintenant, penché en avant, la bague tendue. J'ai besoin de cette poignée de secondes. Je me penche, puis donne une violente impulsion en arrière, essayant du même coup de dégager mes pieds attachés. Je n'ai pas beaucoup d'élan, mais j'en ai suffisamment, et je bascule en arrière au moment même où j'entends un craquement sec.

Aussitôt, une substance humide et poisseuse m'éclabousse

le visage et, comme au ralenti, j'atterris sur le dos, sur le béton impitoyable, toujours attachée à la chaise.

J'ouvre les yeux pour voir Billy Hawthorne tomber, lui aussi. Un craquement désagréable se fait entendre lorsqu'il atterrit face contre terre à côté de moi, un énorme morceau manquant à l'arrière de son crâne.

Je tourne la tête pour essayer de voir et je parviens à déplacer la chaise, juste assez pour ouvrir mon champ de vision.

*Winston.*

Il est vivant.

Ou alors, je suis morte et je rêve. Non, il doit être vivant. Parce qu'il n'y a aucune chance que mon subconscient fasse entrer le haut de son corps par la chatière, un Ruger dans les mains.

— Winston ? m'écrié-je.

C'est alors que les larmes commencent à couler.

Mon cœur bat la chamade tandis qu'il se tortille pour faire le reste du chemin. Il est à mes côtés en un instant, utilisant le couteau que Billy a laissé tomber pour me libérer. Enfin, il me tire vers le haut, puis enlève son t-shirt afin de me couvrir. Il se penche pour récupérer une bandelette de mon chemisier, puis nettoie avec précaution le sang de Billy sur mon visage.

— J'ai cru que tu étais mort.

Ma voix est rauque sous la force de mes sanglots.

— Ça a failli. J'ai réalisé que j'avais oublié quelque chose. Je suis sorti de la voiture avec seulement quelques secondes d'avance.

Soudain, je remarque ses vêtements brûlés.

— Ils ont dû utiliser un détonateur manuel. L'un des hommes de Billy... oh ! J'y pense, il y en a d'autres.

À ce moment même, la porte du garage s'ouvre dans un claquement. Je fais volte-face et la terreur cède le pas au soulagement quand je vois Renly debout. Il fait un signe du pouce à Winston, puis me sourit.

— Dieu merci, dit-il. Les secours sont en route. Prenez votre temps, ajoute-t-il avant de s'éloigner.

Je secoue la tête. Il se passe trop de choses, j'ai du mal à suivre.

— On s'est occupé des autres hommes, m'explique Winston. On peut rester ici jusqu'à ce que la cavalerie arrive. Tu feras une déclaration, puis on rentrera à la maison.

Il me prend le menton et croise mon regard.

— Ça te va ?

— C'est parfait.

À ce moment-là, couverte de sang et le corps douloureux, je n'ai jamais été aussi heureuse. Après tout, l'homme qui est mort sous mes yeux est ici, toujours en vie.

Je déglutis.

— Winston, je suis désolée. Je suis tellement, tellement désolée.

Il a l'air dubitatif.

— À quel sujet, trésor ?

— Parce que je n'ai pas cru que nous étions vraiment amoureux avant. Je me suis assise dans cette chaise, certaine que tu étais mort. J'ai ressenti ce que tu as vécu après ma mort. Je t'ai fait vivre l'enfer à l'époque, et je...

— Tu n'avais pas le choix. Et nous sommes ensemble maintenant.

— Nous étions ensemble à l'époque, aussi. Enfin, tu as raison. Ce n'était pas un rôle que nous jouions, nos cœurs étaient authentiques. Je t'aimais à l'époque, vraiment et sincèrement. Tout comme je t'aime maintenant.

— Oh, bébé.

Il m'attire à lui et me regarde avec intensité, droit dans les yeux.

— Je t'aime aussi. Nous avons tellement de chance.

— Je peux te demander quelque chose ?

— N'importe quoi.

— Tu veux bien m'épouser à nouveau ? Cette fois devant nos amis et ta famille, et avec nos vrais noms ?

Il me caresse les cheveux.

— C'est drôle, j'avais l'intention de te demander la même chose.

— J'ai toujours mon alliance, lui dis-je. Elle est dans une boîte postale à Chicago.

Il ferme les yeux, en proie à une douleur évidente.

— Je leur ai fait fouiller cette voiture pour la retrouver, répond-il. J'ai finalement cru que celui qui avait posé la bombe te l'avait prise.

Je ravale la boule dans ma gorge.

— Non. J'ai accepté la fausse mort pour te protéger. Mais j'ai refusé de me séparer de l'alliance.

— On peut en acheter une nouvelle.

Mais je secoue la tête.

— Non. C'est cette bague que je veux. Elle a traversé beaucoup d'épreuves. Nous aussi.

Il esquisse un sourire.

— Jusqu'à ce que la mort nous sépare.

Je ne peux m'empêcher de rire.

— Je pense que nous serons ensemble pendant encore longtemps. Nous avons contourné la mort à deux reprises maintenant.

— Oui, dit-il avec un sourire égal au mien. C'est vrai. Je t'aime, trésor.

— Je le sais.

La joie remplace les derniers vestiges de ce mauvais moment. Je me rapproche et mes bras se referment autour de lui. Pendant un moment, je ne fais que l'étreindre, puis je me retire un peu et lève les yeux.

— Winston, dis-je d'une voix tendue par l'émotion. Rentrons à la maison.

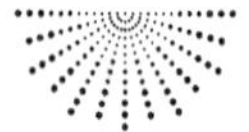

— Je suis si contente que tu intègres Stark Sécurité, dit Emma en souriant, main dans la main avec Tony.

Elle lui sourit.

— Linda est une dure à cuire, ajoute-t-elle, me faisant rire.

Tony lève les sourcils.

— Venant de toi, ça signifie beaucoup. Sérieusement, Linda, c'est super de vous avoir dans l'équipe.

— Je suis ravie, moi aussi.

À vrai dire, je suis aux anges, en ce moment. Non seulement j'ai rejoint le personnel de l'agence, mais mon appartement de Chicago est désormais vide et les cartons sont empilés dans le garage de Winston. Un garage qui, je l'espère, ne restera pas vide longtemps. J'ai répondu à des annonces dans tout le pays dans l'espoir de trouver un remplaçant pour Old Blue et j'ai réduit le nombre d'annonces. Maintenant, je dois juste garder le secret auprès de Winston.

Comme s'il avait entendu mes pensées, il lève les yeux

depuis l'autre côté de la pièce, où il discute avec Renly et Nikki Stark. D'après ce que j'ai compris, il n'est pas commun pour Damien de se mêler aux opérations quotidiennes de l'agence, mais ce n'est pas un jour ordinaire. Il s'agit d'un jour de fête après les horaires de bureau, avec des cocktails pour nous accueillir, Renly et moi. Nikki et lui sont ici, tout comme la femme de Ryan, Jamie, et quelques autres.

Je crois que j'ai rencontré tout le monde. Je jette un coup d'œil dans la pièce, mettant des noms sur chaque visage, mais je ne m'attarde pas avec mes nouveaux collègues. Je me dirige vers Winston. Pour l'instant, c'est seulement lui que je veux.

D'ailleurs, je suis prête à aller voir Damien et Ryan pour les remercier officiellement, et ramener Winston à la maison. J'ai des projets pour ce soir…

Il sourit à mon approche et je glisse ma main dans la sienne. Je porte mon alliance, bien que nous n'ayons pas encore renouvelé nos vœux. Je sens la pression qu'elle exerce lorsqu'il serre ma main, me souriant avec une tendresse qui me rend heureuse d'être en vie. Plus encore, cela me donne l'impression d'être la femme la plus chanceuse au monde.

Après toutes ces épreuves, il est à nouveau dans ma vie. Je l'avais perdu, et maintenant, il est de retour. Ensemble, nous sommes plus forts que jamais. Je lève la tête pour le voir me sourire et l'amour que je vois dans ses yeux me fait défaillir. En face de nous, Renly sourit.

— Je me sens comme un voyeur, dit-il alors que le rouge me monte aux joues.

Je jette un œil vers Nikki, étrangement gênée de me montrer sentimentale dans cet environnement, mais elle est concentrée sur son téléphone, les sourcils froncés.

— Désolée, dit-elle en levant les yeux pour s'excuser. Il y a une urgence. J'ai besoin de filer.

— Les enfants ? demande Winston.

Elle secoue la tête, visiblement soucieuse.

— Non, non, c'est mon assistante.

En face de moi, Renly se raidit.

— Abby ? Est-ce qu'elle va bien ?

— Je ne sais pas trop. Désolée, répète-t-elle. Il faut vraiment que j'y aille.

— Bien sûr, dit Winston.

Renly pose une main sur son bras alors qu'elle commence à s'éloigner.

— Attends, dit-il. Je viens avec toi.


Fin


N'oubliez pas de vous inscrire à ma newsletter ou d'envoyer un SMS à JKenner **au 21000** pour recevoir les alertes SMS de JK et être parmi les premiers informés des nouvelles parutions et des promotions, recevoir des extraits gratuits et autres bonus !


Les intrigues de *Stark Sécurité* se déroulent dans le monde de Stark International, un monde qui a pris vie avec *Délivre-moi*, l'histoire de Damien Stark et Nikki Fairchild.

J'espère que vous avez apprécié l'histoire de Winston et Linda ! Et j'espère que vous êtes impatients de rencontrer Renly dans *En crescendo:*

Renly Cooper, consultant à Hollywood, en a assez des relations éphémères. Sa récente rupture avec une femme célèbre a fait le tour des tabloïds, et l'ancien Navy Seal est plus que prêt à se concentrer sur son nouveau poste à l'agence d'élite Stark Sécurité. Il s'attend à des enjeux internationaux. Au lieu de quoi, sa première mission consiste à protéger une proche de Damien Stark contre un harcèlement dangereux. Une femme qui, à sa plus grande joie, s'avère être l'une de ses plus proches amies d'enfance.

Après une brève incursion sur le terrain des rencontres en ligne, Abby Jones, génie des technologies, est en danger. Elle a besoin d'un garde du corps, et son associée, Nikki Fairchild Stark, fait naturellement appel à Stark Sécurité. Lorsque l'agent désigné s'avère être son meilleur ami de l'époque du collège, et son premier coup de foudre, elle est ravie de découvrir qu'il est encore plus charmant maintenant. Elle espère qu'une nuit torride marquera le début d'une belle histoire, mais Renly demeure résolument ancré dans le camp des relations sans lendemain.

Alors que la menace qui pèse sur Abby s'accentue, elle tente de garder à distance ses sentiments grandissants pour Renly. Mais les étincelles entre eux sont plus vives que jamais. Pourront-ils passer de l'amitié à l'amour alors que la vie même d'Abby est en danger ?

Les intrigues de *Stark Sécurité* se déroulent dans le monde de Stark International, un monde qui a pris vie avec *Délivre-moi*, l'histoire de Damien Stark et Nikki Fairchild.

Vous avez peut-être déjà rencontré Quincy et Eliza dans *En mille éclats*, Denny et Mason dans *En mémoire de nous* ou encore Liam et Xena dans *En demi-teinte*.

Mais saviez-vous que vous pouvez découvrir l'histoire de Jamie et Ryan dans *Apprivoise-moi* ?

**Newsletter en français**
http://jkenner.com/FR-NL


**Newsletter en anglais**
http://jkenner.com/JK_NL

## APPRIVOISE-MOI

### UN EXTRAIT

**Liste des meilleures ventes du *New York Times* et de *USA Today***

Jamie Archer, qui se destine au métier d'actrice, est en fuite, d'elle-même, de ses manières d'enfant rebelle, du gâchis de la vie qu'elle a laissée derrière elle à Los Angeles. Mais surtout, elle fuit Ryan Hunter - le premier homme ayant réussi à percer le mur de ses défenses et à découvrir les peurs et les secrets obscurs qui l'habitent.

Ryan Hunter, chef de la Sécurité auprès de Stark International, n'a qu'une certitude - il veut Jamie, lui faire l'amour, la posséder et l'avoir toute à lui. Et il est prêt à tout pour la faire sienne.

Mais après une nuit d'extase, Jamie lui fausse compagnie. Ryan réussira-t-il à la ramener à lui et surtout à la convaincre qu'elle fuit devant la meilleure chose qui lui soit jamais arrivée – lui ?

### *Chapitre 1*

— *Et bien*, me dis-je, *c'était vraiment une sacrée fête.*

Le dos tourné à l'océan Pacifique, j'observe l'équipe qui démonte habilement les jolies tentes blanches. On a déjà débarrassé les restes du festin et jeté les déchets. L'orchestre est parti il y a des heures, les derniers invités ont pris congé.

Même les paparazzis qui campaient sur la plage dans l'espoir d'accaparer quelques photos juteuses du mariage de ma meilleure amie, Nikki Fairchild, avec l'archimultimilliardaire et ancien champion de tennis Damien Stark ont disparu depuis longtemps.

Poussant un soupir, je me dis que ce vague à l'âme qui m'envahit n'est pas du spleen. C'est plutôt la gueule de bois après une nuit blanche passée à boire et à faire la foire. Bien sûr, je me raconte des histoires. J'ai un cafard monstrueux, mais je suppose que c'est normal. Après tout, je viens d'assister au mariage de ma meilleure amie avec le seul homme dans tout l'univers totalement et irrémédiablement parfait pour elle. C'est génial, et j'en suis vraiment et sincèrement heureuse, mais elle l'a trouvé sans s'être envoyée en l'air avec la totalité de la population masculine de Los Angeles.

Par rapport à moi, qui me suis sauté environ quatre-vingts pour cent de cette population et qui n'ai toujours pas trouvé un mec comme Damien, je pense qu'on peut dire sans risque de se tromper que Nikki a trouvé le dernier homme convenable.

*Bon, peut-être pas le dernier,* me corrigé-je au moment où mes yeux tombent sur Ryan Hunter qui descend le petit chemin serpentant de la maison de Malibu de Damien vers la plage où je me trouve maintenant. Ryan est le chef du service de sécurité de Stark International, et lui et moi avons été *de facto* l'hôte et l'hôtesse de cette soirée post-mariage depuis que les jeunes mariés se sont envolés en hélicoptère vers leur bonheur conjugal.

Ryan ne fait pas partie des quatre-vingts pour cent, et c'est vraiment regrettable. Cet homme est grave sexy, avec ses yeux bleus perçants et ses cheveux châtains, coupés court, presque une coupe militaire qui accentue les traits fermes et virils de son visage. Il est grand et svelte, mais fort et sexy. J'ai eu l'occasion de le voir maintenant aussi bien en jean qu'en smoking, et la seule vue de la courbe de ses fesses ferait venir l'eau à la bouche de n'importe quelle femme.

Nous avons peu à peu fait connaissance au cours de ces derniers mois et pour moi, c'est un ami. Franchement, j'aimerais pouvoir voir en lui plus que ça, et je crois qu'il pense comme moi, bien qu'il lui reste encore à faire le premier pas.

J'ai remarqué comment il me fixe, la chaleur qui flamboie dans ses yeux quand il croit que je ne le regarde pas. Peut-être est-il timide, mais j'en doute. Il a en lui un quelque chose de dangereux, qui convient parfaitement à son boulot comme responsable de la sécurité pour quelqu'un comme Damien et une entreprise comme Stark International.

Nikki m'a dit un jour que Ryan n'aimait rien autant que d'aller à la chasse aux monstres. Je la crois, et pendant que je le regarde descendre le long du chemin, ses mouvements alliant grâce et puissance, je l'imagine aisément dans une bataille, et je suis sûre qu'il ferait tout pour remporter la victoire.

Non, je ne crois pas que Ryan Hunter soit timide. Tout ce que je sais, c'est qu'il n'a jamais fait un geste vers moi, et ça, c'est vraiment regrettable.

Et bien entendu, maintenant c'est trop tard. Demain, je prends la route pour rentrer chez moi au Texas, cela fait partie de mon nouveau but dans la vie, que je me suis récemment fixé afin de mettre de l'ordre dans mon bordel. Et dans le cadre de tout ce plan *Réparer ma vie*, j'ai mis le holà aux coucheries. Je me concentre sur Jamie Archer. J'essaie de savoir qui elle est et ce qu'elle veut, et le premier point de ce plan, c'est d'éviter de faire des cochonneries avec n'importe quel mec séduisant qui croise mon chemin.

Sérieusement, les hommes appartiennent au passé maintenant.

Jusque-là, le plan fonctionne. J'ai trouvé un locataire pour mon appart à Studio City il y a quelques mois ; après quoi, je suis rentrée vivre à nouveau chez mes parents à Dallas. C'est dur d'être une actrice de vingt-cinq ans à Los Angeles, surtout une actrice qui doit encore décrocher un rôle décent. Il y a tellement de jeunes minets qui sont plus mignons que moi – et qui le savent. Et beaucoup trop d'opportunités pour une rapide partie de jambes en l'air.

Le Texas est plus lent. Plus facile. Et même si on ne peut pas prétendre que ce soit la capitale mondiale du spectacle, j'ai déjà passé plusieurs essais, et je pense que je pourrais même avoir quelques chances de décrocher un job comme journaliste auprès de l'antenne d'une station locale. J'y ai passé un entretien juste avant de prendre l'avion pour venir ici pour le mariage, et j'espère avoir des nouvelles du directeur des programmes très prochainement.

Et, oui, j'avoue que j'ai aussi réalisé une audition pour une publicité ici en Californie du Sud, mais je n'ai pas eu le job. Je me dis que c'est tant mieux, car si j'avais été prise, je serais restée à Los Angeles, parce que j'aime Los Angeles et que mes amis sont ici. Mais dans ce cas, je me serais retrouvée dans le même cercle vicieux – auditions et baise – et tout ce processus destructif aurait recommencé de plus belle.

Tout en regardant l'équipe finir son travail, je me dis que le plan est bon. Le plan est sage.

Alors qu'une douzaine d'ouvriers traînent le dernier poteau de la tente vers un camion proche, le surveillant vient vers moi avec un bloc-notes et un stylo-bille. Il me fait parcourir la liste, et je coche dûment tous les différents points pour confirmer que les derniers détails ont été réglés.

Puis je signe le formulaire, je le remercie et le regarde monter dans le camion et s'éloigner.

— Donc, voilà qui est fait, dit Ryan en s'approchant.

Il est toujours en pantalon de smoking et chemise blanche amidonnée, mais sa large ceinture a disparu, tout comme sa veste. Il a l'air follement séduisant, mais ce sont ses pieds nus qui me font craquer. Un mec, pieds nus en smoking sur une plage, a quelque chose de foutrement désinvolte, et je ne peux pas ne pas me demander si Ryan Hunter n'a pas aussi quelque chose de diabolique en lui.

Et si oui, aurai-je un jour l'occasion d'entrevoir cette partie satanique ?

— Plus aucune voiture dans l'allée, continue-t-il alors que j'essaie de retourner dans le monde réel. Je viens de signer la facture pour la société de voituriers. Je pense que nous pouvons tranquillement dire que c'est emballé. Et que c'était une réussite. (Son sourire est lent et aisé, et incontestablement très séduisant.) C'était vraiment une sacrée fête.

J'éclate de rire.

— Je pensais justement la même chose.

Mon estomac fait quelques contorsions, et je me dis que c'est la faim. Tout bien réfléchi, le champagne ne nourrit pas tant que ça, et je suis sûre qu'avoir dansé toute la nuit a brûlé les trois parts de gâteau de mariage que j'ai dévorées.

Bien entendu, je me raconte encore des bobards. Ce n'est

pas la faim qui réveille ces papillons dans mon estomac. C'est Ryan. Et comme je suis plantée là, espérant secrètement qu'il me touche enfin, l'irritation monte en moi. Car, putain de bordel, pourquoi ne m'a-t-il pas déjà touchée ? Nous avons passé pas mal de temps ensemble. Nous avons même dansé ensemble à l'occasion de plusieurs sorties en groupe avec des copains. Sans nous toucher, peut-être, mais quand même assez proches pour que l'air entre nous soit saturé de promesses.

Et une fois, alors qu'une alarme sécurité s'était déclenchée chez Damien, celui-ci avait envoyé Ryan voir comment j'allais. Je portais un minuscule bikini à peine dissimulé par un bout de tissu, et j'étais sérieusement canon. Mais il n'avait pas fait un geste. Nous avons fini par parler pendant des heures, ce qui était bien, je lui ai même fait des œufs, ce qui représente à peu près le summum de mes talents culinaires.

Je suis sûre de ne pas avoir imaginé cette vibration entre nous, pourtant, il n'a pas pris une seule fois l'initiative d'aller plus loin. Je n'arrive pas à comprendre pourquoi, et toute cette situation m'agace au plus haut point.

Sauf que je ne suis pas censée être agacée – Ryan ne joue aucun rôle dans mon plan.

Il se dirige vers la rive, et je lui emboîte le pas. Je m'étais débarrassée de mes chaussures dès que les ouvriers avaient démonté la piste de danse, car la plage s'accorde mal avec des talons de cinq centimètres, et sentir le sable sous mes pieds est fabuleux.

J'adore flâner sur la plage le matin. Il y a tant de choses à regarder – les mouettes furetant à la recherche de leur petit-déjeuner, les ondes se déversant en ourlet blanc mousseux sur le sable, les corps fermes et bronzés des surfeurs d'une vingtaine d'années attendant les vagues matinales. C'est comme un petit bout de paradis.

Et ce matin, Ryan apporte une valeur ajoutée au panorama. Il a retroussé ses manches, libérant ses avant-bras musclés, et quand il se penche pour ramasser un joli coquillage pourpre, je suis fascinée par ses mains. Elles sont grandes et fortes, mais à le voir tenir le coquillage, je ne puis m'empêcher de penser que ses mains sur moi seraient merveilleusement douces.

Je commence à accélérer le pas, car ma tête n'est pas vraiment supposée divaguer ainsi, mais il tend vers moi la main qui contient le coquillage.

— Un souvenir, déclare-t-il, et en dépit de son sourire désinvolte, il n'y a rien de désinvolte dans la flamme embrasant ses yeux.

Son regard brûle assez fort pour me traverser. Dans ma nuque, les racines de mes cheveux picotent, et pendant un bref instant, je ne suis plus certaine de savoir comment respirer.

— Je n'aimerais pas du tout que tu retournes au Texas et que tu oublies tout ce que tu as laissé derrière toi.

— Oh.

Ma voix s'est voilée, et je saisis le coquillage, mes doigts effleurant sa paume. Je sens le choc du contact qui descend jusque dans mes orteils, et j'attends qu'il m'attire à lui. Qu'il me touche. Qu'il fasse n'importe quoi pour que je ne reste pas juste plantée là avec le feu au cul.

Il n'en fait rien – et l'aiguillon pointu de l'exaspération se creuse un chemin à travers le mur de concupiscence. Je ferme ma main sur le coquillage et m'efforce de lui décocher un sourire tout aussi désinvolte.

— Merci.

Par chance, ma voix a l'air normale, bien que je sois aussi franchement émue qu'incontestablement irritée. Émue parce que c'est un magnifique coquillage, et un geste très tendre. Irritée parce que maintenant, je reçois des signaux contradictoires d'un mec super-sexy qui ne m'a toujours pas effleurée et auquel je ne devrais avoir aucune raison de m'intéresser.

Par contre, ma libido n'a pas encore reçu le message, car des milliers d'étincelles explosent en moi. À vrai dire, le feu s'était déjà déclaré dès ma première rencontre avec Ryan.

*Du calme, ma fille.*

J'inspire profondément et je récite ce qui depuis le temps s'est transformé en mantra : *le plan. Le Texas. Tourner la page. Nouvelle Jamie.*

Je me remets en marche, car il m'a trop remuée pour que je puisse tenir en place.

— Vas-tu prendre l'avion aujourd'hui ? me demande-t-il en épousant le rythme de mes pas.

— Pas l'avion. La voiture.

Je le vois perplexe – Nikki avait été retenue dans une réunion et avait prié Ryan de venir me chercher à l'aéroport, il y a juste un peu plus d'une semaine. Encore une rencontre qui avait déclenché en moi un feu d'artifice – mais il ne m'avait pas frôlée une seule fois.

Franchement, il faut que je mette fin à cette analyse mentale, ça va me donner des complexes.

— Penses-tu faire un peu de lèche-vitrine chez les concessionnaires de voitures aujourd'hui ?

— Nikki et Damien m'ont offert une voiture pour mon anniversaire, bredouillé-je, car je suis encore un peu embarrassée par un cadeau aussi incroyable.

Non pas qu'il soit extravagant pour un type comme

Damien. Aucun doute que pour lui, même l'Australie ne serait pas excessive.

— Bon anniversaire, dit Ryan, et l'inflexion de sa voix me fait penser que lui-même serait un sacrément beau cadeau.

Surtout avec un gros ruban rouge noué juste au bon endroit.

Je me racle la gorge, refoulant cette idée.

— Bon. Ouais, en fait, ce n'est pas vraiment mon anniversaire. Ils avaient simplement pensé m'en faire cadeau parce que ma Corolla a connu des jours meilleurs. Et j'ai dit que je ne pouvais pas l'accepter, et Nikki a répondu…

Je me tais en haussant les épaules.

— C'est une bonne amie.

Maintenant, il marche dans le ressac, les vagues se brisant autour de ses pieds.

— Elle est froide ? lui demandé-je en indiquant ses pieds d'un geste de la tête.

— Un peu. (Il lève la tête, son regard m'enveloppe avant de rencontrer enfin le mien.) Mais je suis disposé à accepter toutes sortes de trucs pour obtenir quelque chose que je désire.

*Ouahou.*

— Je vois. (Je déglutis, puis je serre les poings pour éviter de me pencher vers lui, de l'attraper par le col et de l'embrasser.) Et alors, tu désires quoi ?

—Marcher sur la plage avec toi, évidemment.

Et ça y est. Ce *boum,* ce *déclic.* Il me prend par la main d'un geste léger et aisé. Apparemment amical, mais en fait c'est tellement plus.

*Il est ardent,* me dis-je*. Fort. Taciturne. Solide.* Le genre de mec qui sait ce qu'il veut et poursuit méthodiquement et implacablement son but.

Est-ce moi, son but ? Je frissonne légèrement et je me projette dans ma tête un petit bout de *Tant qu'il y aura des hommes*. Non que j'aie déjà vu le film, mais j'ai vu cette fameuse étreinte dans le ressac, et je suis plus que ravie de laisser mon imagination combler les lacunes.

— Tu ne rentres pas au Texas aujourd'hui, n'est-ce pas ? (Il m'observe de près, son regard aussi profond et intense que le Pacifique derrière nous.) Tu ne t'es pas couchée de la nuit. Tu ne devrais pas prendre de risques.

— Non, je ne rentre pas, dis-je, tout en imaginant les vagues qui se brisent sur moi et le corps de Ryan tout chaud au-dessus du mien. Je passe la nuit ici et je prends la route dès demain, à l'aube.

— Je suis bien content de te l'entendre dire. (Sa voix est soyeuse comme le whiskey, et je me demande si elle n'est pas en train de m'enivrer quelque peu.) Je me ferais du souci pour toi.

Je ne bouge pas, tout émue, et j'attends qu'il amorce un geste. Mais ce geste ne vient pas.

Je me dis que c'est là une bonne chose.

Et puis je me dis que je suis une foutue menteuse.

Ensuite, je me remémore *le* plan.

Mais vous savez quoi ? Merde au plan. Le plan, c'est pour le Texas, après tout. En fait, j'ai déjà décrété que tant qu'elle est en Californie, Jamie Archer est un désastre ambulant. Alors pourquoi ne pas être un désastre une dernière fois avec cet homme incroyablement sexy qui me fait vibrer ?

Sauf que cette option ne semble pas figurer au programme.

Car Ryan ne bouge toujours pas. J'envisage de faire moi-même le premier pas. Après tout, jamais je n'ai hésité à encourager un homme que je voulais dans mon lit. Pourtant, avec Ryan, on dirait que je ne suis pas capable de faire ce premier pas, c'est bizarre. Je me sens timide et gauche, alors que je ne le suis jamais.

Peut-être qu'il s'agit du mirage du plan. D'une culpabilité résiduelle. D'une justification préventive. Peut-être que mon subconscient me dit que s'il vient vers moi, alors un bon coup californien ne pose pas problème. Mais que moi je le relance, c'est totalement contraire aux règles.

Tout cela n'est qu'un tas de conneries alambiquées et tordues, mais je n'ai jamais prétendu que mon subconscient pratiquait la pensée linéaire.

*Allez, fonce!*

Bon sang, ça ne devrait pas être si difficile. Avoue, franchement. Quand j'ai décidé de me sauter Kevin en seconde du lycée, je l'ai acculé dans la buanderie, posé ma main sur son entrejambe et je lui ai demandé s'il voulait baiser. Alors, pourquoi diable avec Ryan Hunter, serais-je comme une fillette de sixième à son premier béguin ?

Bon. D'accord. Je vais faire le grand saut…

Je m'éclaircis la voix.

— Alors, donc… dis-je, et je ne continue pas.

Je pense que c'est peut-être lui qui va reprendre.

Mais il n'en fait rien. Il se contente de me regarder, plein d'intérêt innocent et d'une curiosité tranquille. Son expression est neutre, et pourtant j'ai clairement l'impression qu'il s'amuse.

— C'est juste que je n'arrive pas à te déchiffrer, me laissé-je échapper.

— Vraiment pas ?

— On a passé de bons moments ensemble, non ? Et je t'ai vu me regarder. (Je passe ma langue sur mes lèvres, je déteste me sentir aussi énervée.) Et je sais que moi je t'ai regardé. Alors, que se passe-t-il ?

— Il se passe quelque chose ?

Je penche un peu la tête et lui décoche mon plus beau sourire séducteur.

—Tu ne m'as jamais fait une avance, dis-je avec cette voix qui laisse clairement transparaître que j'accueillerais très volontiers une telle initiative à ce moment précis.

— Non, admet-il. Je ne t'en ai jamais fait.

— Oh. (Mentalement, je fais machine arrière. Ce n'était pas là la réponse que j'attendais.) D'accord. Alors, pourquoi pas ? Je ne t'intéresse pas ?

— Au contraire. J'ai peut-être supposé que toi tu n'étais pas intéressée.

— Sérieusement ?

— Depuis un petit moment, je ne te perds pas des yeux, Mademoiselle Archer. Et d'après ce que j'ai vu, tu n'es nullement timide quand il s'agit de faire des avances à un homme que tu veux.

Je perçois la passion rêche qui voile sa voix, mais j'ignore s'il est sérieux ou s'il se moque de moi. Je sais seulement que plus il me regarde avec ces yeux bleus indéchiffrables et plus il me parle avec cette voix sexy et musicale, plus je fonds, au point que j'ai peur de me dissoudre sur place et d'être emportée par la prochaine marée.

— Oh, m'exclamé-je bêtement.

Bon sang, je voudrais sentir ses mains sur moi. J'ai couché avec un tas de mecs, mais il me semble en ce moment que jamais je n'ai aussi désespérément aspiré à être touchée par un homme.

Je réfléchis au plan. J'évoque mon échappatoire.

Je pense au fait que cette échappatoire exige que ce soit lui qui fasse le premier pas.

*Et puis*, songé-je, *qu'est-ce qu'on s'en fout ! Vas-y, fonce !*

— D'accord, dis-je en réprimant cette maudite nervosité, puis je glisse ma main sous sa chemise et le serre contre moi.

Il a une odeur de musc et de désir et j'inspire profondément, laissant son parfum m'envahir, me réchauffer. Même pas quelques centimètres nous séparent, et l'air que nous respirons semble scintiller, chargé de passion.

Je presse mon autre main contre sa cuisse et dans une lente caresse, plus haut, plus haut, toujours plus haut, j'effleure la dure longueur de son érection. Mes cuisses tressautent, et mon sexe se contracte sous l'emprise du désir. Chaque parcelle de mon corps est à vif, comme si j'étais parcourue par un fil électrique, lançant des crépitements et des étincelles.

Nous sommes de la même taille, et je n'ai qu'à me hausser un petit peu sur la pointe des pieds pour réclamer sa bouche contre la mienne. Je ferme ma main sur le bronze de sa verge et je la sens tressauter à mon contact. Je l'entends geindre, et je n'en mouille que plus.

Ses mains ébouriffent mes cheveux, il m'attire à lui en m'embrassant plus profondément, en me baisant avec sa bouche, brutalement, me faisant mouiller, mouiller infiniment, et la seule chose que je voudrais, c'est glisser ma main dans son pantalon et le libérer, puis tomber sur le sable, remonter ma robe et hurler pendant qu'il me prend plus fort que je n'ai jamais été prise de toute ma vie.

Je reste pantelante quand il se retire. Je suis l'incarnation du désir, mes seins douloureusement impatients qu'il les touche, ma vulve pulsant d'envie. Je suis déchaînée, désespérée, et en voyant dans ses yeux le même désir sauvage, je sais que cette matinée sera incroyablement grisante.

— Bon, répété-je d'une voix étouffée et lourde d'envie. Là, c'est moi qui ai pris les devants.

— Et là, dit-il gentiment en s'éloignant d'un seul pas de moi. C'est moi qui dis non.

# L'HOMME DU MOIS

*Qui sera votre Homme du mois ?*

Lorsqu'un groupe d'amis à la détermination farouche apprend que son bar préféré risque de fermer ses portes, ils prennent les choses en mains pour faire revenir les clients séduits par la concurrence. Investis d'une énergie vibrante, ils ripostent sous la forme d'épaules larges, de tablettes de chocolat et de torses nus : ceux d'une douzaine d'hommes du coin qu'ils tentent de convaincre, par la douceur et par la force, de participer au concours de l'Homme du mois pour leur grand calendrier.

Mais le sort de leur bar n'est pas le seul enjeu. Au fur et à mesure que la température monte, chacun des hommes va rencontrer sa moitié dans cette série de douze romances sexy et légères que vous ne pourrez pas lâcher jusqu'à la dernière page, sous la plume de J. Kenner, auteure de best-sellers classés par le New York Times.

*— Chacun de ces tomes aborde une intrigue qu'on adore retrouver dans les romances – la belle et la bête, le bad boy milliar-*

*daire, l'amitié transformée en amour, l'histoire de la seconde chance, le bébé secret et bien plus encore – pour une série qui touche au cœur et à l'âme de la romance.* — Carly Phillips, auteure de best-sellers classés par le New York Times

**Ne manquez aucun tome de la série pour savoir à quel homme du mois ira votre préférence !**

Droit au cœur - Mister Janvier

Vague à l'âme - Mister Février

Raison d'être - Mister Mars

Coup de sang - Mister Avril

État d'âme - Mister Mai

Droit au but - Mister Juin

Au beau fixe - Mister Juillet

Diable au corps - Mister Août

Cri du cœur - Mister Septembre

Corps à corps - Mister Octobre

État d'esprit - Mister Novembre

Force d'âme... - Mister Décembre

**Chaque tome de la série est un roman indépendant qui ne laisse pas le lecteur sur sa faim et se termine toujours bien !**

J. Kenner (alias Julie Kenner) est une auteure de best-sellers internationaux figurant aux classements des journaux *New York Times*, *USA Today*, *Publishers Weekly* et *Wall Street Journal*. Elle a écrit plus d'une centaine de romans, de romans courts et de nouvelles dans toutes sortes de genres littéraires.

Selon *Publishers Weekly*, JK est une auteure qui a un « don pour le dialogue et la création de personnages excentriques », et le *RT Bookclub* estime qu'elle a su « répondre aux besoins du marché en créant des antihéros scandaleusement attirants et dominateurs, et des femmes qui fondent pour eux. » Six fois finaliste de la prestigieuse récompense RITA (*Romance Writers of America*), JK a remporté son premier trophée RITA en 2014 pour son roman *Claim Me* (tome 2 de sa trilogie *Stark*) et le second en 2017 pour son roman *Wicked Dirty*. Elle a vendu des millions de livres, publiés dans plus de vingt langues.

Au cours de sa précédente carrière, JK a exercé comme avocate en Californie du Sud et au Texas. Elle vit actuellement dans le centre du Texas, avec son mari, ses deux filles et deux chats plutôt lunatiques.

Visitez son site web www.juliekenner.com pour en savoir

plus et pour entrer en contact avec JK sur les réseaux sociaux !

**www.jkenner.com**

**Newsletter en français**
**http://jkenner.com/FR-NL**

**Newsletter en anglais**
**http://jkenner.com/JK_NL**